rowohlt paperback

«Despentes geht es nicht um brutale Szenen. Die Bilder wirken in ihrer Summe: als Aufschrei, der deutlich auf seinen tiefer liegenden Ursprung verweist, auf die Wölfe und deren Gesellschaftsordnung.»

Der Tagesspiegel

«Was für eine schöne, hässliche, widerliche, lebendige, grausame und verkommene Welt. Wie geil.»

Jungle World

«Sie schreibt roh, rau, lakonisch. Zudem betreibt sie eine Verquickung von Film und Literatur, die dorthin zurückführt, wo auch Houellebecqs Arbeiten wurzeln: in eine als entseelt und dreckig empfundene Wirklichkeit. Davon erzählen die finster ätzenden, nach einem letzten Funken Romantik gierenden Endspiele der Virginie Despentes.»

Facts

Virginie Despentes

Pauline und Claudine

Roman

Deutsch von Michael Kleeberg

Rowohlt Taschenbuch Verlag

Die Originalausgabe
erschien 1998 unter dem Titel «Les jolies choses»
bei Éditions Grasset & Fasquelle in Paris

Deutsche Erstausgabe
Veröffentlicht im Rowohlt Taschenbuch Verlag GmbH,
Reinbek bei Hamburg, Juli 2001

Umschlaggestaltung Cordula Schmidt / Notburga Stelzer
(Foto: Stone / Tim MacPherson)
Autorenfoto © Ulf Andersen
Satz Trinité No. 2 PostScript (PageOne)
Gesamtherstellung Clausen & Bosse, Leck
Printed in Germany
ISBN 3 499 22647 2

Die Schreibweise entspricht den Regeln
der neuen Rechtschreibung.

F ü r meine Eltern
Dominique, die Kaiserin
Caroline, Hacène & Emil
Louis-Stéphane, Nora Hamdi
Mehdi, Varouj, Rico, Tofick
Zingo de Lunch & Vartan

F r ü h l i n g Metro Château-Rouge. Eine Caféterrasse auf dem Trottoir, inmitten von Baulärm. Sie sitzen nebeneinander. Claudine ist blond, ihr kurzes rosa Kleid wirkt brav, lässt aber ein bisschen was von ihrer Brust sehen. Eine makellose, hübsch rausgeputzte Barbiepuppe. Selbst die Art, wie sie sich hinfläzt, die Ellbogen auf dem Tisch, die Beine weit von sich gestreckt, hat was Gekünsteltes. Nicolas mit seinen sehr blauen Augen sieht wie immer so aus, als wollte er gleich lachen oder jemandem einen Streich spielen. Er sagt:

«Schweinegeiles Wetter ...»

«Tun einem ja die Augen weh von.»

Sie hat ihre Brille zu Hause vergessen, sie runzelt die Stirn und fügt hinzu:

«Ich fühl mich irgendwie Scheiße, echt hart drauf. Da, da brennt es.»

Sie berührt ihre Kehle und schluckt. Nachsichtig zuckt Nicolas die Achseln:

«Wenn du die Antidepressiva nicht futtern würdest wie Lutschbonbons, ging's dir wahrscheinlich besser.»

Sie stößt einen langen Seufzer aus und meint mit hochgezogenen Augenbrauen:

«Ich hab nicht das Gefühl, dass du mich groß unterstützt.»

«Dito. Fühl mich auch nicht unterstützt. Eher schon mitten in die Scheiße reingeritten.»

«Keine Ahnung, wovon du redest.»

Jetzt würde er gerne wütend werden, ihr sagen, dass er sie nicht witzig findet, aber es bleibt ihm im Hals stecken, und er begnügt sich damit zu grinsen. Der Kellner kommt, lässt zwei Bierdeckel fallen und stellt die Gläser drauf. Perfekte Bewegungsabläufe. In schnellen, vertikalen Ketten steigen die Luftbläschen durch das Gold hoch. Sie stoßen mechanisch miteinander an, tauschen einen raschen Blick. Ein kleines Mädchen am Nebentisch saugt mit dem Strohhalm geräuschvoll die letzten Reste Grenadine aus dem Glas. Nicolas drückt seine halb gerauchte Kippe aus, quetscht sie platt, bis sie zu qualmen aufhört, und erklärt:

«Das klappt nie und nimmer. Unmöglich, euch zu verwechseln.»

«Was du nicht sagst, du Witzbold, wir sind ja auch nur Zwillingsschwestern ...»

«Und wie erklärst du dir dann, dass ich sie nicht mal erkannt habe, als ich sie am Bahnhof abgeholt hab?»

Claudine zieht eine komische Grimasse, auch das versteht sie nicht. Nicolas setzt noch einen drauf:

«Sie ist mir direkt vor die Nase gelaufen, ich hab sie gesehen, und nichts hat geschnackelt. Erst als alle anderen Fahrgäste weg waren und wir nur noch zu zweit dastanden, hab ich so was wie eine ganz entfernte Ähnlichkeit zwischen euch entdeckt ...»

«Liegt ja vielleicht dran, dass du 'n bisschen dämlich bist ... Lass das mal nicht außer Acht.»

Der Kellner kommt an ihnen vorbei. Nicolas gibt ihm ein Zeichen: nochmal dasselbe. Dann kratzt er sich die Stirn mit zwei Fingern und starrt ins Leere, als wäre da das Problem. Als er's nicht mehr aushält, nichts zu sagen, fängt er wieder von vorn an:

«Die hat 'n Schatten, deine Schwester, total autistisch.»

«Bisschen grunge ist sie, sonst nichts ... Wenn du dich mal umkuckst, was so rumlatscht in Paris, find ich sie noch ziemlich zurückhaltend.»

«Kann man so sagen, den ganzen Nachmittag lang hab ich sie genau vier Worte reden hören, und zwar: ‹Leck mich am Arsch.› Wenn das nicht zurückhaltend ist ...»

«Versetz dich halt auch mal in ihre Haut, sie ist eben in Abwehrhaltung.»

«Was mich ankotzt, ist, dass du mich nicht mal vorgewarnt hast. Ich glaub, da gibt's 'ne ganze Menge Sachen, von denen du vergessen hast, mir zu erzählen ...»

Claudine versteift sich, wendet ihm das Gesicht zu. Den Blick kennt er, jetzt verliert sie ihr Phlegma und wird richtiggehend fies:

«Hast du vor, mich noch lange so voll zu sabbeln? Wenn dir irgendwas nicht passt, nur keine Umstände. Geh nach Hause, mach dir keine Sorgen. Wir kommen perfekt ohne dich aus.»

Sie lässt ihm keine Zeit zu antworten, steht auf und geht aufs Scheißhaus. Der Riegel ist völlig verrostet und locker, auf dem Klopapierhalter prangen gelbe Zigaretten-Brandmale wie Narben. Ist ein türkisches Klo, also aufpassen, dass man sich beim Ziehen die Füße nicht zu nass spritzt.

Eine absurde Last schnürt ihr die Brust ein, bloß irgendwo anders sein. Von sich selbst erlöst. Diese elende Spannung sitzt in ihr fest, wacht mit ihr gemeinsam auf und lässt sie erst nach einer ganzen Reihe Biere los.

Sie kommt zurück und setzt sich wieder neben Nicolas. Ein Mädchen in einer Kombi mit Schlangenhautmuster und Schuhen mit den bizarren Absätzen, wie man sie jetzt überall sieht, geht vorbei. Irgendwo brüllt einer «Haltet den Dieb», Leute rennen und andere mischen sich ein. In der anderen Richtung hupt es, eine Art Nebelhorn, als würde hier im Viertel ein Passagierdampfer anlegen.

Claudine wühlt in ihrer Handtasche, holt die Kohle raus und streut sie auf den Tisch. Sie sagt:

«Kein Trinkgeld für Arschlöcher, der Typ da geht mir auf den Zeiger.»

«Der Kellner? Was hat er dir denn getan?»

«Ist nicht mit Herz bei der Sache. So was ist erbärmlich.»

Sie steckt Zigaretten und Feuerzeug ein und schnauzt:

«Gehst du mit ihr oder nicht?»

«Ich hab dir doch gesagt, dass ich's tue, dann tu ich's auch.»

«Na gut. Kommst du?»

Ein kleines Flämmchen von Genugtuung leuchtet in ihren Augen: Sie steht auf, wartet, sagt dann mit Erleichterung in der Stimme:

«Ich find das so was von geil, wenn's wieder wärmer wird. Du nicht?»

Nicolas und Claudine kennen sich schon eine ganze Weile.

Der Tag, an dem sie nach Paris gezogen ist. Erinnert sich, als wär's gestern. Sie hatte die Entscheidung so aus dem Bauch raus gefällt, war dabei, am Telefon mit einem Mädchen zu diskutieren, sie hechelten ihre Freunde durch, malten einen schwärzer als den andern. Da hört sie sich sagen: «Ich hau jedenfalls ab, ich geh nach Paris, dies Leben hier, wo ein Wort wie ‹morgen› überhaupt keinen Sinn macht, muss ich mir nicht mehr antun.» Und begreift beim Auflegen, dass sie's tatsächlich tun wird, keine leeren Worte.

Reisetasche voll packen, alles Mögliche rein, spielt keine Rolle, was nehmen wir denn mal mit. Schlange am Schalter, Erste-Klasse-Fahrkarte, obwohl sie kaum Kohle hatte, bloß um ein Zeichen zu setzen. Nicht da oben ankommen wie der letzte Arsch von Hungerleider. Ein kleines Mädchen klebte an ihr wie eine Klette, «por favor, Madame, por favor». Claudine sah sie an, sagte nein, aber das Mädchen gab nicht auf, verfolgte sie bis zur Rolltreppe. «Por favor … Bitte.»

Die ganze Fahrt über seltsam gelaunt, eine aufsteigende Ungeduld, die sie nicht mehr loswerden sollte. Dass das wirkliche Leben endlich losgeht, ohne dass sie recht wüsste, wie es aussehen sollte.

Als sie aus dem Bahnhof tritt, schlägt es über ihr zusammen. Die Straßen sind gigantisch und mit Autos verbarrikadiert, ohrenbetäubender Lärm überall, alles voller gestresster Pariser, nehmen einem den Atem. Sie ist stundenlang gegangen, hat mit weit offenen Augen auf alles geschaut, die sperrige, schwere Reisetasche schneidet in Handfläche und Schulter. An jeder Straßenecke eine neue Show, beeindruckende Bauwerke, Flutwelle von Passanten. Das Geld lag in der Luft, eine fast greifbare elektrische Spannung. Und in ihrem Schädel als Endlosschleife: «Dich werd ich runterschlingen, große Stadt, von dir werd ich einen ganzen Mund voll abbeißen.»

Schon wurde es dunkel. Claudine alleine in einem McDonald's, ein Typ kommt und hat sich zu ihr gesetzt. Geile Sneaker, coole Uhr, Gesamteindruck: Reich. Er begann seine Andockmanöver, klopfte auf den Busch, taxierte sie als nicht abgeneigt. Vermutlich hatte er Erfahrung darin, es bei jungen Unbekannten zu versuchen, nahm sie dann irgendwo anders zum Essen hin mit. Echtes Nobelrestaurant, was so viel hieß wie, dass er sie sich was kosten lassen wollte.

Als sie meinte, sie wüsste nicht, wo sie schlafen solle, war er so fair, ihr gleich zu sagen, er könne ihr nur eine Nacht aushelfen, atmete dabei allerdings auf: Sein Geld wäre nicht verloren, sie würde ihn nicht im letzten Moment hängen lassen. Claudine hat ihn beruhigt, im Ton eines augenzwinkernden ‹Ist doch klar›: «Ich hab nicht vor, mich bei dir festzusetzen.»

Aber sie wusste bereits, wenn die Wohnung ihr gefiele, würde sie so lange bleiben, wie sie Lust hatte. So Typen wie den da hatte sie einige ausgetestet: Männliche Nymphomanen, ihr zwanghaftes, unersättliches Bedürfnis, bestätigt zu werden, ihre starke Verletzlichkeit. Sie hatte alles, was es brauchte, um mit so einem Psychogramm fertig zu werden.

Und dann hat sie gespielt, ihr kämen die Tränen, so einen wahnsinnigen Orgasmus holt er aus ihr raus, gleich darauf, sie sei dankbar, so toll befriedigt worden zu sein, dann gab sie die Frau, die sich nicht festkrallt, weder sonderlich neugierig noch geschwätzig ist, dann sendete sie diskrete Zeichen der Bewunderung, gepaart mit einer Prise «Ich bin's gewöhnt, wie eine Prinzessin behandelt zu werden, also treib's nicht zu weit», um eine Glut latenter Panik in ihm am Glimmen zu halten und ihm das Gefühl zu geben, er habe das ganz große Los gezogen.

Offensichtlich hatte sie alles richtig gemacht, denn schon am nächsten Abend bestand der Kerl von sich aus darauf, dass sie einzieht. Sie zierte sich gebührend: «Wir kennen uns doch noch kaum, wir sind doch keine Kinder mehr, es ist nicht so leicht, zusammen zu wohnen», um sicherzugehen, dass er keine Bedingungen stellte. Aber er reagierte sofort goldrichtig: «Wenn die Liebe einschlägt, muss man auch etwas wagen.» Und war prompt davon überzeugt, dass es ihr ebenso ginge: Mächtige Wellen einer selten starken Leidenschaft. Sie wird sich hüten, das Gegenteil zu behaupten.

Es war angenehm, bei ihm zu leben, auch wenn er oft auf Sex aus war.

Sie sperrte den Ekel weg, sie machte das schon immer so, ganz instinktiv: Nach außen hin alles lächelnd, verliebt, friedlich. Drinnen blieb ihr Bedürfnis, sich auszukotzen und jedes Mal wieder dieses Erstaunen: Wie kann man bloß einem Gesicht vertrauen, das sich so schlecht verstellen kann?

Zum Glück war er meistens weg und kümmerte sich um seinen Kram, und sie war allein in der Wohnung. Ließ die Tage dahingleiten.

Paris war eine härtere Nuss als angenommen. Voll von Leuten wie ihr, die sich ein gutes Leben aus dem Kuchen schneiden wollten. Also nahm sie sich Zeit, machte Gymnastik, damit ihr Körper makellos wäre, wenn der große Augenblick kam. Denn der Augenblick würde kommen, daran hatte sie noch nicht den geringsten Zweifel.

Einen strahlenden Wintersonntag geht sie runter Zigaretten holen. Lange Schlange im einzigen offenen Bar-tabac. Ein Typ lehnt sich auf den Tresen und kratzt sein Rubbellos sorgfältig mit einem Plektron auf. Sie schaute ihm dabei zu, während sie aufs Wechselgeld wartete. Er war fade, bisschen blond, aber nicht richtig, bisschen groß, aber nicht richtig, blaue Augen, die auch grün sein konnten, keine üblen Klamotten, aber auch nicht wirklich geil angezogen. Hager, hübsches Lächeln, gewisse Nonchalance, die ihm gut stand. Extrem nichts sagend, das ist ihr erster Eindruck gewesen. Er hebt den Kopf, kreuzt ihren Blick, breites Lächeln:

«Tausend Eier, ich glaub's nicht! Dabei hab ich nie Glück!»

«Vielleicht dreht sich das Glücksrad ja gerade.»

«So weit würde ich nicht gehn, aber zufrieden bin ich trotzdem ... Kann ich dir 'n Bier ausgeben?»

Er war völlig high. Seine Augen, blaustichig, sprühten Funken. Er ruft den Kellner, sein Gewinnlos in der Hand und hält es ihm stolz vor die Nase. Dreht sich dann nochmal zu ihr um:

«Und, willst du was trinken?»

Beinahe hätte sie nein gesagt, aus purer Gewohnheit, diese Art von Einladungen abzulehnen. Aber seine Art hatte ihr auf der Stelle richtig gut gefallen. Sie hatte es im Gefühl, dass es sich lohnen würde, einen mit ihm zu trinken, und willigte ein.

Nicolas seinerseits mustert diese zickige Granate und wundert sich, dass sie so umstandslos bereit ist, sich anquatschen zu lassen.

In der Schnepfen-Rangliste führte sie mit Abstand: In weiße Jeans gegossen, enge Bluse und bereit, einen mit ihm zu trinken. Was wollte sie von einem wie ihm kriegen mit ihren dicken Titten, ihrem flachen Bauch und runden Hüften. Sie hatte einen faszinierenden Arsch und wusste genau, in welche Art Röhre sie ihn stecken musste.

Sie kippten ihr Bierchen direkt am Tresen. Sie lachte leicht, machte den Eindruck, sich wohl zu fühlen hier. Er schlug vor:

«Setzen wir uns und nehmen noch eins?»

«Willst du alles in Bier anlegen?»

«Bei meinen Schulden kommt's auf tausend Eier auch nicht mehr an …»

Sie hatte weiße, makellose Zähne. Spielte viel mit ihrem Haar rum, Stil: ‹Bin ich nicht hinreißend?›

«Ewigkeiten her, dass ich in einem Café gesessen und was getrunken habe. Genau besehen, seit ich hier bin, das sind jetzt fast drei Monate. Ich hab keinen roten Heller, ich kann nicht mal mehr anständige Lullen rauchen.»

Sie schüttelte mit gespieltem Ekel ihr 30er-Päckchen. Hob dann ihr Glas auf sein Wohl und wartete, dass er anstieß. Sie roch gut, er konnte, ihr gegenüber sitzend, ihren Duft atmen. Sie faltete keusch die Hände auf der Tischplatte, und ihre Nägel waren rosig. Es war für Nicolas unmöglich einzuschätzen, ob sie diese Kitschposen ironisch meinte, oder ob sie tatsächlich glaubte, sie hätten Format.

Später würde er ihr oftmals die Frage stellen: «Aber warum ziehst du diese unglaublichen Nuttenklamotten an?» Dann hob sie die Augen zum Himmel und antwortete: «Jetzt hör mal gut zu, Freundchen, du kannst mir allen möglichen Käse erzählen, aber ich weiß genau, dass die Männer darauf abfahren. Es geht gar nicht darum, ob das jetzt absurd wär oder nicht, das Entscheidende ist, dass es todsicher jedes Mal funktioniert.»

Drei Gläser später erzählte sie ihre Lebensgeschichte: «… und ich wohne bei ihm. Ehrlich, er ist ganz nett. Und das ist irgendwo genau das Problem, denn ich hab den Eindruck, in Honig zu schlafen. Alles schön und weich, aber eben auch klebrig, ich hab jedenfalls schon mal mehr gelacht ... Na ja, das Ganze ist eine vorläufige Sache, sobald ich irgendeinen Dreh finde, um Geld zu machen, nehm ich mir ein Zimmer, egal wie's aussieht. Wenn er da ist, geh ich oft aus, spazieren, kuck in die Luft und seh die Penthäuser mit ihren riesigen Fenstern und Dachgärten mitten in der Stadt ...»

Und das stimmte tatsächlich, er sollte es noch erfahren. Während er mit ihr herumzog, blieb sie sehr oft stehen, streckte den Arm aus und zeigte auf ein Fenster: «Eines Tags wohn ich da dahinter», und dabei leuchteten ihre Augen, sie war sich ihrer Sache sicher, sie konnte es sich erlauben, geduldig zu sein.

Sie redete weiter, es fiel leicht, ihr zuzuhören: «Zunächst einmal ist es so, als müsste ich Scheißhäuser sauber machen, ohne einen Mucks zu sagen. Anders kommst du nicht dahin, wo die Sachen abgehn, in die Startlöcher ... aber der erste Spalt, der sich irgendwo auftut, da stelle ich den Fuß rein, und dann Vollgas. Das dauert eben so lang, wie's dauert.»

Beim Reden knabberte sie auf ihrer Unterlippe herum, von Zeit zu Zeit bemerkte er Tränen der Wut in ihren Augenwinkeln, fragte sich, ob er sie nur träumte.

Offenbar war sie kein Trinken gewohnt, sie hatte sich überhaupt nicht im Griff, wurde stumpfsinnig, die Augen glitten ins Nichts.

«Aber warum bist du überhaupt nach Paris gekommen?»

«Na, um Schauspielerin zu werden.»

«Porno?»

Das war ihm von ganz alleine entrutscht, war aber auch irgendwie so folgerichtig. Sie kniff nur kurz die Augen zusammen, als schlucke sie eine bittere Pille. Er stotterte rum, hoffte halb, die Sache wieder einzurenken:

«Wollte dir nicht wehtun, ich kenn einen Haufen Mädchen, die ...»

«Ich scheiß auf die Mädchen, die du kennst, und ich scheiß auf deine Meinung über mich. Ich bin nicht so blöd, dass ich nicht wüsste, wie ich aussehe. Und ich bin auch nicht so blöd, dass ich irgendwen bräuchte, der für mich redet und sagt, was ich kann oder nicht. Das werden wir zum Schluss sehen, wo ich dann stehe. Und ich werd mich kaputtlachen über all die Leute, die mich für eine Idiotin gehalten haben, denn ich werd's ihnen zeigen.»

Sie hatte sich aufgerichtet, ihr ganzer Oberkörper reckte sich der Welt entgegen, und dann fiel sie theatralisch in sich zusammen:

«Aber gut ... ich bin auch nicht so blöd zu glauben, ich wär die Einzige, die so redet.»

Sie schwieg einen Moment lang.

«Nehm' wir noch eins?»

«Und dein Macker, wird er sich keine Sorgen machen?»

«Doch. Wir hätten eigentlich einen obergeilen Nachmittag verbringen sollen, synchronisierte Action-Filme auf Video kucken und dabei beschissenen Stoff rauchen, den er sich im Hochhausghetto verticken lässt. Die Jungs hauen ihn dermaßen übers Ohr, ich trau mich gar nicht, es ihm zu sagen. Und dabei rauchen wir reines Henna, ehrlich. Aber du hast Recht, ich muss 'ne Fliege machen.»

«Nehm' wir noch eins oder nicht?»

«Schnell also, eins noch.»

Am nächsten Morgen stand er auf, um zu kotzen, und da hockte sie auf dem Sofa. Ohne dass er sich hätte genau erinnern können, wie sie in sein Wohnzimmer gekommen war. Sie tranken ihren Kaffee in aller Ruhe. Sie blieb, bis sie eine Wohnung gefunden hatte. Und so waren sie Freunde geworden, quasi zufällig, weil sie sich jedes Mal freuten, einander zu sehen und oft Lust darauf hatten.

Drei Monate danach schneite Nicolas, der direkt bei Claudine um die Ecke zu tun hatte, herein. «Lädst du mich auf 'nen Kaffee ein?»

Sie war völlig aus dem Häuschen: «Du kennst doch Duvon, den Produzenten? Er hat o. k. gesagt für eine Platte, ich soll ihn anrufen, sobald das Demo fertig ist. Ehrlich, ich glaube, der ist wirklich motiviert... Der Typ hat echt Lust, mir eine Chance zu geben. Und so lange, wie ich dir jetzt schon davon erzähle, wird's Zeit, oder?»

Er wandte die Augen vom Bildschirm ab, wo ein Typ – der von oben gefilmt wurde, ohne dass recht klar war wieso – einen anderen auf dem Scheißhaus heimsuchte und ihm eine Kugel in den Kopf schoss, während er ihn mit «mein Engel» anredete.

«Das Demo?»

«Na ja, ich hab ganz dick aufgetragen, ich hab gesagt, es wär so gut wie fertig... Ich hab eben gedacht, mit deinen Programmierungen, weißt du, die beiden, die ich so gerne hab...»

«Ich hab weiß Gott nicht die Absicht, dir etwa Knüppel irgendwohin werfen zu wollen, aber ... Claudine, du kannst nicht singen, wir haben's doch schon versucht.»

Sie hatten gemeinsam so ungefähr alles Mögliche und Unmögliche angetestet, um Aufmerksamkeit zu erregen. Ohne Erfolg. Die Jahre vergingen, und der Ehrgeiz kanalisierte sich in vernünftige Bahnen. Was sie vor allem lernten, war, die Sozialhilfe anzuzapfen, welche Angaben man fälschen musste, um irgendwelche Gelder zu kriegen und wie man bei Kontrollen den Kopf aus der Schlinge zieht.

«Ich hab auch nicht vor zu singen.»

Nicolas zappte durch die Programme, während er ihr zuhörte, und blieb bei einem Werbespot stehen, der eine offenbar völlig gestörte Frau zeigte, in Grüntönen ausgeleuchtet und auf den Knien durch ein Schlüsselloch ein Paar beobachtend. An sich schon ein krankes Bild.

«Spuck's aus, was du vorhast, ich hab keine Lust, Ratespiele zu machen.»

Hinter ihm schob Claudine eine Kassette in den Recorder und erklärte, bevor sie auf ‹Play› drückte:

«Wir werden deine Musik meiner Schwester schicken, und die wird ihre Stimme drüberlegen ... wie einen fetten Scheißhaufen.»

«Singt die denn, deine Schwester?»

«Gar nicht schlecht. Ich spiel's dir vor.»

«Hast du was von ihr da?»

Sie tätschelte sich den Nacken, wie immer, wenn ihr was auf der Seele lag.

«Während wir beide gearbeitet haben, hab ich ihr dein Zeug zugeschickt... damit sie mir zwei, drei Ideen liefert. Aber sie hat so kompliziertes Zeug rübergeschoben, dass ich nichts davon benutzen konnte, absichtlich natürlich. Ich hab dir ja schon gesagt, was sie für eine Zicke ist.»

«Du hättest's mir aber vorspielen können, damit wir ...»

«Nein, sie singt zu gut, das geht mir auf 'n Zeiger. Aber gut, jetzt hab ich ohnehin keine Wahl mehr.»

Sie hatte ihre Wahl zwischen Feinfühligkeit und Ehrgeiz seit langem getroffen.

Das war der Hauptunterschied zwischen Claudine und dem Rest der Welt. Wie jedermann war sie berechnend, egoistisch, kleinlich, eifersüchtig, ein Lästermaul, eine Schwindlerin und Heuchlerin. Aber im Gegensatz zu den anderen stand sie dazu, ganz ohne Zynismus und so entwaffnend natürlich, dass man dem nichts entgegensetzen konnte. Wenn man sie darauf hinwies, tätschelte sie ihren Nacken: «Schon gut, ich bin nicht die heilige Jungfrau Maria, ich bin kein Held, ich bin kein leuchtendes Vorbild ... ich tu eben, was ich kann, das ist immerhin etwas.»

Dann drückte sie auf ‹Play›.

Nach dem Hören fragte er nur:

«Ist es wohl möglich, dass sie andere Texte nimmt?»

«Vergiss es. Mit der ist gar nichts möglich, sie ist und bleibt ein Nervkeks.»

«Meinst du, sie kommt her für die Abmischung?»

«Vergiss es. Sie hasst Paris. Zum Glück, ich ertrag's nämlich nicht, sie zu sehn.»

«Ähnelt ihr euch eigentlich wirklich so?»

«Erinnerst du dich nicht? Ich hab dir doch das Foto gezeigt.»

«Aber jetzt immer noch?»

«Wir sind Zwillinge, also ähneln wir uns. Ist doch nicht so schwer zu begreifen.»

Da gab Nicolas zu:

«Ich find ihre Stimme wirklich gut, könnte man hübsche Sachen mit machen …»

«Das ist auch das Einzige, was sie kann, singen. Ihr Glück, dass sie wenigstens das kann.»

Ab da ist wie so oft nichts gelaufen wie geplant.

«Wenn du nicht selber singst, was interessiert dich denn dann überhaupt an der ganzen Geschichte?», fragte Nicolas.

«Ich werd die Clips machen, die Interviews, die Fotos … Dabei werd ich einen Haufen Leute kennen lernen und auf die Weise zum Film kommen.»

«Und was wird deine Schwester dazu sagen?»

«Gar nichts, Pauline erträgt sowieso niemand außer ihrem Freund und zwei, drei Kumpeln. Sollte mich wundern, wenn's sie's stört, sich nicht im Rampenlicht zu bewegen!»

Als das Band abgemischt war, fand Duvon es in Ordnung, aber verbesserungsfähig. Die Verbesserungen einmal ausgeführt, gab's noch zwei drei Dinge, die er geändert sehen wollte. Bei dieser dritten Etappe schüttelte er dann den Kopf, schwer enttäuscht: «Ne, das is es nicht, das is es ganz und gar nicht …»

Von diesem Moment an war er telefonisch nicht mehr zu erreichen.

«Wieder ein Ding, das in die Hose geht», kommentierte Claudine nüchtern.

Aber die Kassette blieb irgendwo hängen, und ein Junge rief schließlich zurück.

«... Na ja, was heißt ein Junge, gut und gern dreißig, hat aber Bermuda-Shorts getragen ...»

Das war vor einem Jahr, Nicolas und sie gingen auf den Quais spazieren, die Bäume fingen an, grün zu werden, die Mädchen zeigten ihre Beine, die schon leicht gebräunt waren, und ein Haufen Leute führten ihre Hunde Gassi ...

«Er hat mir gesagt ‹Komm in meinem Büro vorbei›, ich hin, voll abgelacht, so eine Art versiffter Wandschrank mit irgendwelchen schmuddligen Süchtis, die nur mit dem Fax rumspielten. Und dann er, in Bermuda-Shorts. Fand sich ziemlich geil ... Ich schwör's dir, schade, dass du nicht dabei warst, hättest einen ablachen können. Sein Label ist Scheiße, die Bands nur Nullnummern, das Office ein Saustall, er Klamotten wie ein Spast, aber er findet sich geil. Glaubt, er hat was geschafft. Wenn sein Ziel war, völlig daneben zu sein, dann kann er sich allerdings gratulieren ... Gleich und Gleich gesellt sich gern, nicht wahr?»

«Meinst du, er wird die Platte machen?»

«Er sagt ja ... er fand die Texte ‹zu abgehoben›. Ich schwör dir echt, was ich abgelacht habe, die Texte ... das Gesabber. Also er sagt mir: ‹Ich mach die Platte›, hochzufrieden, dass es nichts kostet und er kein Marketing machen muss ... Nichtsdestotrotz hab ich den Scheißwisch unterschrieben, den er als Vertrag bezeichnet hat, na, wir ham nichts zu verlieren, was?»

«Und hast du deiner Schwester Bescheid gesagt?»

«Jaja. Sie kannte das Label von dem Typ auch, sie kennt alle solche abgewrackten Läden ... sie meint cool, Hauptsache, sie meckert zur Abwechslung einmal nicht rum. Vielleicht will sie ja den Strick nehmen.»

«Und weiß sie, dass du behauptest, du singst?»

«Ja, hab ich ihr gesagt. Sie hat wahnsinnig süß reagiert, weißt du. Meinte: ‹Tu dir keinen Zwang an, bei dem Talent, was du hast, wirst du oft falsche Tatsachen vorspiegeln müssen, wenn du willst, dass sich einer für dich interessiert …›»

«In der Tat sehr zartfühlend.»

«Wär mir ganz recht, wenn sie Unrecht hätte …»

«Kriegst du 'n Blues?»

«Ne, geht mir alles am Arsch vorbei. Mir ist auch schon aufgefallen, dass es selten irgendeinen Zusammenhang zwischen Talent und Erfolg gibt. Ich verlier die Hoffnung nicht.»

«Und wenn's zu Gigs kommt?»

«Wird's nicht. Vielleicht wird's überall Nacktfotos von mir geben, aber keine Gigs. Ich werd schon reichlich baff sein, wenn er's überhaupt schafft, eine CD rauszubringen … Suchen wir uns 'ne Caféterrasse?»

Im Stockwerk drunter spielt jemand Gitarre. Lang gezogene, tiefe Akkorde, repetitive, triste Backgroundmusik.

Claudine klagt über Ohrenschmerzen, sie spült ihre Tabletten mit Rosé d'Anjou runter. Sie hat schon ganz hübsch einen sitzen. Sie spaziert barfuß durch ihre Wohnung, die Fußsohlen sind schwarz vor Dreck.

Ein bisschen abseits sitzend, eine offene Zeitschrift vor sich auf dem Tisch, schaut Pauline sie an. Angeekelt. Straßenlärm dringt durchs Fenster, sie wirft einen Blick raus. Ein Fleischereilieferwagen, Kästen voll Rosa und Weiß. Daneben eine Reihe Dämchen am Diskutieren, Sprache unbekannt, tragen farbenfrohe Sommertracht und brechen unvermittelt in sonores Gelächter aus, das gar nicht mehr aufhört.

Nicolas telefoniert mit einem Kumpel, ohne seine Zapperei zu unterbrechen. Auf dem Bildschirm ziehen schwitzende Sportler vorbei, Moderatorinnen mit Biss, Schwung und spitzer Zunge, ein bedächtiger Politiker, ein blonder Knabe im Werbespot.

Neben ihm sitzt nun Claudine, zerbröselt eine Zigarette. Kaum hat er aufgelegt, fragt sie ihn:

«Und? Hat er wieder Schwachsinn verzapft?»

«Weniger als sonst. Fand ihn außer Form. Er war reichlich enttäuscht, dass du nicht mit ihm reden wolltest.»

«Wüsste nicht, was ich ihm sagen sollte.»

«Jedenfalls hast du ihn ganz schön um den Finger gewickelt.»

«Das wollen sie doch alle. Voll unter der Knute, auf nichts anderes stehn die.»

«Vor zwei Wochen fandest du ihn noch erste Sahne!»

«Ich erinner mich dunkel. Aber ich muss irgend so 'n Molekül in mir haben, ich kapier's auch nicht, irgendwas, was die Typen völlig kirre macht. Du nimmst den abgefahrnsten Typen von der ganzen Stadt, verführerisch, witzig, hell im Köpfchen, du lässt ihn mir nur mal eben eine Nacht, am nächsten Morgen hast du dann einen Volltrottel. Funktioniert todsicher.»

Mittlerweile kennt er ihre Schlampen-Schliche. Ob sie nun mit ihm pennt oder nicht, der Mann bleibt ihr schlimmster Feind. Wenn sie einem das erste Mal über den Weg läuft, ist sie zärtlich wie eine Amme, echt sympathisch zwischen zwei Blowjobs. Bis zu dem Tag, wo sie dann unweigerlich verschwindet, um ihnen klar zu machen, wie sehr sie ihr schon verfallen sind. Wenn sie wieder zurückkommt, wird's ernst, dann müssen die Jungs zeigen, was sie im Portemonnaie haben. Bis auch das alles Claudine nicht mehr genügt, weder Geschenke, noch Aufmerksamkeiten, noch Liebesbeweise. Da fängt dann die letzte Phase an: Sie sieht zu, dass sie mitkriegen, dass sie sich auch noch anderswo rammeln lässt, aber nicht nur das, sondern vor allem, wie sehr sie darauf steht. Sagt ganz nebenbei, und tut so, als wäre sie ernstlich bestürzt darüber: «Wenn du wüsstest, was er mir für Orgasmen verschafft.»

Nicolas zieht an dem Joint, hustet ein bisschen, bemerkt:

«Ich bin ganz froh, dass wir nicht miteinander schlafen.»

Claudine schnappt sich die Fernbedienung und sucht nach einem Videosender. Sie antwortet:

«Keine Kunst, ich bin nicht dein Typ.»

Sein Typ, das sind, aus Prinzip, nie diejenigen Mädchen, die sich selbst schön finden. Er vögelt sie nicht, nur um es ihnen zu zeigen, denen, die glauben, ihren Reizen widerstehe keiner. Er hat seit geraumer Zeit kapiert, dass er ein hübscher Junge ist, der gut ankommt, ohne genau zu raffen, woran das liegt. Nichts lieber, als eine perfekt gestylte Zicke heiß zu machen, bis er merkt, wie sie glüht. Und sie dann nicht anzufassen. Andererseits hat er eine Schwäche für Frauen mit undankbarem Äußeren, das rührt ihn wie eine Ungerechtigkeit, auf die konzentriert er sich gern und zeigt ihnen ihre guten Seiten auf. Dabei kann er wenigstens sicher sein, dass er nicht der 500ste ist, der diese Katzen mit seinen Stößen zum Miauen bringt.

Claudine wendet sich ihrer Schwester zu, hält ihr den Joint hin:

«Rauchst du immer noch nicht?»

Pauline macht ein abwehrendes Zeichen, ihre Zwillingsschwester wirft einen Blick auf die Uhr: «Es wird Zeit ...»

Die andere macht sich nicht mal die Mühe zu antworten. Sie liest einfach weiter, Nicolas dreht sich zu ihr um. Er hat immer noch Schwierigkeiten, in dieser unauffälligen Büfflerin mit stumpfer Haut und stumpfem Haar, mit Klamotten, die wie ein Sack um sie hängen, und mit diesem bösen Blick, sobald sie jemand ansieht, irgendeine Ähnlichkeit mit Claudine zu entdecken.

Die meint jetzt: «Und, Schwesterchen, kein Lampenfieber?»

«Kann dir doch scheißegal sein.»

«Unglaublich, wie witzig, freundlich und gut drauf du immer noch bist ...»

«Hab nicht das Glück, so 'n kleiner Scherzkeks zu sein.»

Hat den verachtungsvollen Ton perfekt drauf. Nicolas unterdrückt ein Auflachen und stößt seine Nachbarin mit dem Ellbogen an. Muss doch garantiert auch über die Nettigkeiten ihrer Schwester lachen. Aber Claudine ergreift die Gelegenheit nicht, sich ein bisschen lustig zu machen. Sie, der immer alles am Arsch vorbeigeht, oder die zumindest gegenhalten kann, reagiert diesmal schlecht und versucht gar nicht, es zu verbergen. Sie schluckt mühsam, kneift die Augen zusammen und zischt:

«Hast auch nicht das Glück, sonderlich menschlich zu sein.»

Die andere hebt die Augen zum Himmel, verzieht hämisch die Mundwinkel und pariert: «Bis in dein Stadium von pathetischem Getue reicht das menschlichste Mitgefühl nicht runter.»

Ein paar Tränen rollen Claudines Wangen hinab, sie wischt sie nicht mal ab, als würde sie sie gar nicht spüren. Nicolas zerbricht sich den Kopf, wie er taktvoll eingreifen und dieses Crescendo unterbrechen kann. Letzter Ausweg: Er wendet sich der Schwester zu, damit sie's gut sein lässt. Pauline merkt, was er will, zuckt die Achseln: «Sie ist schon immer 'ne Heulsuse gewesen.»

Danach wechseln beide kein Wort mehr miteinander. Nicolas zappt und tut so, als wäre er von einem Tierfilm fasziniert. Als es Zeit ist zu gehen, steht Pauline auf, postiert sich vor der Tür, wartet auf Nicolas. Er starrt sie an, er kann's nicht glauben: «Hast du vor, so aus dem Haus zu gehn?»

«Ja. Mach ich jeden Tag.»

«Du musst Klamotten von deiner Schwester anziehn!»

«Würd ich nicht drauf zählen, Arschbacke, ich verkleide mich ungern als Schnepfe.»

«Kein Mensch wird uns je abnehmen, dass sie in dem Aufzug einen Gig macht!»

Er sieht Claudine ja nun oft, aber noch nie hat er sie eine Sekunde ohne Make-up gesehen. Selbst wenn sie unter einem Dach schlafen, gibt sie Acht, als Erste aufzustehn und im Badezimmer zu verschwinden. Ganz zu schweigen von ihrem Klamottenwahn und der Zeit, die sie braucht, die richtigen auszusuchen …

«Denk dir mal, man kann auch auf die Bühne, ohne wie ein Go-go-Girl auszusehn.»

«Hast du schon mal was vom ‹goldenen Mittelweg› gehört?»

«Totale Gruftischeiße.»

Er dreht sich zu Claudine um, hofft auf Unterstützung. Sie begnügt sich damit, die Hände in einer Geste der Ohnmacht zu heben:

«Gib's auf: No way bei ihr. Lass dir deswegen keine grauen Haare wachsen, da wird sowieso niemand sein, der mich kennt, sieht eben aus, als hätte ich einen akuten Anfall von Grungitis. Kann ja jedem mal passieren.»

Sie lächelt gezwungen, ohne eine Spur von Freude. Sie begleitet sie bis zur Tür, Nicolas bleibt kurz noch auf dem Treppenabsatz stehen, hofft immer noch, er findet irgendwelche Abschiedsworte, die die Stimmung auflockern, Claudine sieht ihn kaum an, murmelt: «Mach dir nicht ins Hemd, wird schon alles gut gehn.»

Tonlose Stimme, dann macht sie die Tür zu, nicht mal ein Augenzwinkern.

Er folgt Pauline die Treppe runter, hasst sie plötzlich so intensiv, dass er sich solidarisch mit den Typen fühlt, die kleinen Mädchen auflauern, sie zwingen, in ihre Höschen zu scheißen und sie dann damit erwürgen.

Rue Poulet, Metzgerei-Gestank, unausgeweidete Tierkadaver hängen an Haken. Auslagen mit seltsamem Gemüse, davor diskutierende Dämchen. Frauen hocken auf Motorhauben und verkaufen anderen, gestikulierenden Frauen Unterwäsche, lachen dabei oder schreien wütend rum. Eine echte Riesin hebt einen String ans Licht, um ihn besser zu betrachten, Sonnenstrahlen scheinen durch schwarze Spitze. Trottoir voll zertretener Pappbecher, Einwickelpapier und grüner Kartons. Ein Stück weiter verkauft ein Typ Pillen aus einer Plastiktüte.

Ziemlich schwierig, vorwärts zu kommen bei all den Leuten auf dem Trottoir.

Nicolas im Schlepptau, der schmollt, weil sie sich nicht umziehen wollte, steuert Pauline auf die Metro zu. Er macht eine verneinende Bewegung, deutet aufs gegenüberliegende Trottoir, einem Taxistand.

«Kann ich nicht nehmen, bin klaustrophob. Wir fahrn mit dem Taxi hin, ist nicht weit.»

Sie hebt die Augen zum Himmel, folgt ihm kommentarlos. Der mit seinen spastigen Phobien, «die Metro macht mir Angst», sollte ihm mal zeigen, was wirklich Angst macht, dem Hosenscheißer ...

Seit sie angekommen ist, nervt ihn diese offenkundige Verachtung; jeder ihrer Blicke ist vorwurfsvoll, geringschätzig. Kennt alles, hat ihr Urteil über alles schon fertig. Das würde ihm gefallen, dass sie so richtig in die Scheiße fällt, dass sie voll was vor die Fresse bekommt, damit sie einsieht, dass die andern tun, was sie können und sie keinen Deut besser ist. Alles eine Frage der Umstände. Bisschen zu einfach, vorbildlich zu sein, solange keinerlei Versuchung besteht.

Er mustert sie, ihr Profil, und sie haben doch dieselben Züge. Das verstärkt seine Antipathie noch. Als hätte sie Claudine was gestohlen, was Wertvolles, ihr Gesicht.

An der Kreuzung steht immer ein Van, entweder die Bullen oder ‹Ärzte ohne Grenzen›.

Um zwanzig Uhr sind die Türen des Élysée-Montmartre immer noch geschlossen. Der Soundcheck hat sich hingezogen. Ein paar Rausschmeißer stiefeln die Treppen hoch und runter und sehen besorgt drein.

Die Metro spuckt in regelmäßigen Abständen Leute aus, die

sich auf dem Trottoir ballen und in Grüppchen zusammenfinden. Einige erkennen sich wieder und begrüßen sich, als hätten sie sich am Vorabend getrennt. Niemand kommt auf den Gedanken, gegen die unvorhergesehene, sich hinziehende Wartezeit zu protestieren. Ab und zu dreht sich einer um, von irgendeinem Geräusch aus der Menge irregeführt, stellt sich auf die Zehenspitzen und hält Ausschau, ob's reingeht, aber es geht immer noch nicht rein.

Eine Frau schiebt sich durch die Menge, mit hartnäckigen Armbewegungen, eine Art City-Kraulen. Ein Rausschmeißer hört sich ihren Sermon an, sie wird zu einem Interview erwartet, er lässt sich ihren Ausweis zeigen. Er zückt sein Walkie-Talkie und fragt, was er mit ihr anfangen soll. Während er auf Antwort wartet, linst er ihr ausgiebig ins Dekolleté. Nicht dass ihm das besonders viel Spaß machen würde, ihre Titten anzustarren, was er geil findet, ist vor allem, es vor den Augen seiner Kumpel zu tun. Sobald sie sich umdreht, werden sie was haben, worüber sie ihre Witze reißen können.

Der Typ, der mit ihm arbeitet, meidet seinen Blick. Schande über den Kerl, der eine Frau derart anstarrt. Schande über sie, die sich so zur Schau stellt. Und Schande auch über ihn selbst, denn er hat seinen Blick nicht unter Kontrolle, er kriegt Stielaugen, die sich auf sie richten. Jedes Mal wenn er so eine sieht – und jedes Mal wenn er arbeitet, sieht er eine –, fragt er sich, worauf die wohl hinauswollen. Er lässt sie durch, sie steigt die Treppe hoch, die zum Saal führt, stößt die Tür auf, verschwindet. Sie lässt ihren Blick durch den Saal schweifen, auf der Suche nach jemand, den sie kennt.

Sie geht aufs Catering zu. Als sie sich der Bühne nähert, erkennt sie Claudine. «Die Zicke hat sich doch echt als Lesbe verkleidet … die schreckt auch vor nichts zurück».

Die Journalistin trippelt zur Bühne, im siebten Himmel bei dem Gedanken, richtig nahe ranzukommen und sich von Claudine die Hand schütteln zu lassen. Nicht dass sie sich freuen würde, sie zu treffen, sie kennen sich kaum, und die Pute ist alles andere als angenehm.

Nicolas fängt sie ab.

«Vergiss es, sie will niemand sehn.»

«Jetzt schon Starallüren?»

«Ne, aber Lampenfieber … Und sonst, wie geht's?»

Sie könnte ihn ohrfeigen. Und die Nutte da oben auch gleich mit, auf ihrer Bühne, die so tut, als sähe sie sie nicht, und sich aufspielt, als könne sie singen. Huhu, das ist nicht das Zenith hier, das ihr ausverkauft habt, ihr seid eben mal 'ne Vorgruppe. Sie macht gute Miene: «Du, das ist jetzt aber echt blöd, ich wollte sie wirklich interviewen … Kann ich es nicht doch, nach dem Soundcheck?»

«Heut nicht, sie ist zu sehr im Stress, sie hat mich gebeten, dass keiner ihr zu nahe kommt. Du weißt schon, damit sie sich konzentrieren kann … aber morgen kann sie dich ja anrufen, wenn du willst.»

«Morgen, fürchte ich, ist zu spät. Ich werd zu sehr im Stress sein, weißt du …»

Sie dreht sich auf dem Absatz um und geht direkt zur Bar, bestellt einen Whisky. Wütend und voller Verachtung, «Was soll das blöde Gesülze denn? Will sie, dass man über sie redet, oder will sie in ihrer Scheiße verrecken? Sie hat noch keine tausend

Platten verkauft und schwebt schon da oben rum …» Aber sie weiß auch genau, wenn man im selben Boot sitzt – die, die was tun, und die, die drüber schreiben –, dann schluckt man eine ganze Menge runter …

Nicolas sieht zu, wie sie sich entfernt. Momentan ahnt noch niemand was. Die Situation ist so absurd, wie's eigentlich nur in Träumen vorkommt.

Vorhin hat der Label-Manager rumgetrickst, um an Claudine-Pauline ranzukommen. Er hat ihr ohne Ende zu «dieser Platte, bei der jeder völlig ausflippt, was bin ich froh, dass ich sie gemacht habe» gratuliert. Nicolas stand daneben, das Herz schlug ihm bis zum Hals, er überlegte sich kurz, ihn niederzuschlagen, um irgendwie abzulenken. Aber Pauline hat sich perfekt aus der Affäre gezogen, indem sie ruhig und trocken entgegnete: «Halt dein großes Maul. Ich will nichts mehr von dir hören.»

Statt wütend zu werden, läuft Bermuda rot an und fängt an zu stottern, überwältigt vor Glück. «Eieiei, die Frau ist ja saustark drauf, hä, wenn die was will, dann …» Im Ton höchster Bewunderung, den er bei der echten Claudine, die sich bemühte, freundlich zu sein, nie drauf hatte.

Nicolas durchquert den ganzen Saal und erklärt dem Typ am Mischpult zum dritten Mal, dass es keinen Sinn macht, die Stimme so stark hochzuziehen.

Drei Stunden vorher hat er sich noch nicht vorstellen können, dass er dieses ganze Hin und Her mitmachen würde, weil hier ein Sub-Bass irgendwie und da ein Equalizer irgendwas.

Pauline hat sich einfach auf die Bühne gestellt, Hände im Rücken verschränkt, Blick auf den Boden gerichtet, und hat angefangen zu singen.

Sie war steif, lächelte nicht, Klamotten zum Auskotzen, aber plötzlich hatte sie Würde. Wortlose Metamorphose, es war beeindruckend mit anzusehen. Sah aus, als flöge ihr das Zeug, was sie da singt, ohne eine Miene zu verziehen, von weither zu.

Nicolas klettert auf die Bühne, «kein Feedback?» Vorsichtshalber wickelt er irgendeinen Stoff um das Mikro. Tritt dann zur Seite und bittet sie um einen weiteren Versuch. «Können wir nochmal Musik haben?» Währenddessen streitet er sich mit einem Typ von der Organisation rum, der den Soundcheck auf der Stelle beenden will, weil sie angeblich zu viel Verspätung haben.

Er rast los, noch eine letzte Sache in Ordnung bringen, die Jacks sind überall verwickelt, der Saal leer, er stellt sich genau dahin, wo er muss, um jeden Ton hören zu können, wie sehr genießt er dieses Geknacke aus den Lautsprechertürmen, die roten Lichter, dann die Höhe des Mikroständers verstellen, drüben die Jungs, die sich an die Streben hängen, um einen letzten Spot hinzudrehen …

Genießt es so sehr wie etwas, wovon man nicht mal mehr träumen wollte, um den bitteren Geschmack beim Aufwachen zu vermeiden.

Der Typ vom Saalpersonal wird richtig unangenehm. Die Türen müssen geöffnet werden, und das Konzert muss anfangen.

Nicolas geht an den Bühnenrand zu Pauline, bemerkt, dass ihre Hände zittern. Er fragt:

«Ich geh mal eben Zigaretten kaufen, hab keine mehr. Kommst du mit?»

Sie schüttelt den Kopf, wirkt sofort wieder unausstehlich. Andererseits ist er erleichtert, denn vor allem will er von irgendeiner ruhigen Ecke aus Claudine anrufen. Sie beruhigen, ihr sagen, dass alles bestens läuft. Und dann ist da auch eine Art Schuldgefühl: Wie viel Spaß es ihm gemacht hat, sich um den Soundcheck zu kümmern, es war, wie mit dem Feind zu fraternisieren.

«Willst du irgendwas?»

«Möglichst weit weg sein von all den Arschlöchern hier.»

Unmöglich zu verstehen, warum sie so wütend ist. Niemand hat mit ihr geredet, niemand hat ihr irgendwas getan. Aber es ist auch nicht gespielt, sie scheint völlig außer sich zu sein.

«Wartest du in der Garderobe auf mich?»

«Nein, ich werd mich im Scheißhaus einschließen. Da kann keiner mit mir reden. Wenn du zurückkommst, dann hol mich, ich werd in der Kabine ganz rechts von der Tür sein.»

«Alles o. k., Pauline, nicht zu viel Lampenfieber?»

Sie mustert ihn ausgiebig und sagt mit eisiger Stimme:

«Vergiss nicht, dass wir keine Kumpel sind.»

Der kleine Stich von Schuldgefühl, weil es ihm Freude gemacht hat, mit ihr zu arbeiten, ist wie weggeblasen. Bekloppte Kuh.

Alle Dinge in der Wohnung sind von einem dünnen, schmierigen Film überzogen. Claudine wäscht sich die Hände, selbst das Handtuch wirkt fettig. Manche Tage sind so.

Sonne, Xanax, eingebettet in eine Stille, die ein wenig absurd ist, man schwitzt etwas, Oberkörper und Rücken sind feucht. Die Augen fallen zu, sind bleischwer.

Gerade hat Nicolas angerufen: alles in Ordnung. Nicht weiter erstaunlich. So ist es immer bei Pauline: Ihr gelingt alles, was sie in die Hand nimmt. Sie kann sich's erlauben, die Nervensäge zu spielen und so zu tun, als koste es sie wer weiß was, auf die Bühne zu steigen. Sie weiß, dass sie eine tolle Stimme hat, und will, dass es jeder mitbekommt. Also wird sie ein gutes Konzert geben, selbst wenn es ihr allererstes ist.

Küche. Espresso steigt hoch, gurgelt immer lauter. Die Dichtung ist hinüber, an der Verschraubung treten hellbraune Blasen aus. Die Kaffeemaschine müsste auch erneuert werden, Claudine vergisst es immer wieder. Bei dem Gedanken zieht sich kurz das Herz zusammen, weil es jetzt ja sinnlos ist. Die Angst macht ihr nicht viel aus, zieht sich nur als dünne bittere Spur durch ihr Inneres.

Sie verschüttet etwas, wischt mit dem Schwamm drüber, der ein bisschen schwarz weil schlecht ausgewaschen ist. Der Haushalt ist ihr schon aus Prinzip egal: bloß nicht wie ihre Mutter sein.

Tu es nicht, ich fleh dich an, tu es nicht, es gibt Dinge im Leben, die lässt man sein, tu es nicht …

Ein offenes Fenster gegenüber, die Straße wirkt wie ein Resonanzkasten, Claudine hört das Lied, als würde es hier bei ihr laufen.

Präzise, schmerzhafte Anfälle, es sind dieselben unlösbaren Fragen wie die ganzen letzten Tage, aber je stärker die Schläge sind, desto weniger sind sie auszuhalten.

Die Vorhänge ein rosa Fleck, die Sonne verzieht sich. Stimmen unten auf der Straße steigern sich ins Schrille. Automatisch lehnt sie sich raus, um zu sehn, was los ist.

Ein Mann, er lehnt gegen das Schaufenster der Metzgerei, ihm gegenüber zwei Männer und eine Frau. Sie ist es, die redet, sie ist zornig, Kopftuch, rosa Kleid bis zu den Knöcheln. Die beiden Männer neben ihr nicken heftig, um deutlich zu machen, dass sie missbilligen, was der dritte getan hat. Unmöglich, genau mitzukriegen, worum es geht, sie reden nicht französisch. Aus der Entfernung sind sie kaum zu erkennen, aber es wirkt nicht so, als hätte der Mann, der mit dem Rücken vor dem vergitterten Rollladen steht, Angst.

Es sind Blumen rausgekommen dieser Tage, in ganz kurzer Zeit, da, vor den andern Fenstern.

Ihre Atmung kommt immer hastiger und unregelmäßiger, wenn sie nicht Acht gibt.

Wie lange bleibt das jetzt noch so, wie es gerade ist?

Das Glücksrad dreht sich keineswegs, alles Blödsinn.

Auf einem Tisch steht ein Foto von ihr und Pauline. Sie sind neun, es ist das einzige Foto, auf dem sie zusammen und gleich angezogen sind. Sieht aus wie ein schlechter Trick, als würde ein versteckter Spiegel ein und dasselbe Gesicht verdoppeln. Zwei Kartenköniginnen derselben Farbe.

Sie spürt, wie es in ihr hochkocht, das geschieht immer mal wieder. Diese Wut, und dann will sie zurück in die Vergangenheit und Rechenschaft fordern.

Der Vater, der immer wiederholte: «Sie ähneln sich ja ein bisschen, aber sie sind sich überhaupt nicht ähnlich», wobei er einen viel sagenden Blick auf Claudine warf. Angeblich sagte er ja nichts in ihrer Anwesenheit, um sie nicht zu verletzen, angeblich zog er ja Samthandschuhe an, weil sie nichts dafür konnte. Sie war diejenige von den beiden, die nicht besonders helle war, ehrlich, nicht eben aufgeweckt.

Ab und zu hatte der Vater Freunde zu Gast und rief die beiden Mädchen. Großes Geflüster, damit sie nicht hören konnten, als wüssten sie nicht sowieso alles. Dann fragte er sie aus, um aller Öffentlichkeit zu zeigen, wie sehr fleißig, schlau, frech und wie hellwach Pauline war. Daneben die Schwester, die nie irgendwas kapierte. Ihr Kopf machte seine Arbeit einfach schlecht, konnte nicht eins und eins zusammenzählen, schaffte nicht die richtigen Informationen herbei. Halb tot vor Scham vor diesen Unbekannten musste sie die Zähne auseinander bringen, irgendetwas sagen, sagte sie nichts, beugte der Vater sich zu den anderen Erwachsenen und sagte irgendetwas Bösartiges, etwas Herabwürdigendes.

Und die Mutter, diese Sau, schleifte sie, anstatt ihre Tochter zu verteidigen, anstatt das Ganze zu verhindern, auf der Stelle ins Bett, außer sich, dass sie sich so dumm gezeigt hatte. Am nächsten Tag strich sie ihr, um sie zu trösten, mit der Hand über die Stirn: «Ist doch nicht deine Schuld, mein Engel, bei Zwillingen gibt es halt immer eine, die die Macken abbekommt ... aber du, mein armes Engelchen, du kannst ja nichts dafür.»

Der Bauch der Mutter war noch nicht rund gewesen. Und da hatte sie schon erfahren, dass sie zwei auf einmal erwartete.

Zur selben Zeit raste der Vater vor Wut. Seit Anfang des Jahres lehrte die Mutter wie er am Gymnasium. Bis dahin war alles klar gewesen und problemlos auf einen Nenner zu bringen: Er hatte eine Idiotin geheiratet, einen farblosen Schussel.

Gewiss, es hatte die ersten Wochen der Verliebtheit gegeben, in denen der Vater sich zu ihr beugte: «Du bist mein ganzes Glück» und sie unaufhörlich küsste, sie mit Komplimenten wie Zuckerwatte stopfte, schlüpfrige Worte flüsterte und gar nicht genug von ihr bekommen konnte …

Und dann war sie mit der Zeit, als gingen ihm langsam die Augen auf, dieses erbärmliche Etwas geworden. Unfähig. Er verließ sie nicht, er betrog sie nicht. Er konnte nicht genug davon bekommen, ihr zuzusehen, wie sie alles, was sie anfing, schlecht machte. Er konnte nicht genug davon bekommen, wie schlecht sie sich anzog, er, der Eleganz über alles liebte. Wie ungeschickt sie redete, er, der den Geist so hoch hielt. Jede ihrer Bewegungen konnte gegen sie verwendet werden. Sogar noch die Art, wie sie einen Putzschwamm ausdrückte, das Telefon abhob, einen Rock trug.

Er konnte nicht genug von diesem pathetischen Versagen bekommen. Dabei bemitleidete er sich selbst: Welch ein Klotz am Bein war diese Frau. Und ohne jemals die Hand gegen sie zu erheben, konzentrierte er seinen ganzen Abscheu, seine gesamte Geisteskraft darauf, sie herunterzumachen.

Er ließ nicht von ihr ab, bevor ihr nicht die Tränen kamen. Und kaum waren die Augen nass, brach sein Zorn aus: Wie konnte sie es wagen zu jammern, was wusste denn sie vom Leid, wirklichem, brennendem Leid, wie er es kannte?

Genauso wie er das ganze Bett beanspruchte, beanspruchte auch seine Verzweiflung den größtmöglichen Raum. Er war einfach der Komparativ, aus Prinzip. Der Dünnhäutigere, der Sensiblere, der Gefühlsbegabtere, der Intelligentere. Derjenige von beiden, der einzig zählte, derjenige, der im Mittelpunkt stand.

Ihr einziges Recht war, ihm zuzuhören, denn er redete gern

stundenlang. Sie hatte die Pflicht, ihm zuzuhören, auch wenn seine Worte, zwischen denen mitschwang, dass sie nichts wert sei, wie ein Säurebad wirkten, auch wenn sie sie erstickten, indem sie ihr einfach keinen Raum zum Leben zugestanden.

Und die Mutter ließ alles mit sich machen, machte sich krank dabei, ohne ein Wort, typisch Frau. Die ganze Haut voller Ekzeme, die nie völlig abheilten, andauernd kotzen, peinlich darauf bedacht, nur kein Geräusch zu machen, der mangelnde Schlaf nachts schnürte ihr die Kehle zu. Aber bloß kein Wort der Klage, er war doch so sensibel, so leidend. Ihre Problemchen waren dagegen doch lachhaft, nur Spinnerei und Einbildung, für wen hielt sie sich denn eigentlich ...

Eines Tages hatte sie begonnen, als Lehrerin zu arbeiten, genau wie er und am selben Gymnasium. Binnen eines Jahres kippte alles um.

Die Mutter stellte sich als gute Lehrerin heraus, jedenfalls als eine, die die Kinder während ihrer Stunden im Griff hatte.

Er war immer mittelmäßig gewesen, weder beliebt noch gefürchtet, niemand interessierte sich für ihn, vor allem seine Schüler nicht, die sich darüber lustig machten, dass er trank, und anstatt die verzweifelte Würde solchen Tuns mitzubekommen, bekamen sie seine Fahne mit und schwenkten sie, um sich über ihn lustig zu machen.

So kam es, dass die Mutter eines Tages, als sie Klassenarbeiten korrigierte, vom Vater unterbrochen wurde, der, über ihre Schulter gebeugt, seine Meinung zu einem der Kommentare abgab, die sie niederschrieb. Ohne auch nur den Kopf zu heben, antwortete sie, konzentriert und mit gerunzelten Brauen: «Entschuldige bitte, aber ich glaube, ich weiß, was ich tue.»

Der Zorn des Vaters war fürchterlich, zunächst wollte er sie zwingen, sich zu entschuldigen, aber da sie auf stur schaltete, fing er an, Sachen kaputtzuschlagen und sie zu beleidigen, wie er es noch nie getan hatte ... Der Gedanke, dass es ihr etwa in den Sinn kommen könne, ihm zu widerstehen, dass sie irgendwoher die Kraft ziehen könnte, an sich selbst zu glauben, gegen seinen Willen, war ihm unerträglich.

Er steigerte sich an diesem Abend wie ein eigensinniges Kind in eine Wut über seine Machtlosigkeit und schritt zum ersten Mal zur Tat, indem er alles zerschlug, bis sie ihn mit angstvollen Augen anflehte und als Erste klein beigab.

Die Mutter gab den Lehrerberuf auf, völlig erschüttert, ihm wegen eines Jobs, der sie letztendlich gar nicht so sehr interessierte, so wehgetan zu haben.

Aber der Vater war nicht besänftigt. Von diesem Tag an begann er, der immer gespürt hatte, wann er kommen würde und auf ihren Bauch ejakulierte, weil er zu jung war, ein Kind zu bekommen und keineswegs sicher – weit davon –, eines mit haben zu wollen, sie durchzuvögeln, als wolle er sie auf den Boden nageln, bis zum Anschlag in ihr steckend, damit sie einen dicken Bauch bekam und zu Hause blieb.

Aber kaum war sie schwanger, bekam die Mutter wieder Aufwind und schlug ihm gegenüber einen neuen Ton an. Angeblich gab es manche Dinge, ihren Zustand betreffend, die sie besser wusste als er, «weil ich eine Frau bin», antwortete sie achselzuckend. Die Mutter schlug vor, die Zwillinge Colette und Claudine zu nennen, der Vater legte sein Veto ein, sie gab nicht nach.

«Dann entscheiden wir eben jeder über einen.»

Und so geschah es, der Bauch zerriss in zwei Teile.

Der Saal füllt sich. Die Leibesvisitation am Eingang dämmt den Strom der Besucher ein, die Rausschmeißer werfen einen Blick in Taschen, verlangen, dass Jacken geöffnet werden. Sie sind natürlich völlig überflüssig, gehören aber zum Ritual.

Auf dem oberen Treppenabsatz sammeln sich die Leute und quatschen, tauschen Gerüchte aus und ihre Meinung zu allem, was so passiert. Bekiffte Version einer gesellschaftlichen Soirée: Die meisten von ihnen sind aufgetakelt, gebleicht, gepierct, tatooed, zahnlückig, vernarbt und plateaubesohlt.

Nicolas bewegt sich zwischen ihnen hindurch und mimt den beschäftigten Typen, der in Eile ist, denn er hat keine Lust, ehemaligen Kumpeln über den Weg zu laufen. Wenn er Gesichter von früher sieht, kriegt er jedes Mal den Blues, spürt zu deutlich, was es heißt zu altern. Der Lack ist weg, ein bisschen verdorrt sind sie schon, die Müdigkeit hat sich eingegraben und oft auch noch ein Zug von Bitterkeit, der den Rest Lebendigkeit in ihren Augen auslöscht.

Währenddessen sitzt Pauline in voller Montur auf dem Klodeckel und raucht eine Zigarette nach der andern. Bereut, hier zu sein. Von diesem Augenblick hat sie so lange geträumt. Aber das hier ist anders. Es war ihr eigener Name, und Sébastien war da, in der Kulisse, voller Stolz, ihr zuzuhören. Und sie sang auch nicht vor diesen verblödeten Jugendlichen, die hier waren, um ihre kleinen Seelen sodomisieren zu lassen, die alles fraßen, wo subversiv draufstand, Hauptsache sie konnten daran glauben, ein bisschen zusätzliche Identität einzuheimsen.

Vor allem fehlt ihr Sébastien.

Diese Abwesenheit schnürt ihr die Brust ein, und wie die Perlen eines Rosenkranzes geht sie die Erinnerungen an seine besten Eigenschaften durch. Nummer eins ihrer inneren Hitparade, als Endlosschleife.

Als sie ihn zum ersten Mal traf, hat sie sich ein bisschen über ihn lustig gemacht, er hatte irgendwas Debiles.

Er war älter als sie, hatte ein Auto, brachte sie nach Hause.

Und dann dieser Tag: Er hat sie bis vor die Tür gebracht, sich dann auf die Haube von seiner Karre gesetzt und angefangen, Witze zu erzählen. Claudine ist dazugekommen, hat ihre Nummer abgezogen. Als sie wieder weg war, meinte Seb lediglich: «Komisch, euch so zusammen zu sehen. Die ist ziemlich hübsch, deine Schwester. Aber sie hat nicht das, was du hast.»

Er war weder verwirrt noch erregt. Er war der erste Junge, den sie traf, den die Reize ihrer Schwester kalt ließen. Und der sie vorzog. Also warf sie sich in seine Arme, die eine ganze Welt für sich waren. Und seither hatte nichts diese Umarmung lösen können.

Bis zu jenem Märztag, als sie abends auf ihn wartete und sich über seine Verspätung ärgerte. Sie wollten zusammen ins Kino gehen, er hatte keine gesteigerte Lust gehabt, also wurde sie immer saurer, während sie auf die Uhr blickte, war sicher, dass er das mit Absicht machte. Bis es Nacht wurde und sie anfing, sich Sorgen zu machen.

Und dann klingelt das Telefon, der Anwalt ruft sie auf seine Bitte hin an, er ist am Morgen gekascht worden, auf der Wache heißt er nur «der dicke Fisch», er kommt demnächst vor Gericht, er weiß nicht, wie lange er riskiert, er kann ihr keine Frage beantworten, das hängt davon ab, wen er auffliegen lässt oder nicht. Der Anwalt ist taktvoll, redet mit distanzierter Höflichkeit, aber sie ist ihm völlig egal, es ist nur eine Dienstleistung: Der Frau eines seiner Mandanten Bescheid sagen.

Alles zerreißt, alles hängt im Leeren.

Hinter der Tür sind die Leute vom Catering zugange und reden miteinander:

«Die Gruppe geht mir auf den Geist, die wollen immer voll im Trend sein.»

Eine andere Stimme:

«Wenn die Amis so was machen, dann finden's alle wahnsinnig ‹cute›, aber kaum macht es ein Franzose, kann sich keiner mehr drüber amüsieren.»

Ein aggressiver Ton, Leute, die schon was intus haben, einander mit Gewalt von etwas überzeugen wollen, sterile Gespräche, die ein Mosaik von Sinn ergeben. In Wirklichkeit redet jeder von was ganz anderem. Jeder ein ehemaliges unglückliches Kind, das sich auf jede Gelegenheit stürzt, in der Hoffnung, indem man irgendetwas sagt, kommt vielleicht was anderes raus, kleine Stückchen eines vergifteten Kuchens, die man gern irgendwohin ausspucken würde.

Zwei Mädchen trödeln ein bisschen vor dem Waschbecken rum, Pauline hört sie reden. Wahrscheinlich waschen sie sich gerade die Hände, legen Make-up auf, bringen die Frisur in Ordnung. Die eine sagt:

«200 000 Vorschuss, das ist kein Pappenstiel.»

«Ja, aber ist das Geld für sie, oder fürs Equipment?»

«Für sie, als kleine Entscheidungshilfe, damit sie eher da unterschreiben als anderswo. Ist ein Vorschuss auf die Verkaufserwartungen des Labels.»

«200 000! Wird dir mit einem Schlag 'ne ganze Menge Sorgen abnehmen.»

«Hoffen wir's ...»

«Du bist jetzt schon so lange diejenige, die schuften muss, da müsste er echt schamlos sein.»

«Und schamlos ist er weiß Gott. Du kommst nie drauf, was er mir gesagt hat ... Er hat vor, mir 2000 pro Monat zu geben, für die Rechnungen.»

«Nee!»

«Und wie, der Typ ist ja nicht erwachsen, der hat noch nicht kapiert, dass er selbst auch die Miete bezahlen kann. Für ihn ist die Kohle Taschengeld, davon darf er sich seine Spielsachen kaufen. Andererseits muss ich zugeben, dass ich ihn vielleicht auch ein bisschen zu sehr hab machen lassen.»

«Aber trotzdem, bei 200 000 muss einer schon geizig sein, nur 2000 Eier rauszurücken.»

Sie gehen hinaus. Dann die Stimme von Nicolas:

«Bist du da?»

Kaum öffnet sie die Tür, bittet er sie, fünf Sekunden auf ihn zu warten. Beim Pissen sagt er:

«Das ist das Lampenfieber, da muss ich alle fünf Minuten pissen. Geht dir das nicht so?»

Erst in diesem Augenblick findet sie Worte für das, was sie fühlt: Angst und Panik, wie oben auf dem höchsten Brett des Sprungturms. Dieser Krampf in ihr drinnen, eine Nervosität gemischt mit einem irrsinnigen Wunsch, anderswo zu sein, alles rückgängig zu machen. Und zugleich auch Ungeduld auf das Gefühl, wenn's losgeht.

Pauline folgt ihm durch die Gänge, fragt ihn nachdenklich:

«Ist es wahr, kommt es vor, dass dir einer 200 000 Francs Vorschuss auf eine Platte gibt, die du machen sollst?»

«Kommt schon mal vor, aber nicht bei vielen.»

«Muss man dafür schon bekannt sein?»

«Ja, oder aber du musst alle so zum Ausflippen bringen, dass sie sich nass machen.»

Sie steht drei Schritte neben der Bühne, da, wo kein Licht mehr hinfällt. Die ersten Zuschauerränge, dichte Haufen stehender Leute, die reden, rot glimmende Zigarettenenden, diffuser Lärm. Zwei Typen von der Tonabnahme machen noch auf der Bühne rum, der eine schraubt an einem Galgen, der andere verschiebt die Leslies. Sie spürt ihre Beine nicht mehr, nur noch ihre Kehle, die ist wie ein Abgrund, sie will da nicht rauf. Sie kommt um vor Lust, auf der Bühne zu stehen, sie zittert am ganzen Leib.

Jemand sagt ihr, dass sie rauf muss. Eine andere Zeit fängt an, in der sie nichts wahrnimmt, in der sie unter Hypnose steht und sich bewegt wie ein Automat.

Die Bühne in Dunkelheit getaucht, die Leute unten eine Endlosperspektive aus Gesichtern, über die eine wispernde Welle läuft, als sie auftaucht.

Sie schafft das nie. Sie kann keine Bewegung machen, nicht einmal den Mund öffnen. Die Spots richten sich auf sie, blenden sie, und das Stück geht los. Sie hat nur eben Zeit zu denken: «Ich hab den Text vergessen und keine Stimme.»

Sie schämt sich zutiefst, da zu sein und von jedermann gesehen zu werden. Sie fühlt sich lächerlich, erniedrigt, zur Schau gestellt. Und sie hat hier absolut nichts verloren, warum steht sie hier rum und lässt sich angaffen? Was soll sie mit ihren Armen anfangen und was mit ihren Beinen, und wie kann sie sich in Luft auflösen, dem Ganzen hier entgehen.

Nicolas beobachtet sie, er ist im Dunkeln am hinteren Bühnenrand, spielt seine Bänder ein, hat ein bisschen Schiss, dass irgendwas schief läuft, aber nichts läuft schief.

Man sieht, dass sie sich nicht wohl fühlt, dass sie völlig verkrampft ist. Die meisten Leute im Saal machen sich nicht die Mühe zuzuhören, sie quatschen, warten auf die echte Gruppe. Ein paar Gesichter in der ersten Reihe sind aufmerksam, ein paar Köpfe bewegen sich ein bisschen mit. Immerhin.

Diese Stimme, die sie hat, schon affenstark, die Frage ist gar nicht, ob sie sie gut einsetzt, alles eher eine Sache des Drives.

Pauline und Nicolas gehen zu Fuß nach Hause zurück. Zwischen Pigalle und Barbès sind die Trottoirs rappelvoll, Schaufenster leuchten, haufenweise Leute. Einige gehen zu den Nutten, andere ein Glas trinken, wieder andere ins Konzert oder Kino, oder besuchen jemand, oder wollen irgendwo essen … alle möglichen Leute tun alle möglichen Dinge, wie ein riesiger Verschiebebahnhof, aber jeder bleibt auf seinem Gleis …

Gleich nach dem Konzert hat Nicolas ganz schön getrunken, die Erleichterung nach dem Schreck, er hatte es nötig, sich abzureagieren. Haufen Leute um ihn herum, backstage, die versuchten, sich ihn zu greifen, Komplimente regneten herab, ein paar davon ehrlich gemeint. Pauline wartete auf ihn, sie hatte sich wieder im Scheißhaus eingeschlossen. Er sagte: «Ich hab keine Ahnung, wo sie hin ist», und dabei wollten so viele Leute sie sehen und schleimten rum. Ein paar waren hartnäckiger als andere, wollten sie unbedingt diesem oder jenem vorstellen und die wichtigen Mittelsmänner spielen. Er konnte sich kaum mehr losmachen, eine reiche Ernte von Visitenkarten und auf Zigarettenpackungen gekritzelte Telefonnummern. Ein kleiner Erfolg. Dass sich einem der Kopf dreht.

Dann hat er Pauline vorgeschlagen, zu Fuß nach Hause zu gehen, er brauchte ein bisschen frische Luft, die abends noch kühl ist, jetzt, zwischen zwei Jahreszeiten. Unterwegs redet er wie ein Buch.

Sie hat noch kein einziges Wort gesagt, seit sie von der Bühne runter ist. Nicht mal irgendeine gemeine, kleine Spitze.

Sie biegen auf den Boulevard Barbès ein, die Straße leert sich, endlich mal. Rechterhand wie eine Art Canyon die Goutte d'Or.

Von weither ist eine Feuerwehrsirene zu hören und kommt ohrenbetäubend näher.

Nicolas meint: «Sieht aus, als käm die Feuerwehr hier irgendwo vorbei … Womöglich schon wieder ein Toter. Letzten Sommer hat sich ein Typ einen Messerstich eingefangen, direkt unter Claudines Fenster. Sie haben die ganze Straße abgesperrt wie in einem amerikanischen Film und die Silhouette mit Kreide auf den Boden gezeichnet. War schon irgendwie komisch … Das war direkt vorm Fenster, nicht auf'm Bildschirm. Dann haben sie irgendwelchen Kram erledigt, dann ihre Absperrbänder weggenommen, und schwupp! war die Straße wieder voller Leute. Es sah aus, als würde das Leben den Tod hinwegfegen.»

Am Ende der Rue Poulet ist ein Auflauf.

«Auch das noch, genau in der Straße!»

Er beschleunigt seinen Schritt, es prickelt, aber er ist auch ärgerlich: «Hoffentlich kein Toter ...»

Pauline hört zu, wie er plappert, findet, er spielt ein bisschen zu sehr den streetwisen Typ, als dass es sich echt anhört.

Sie erreichen das Haus, rot-weiß gestreiftes Plastikband versperrt den Eingang.

Nicolas hebt den Kopf, sucht Claudine an ihrem Fenster:

«Ach, sie ist nicht da ... Wundert mich ja bei ihr, in der Straße hast du nämlich immer was zu tun, wenn du den Blockwart spielst ...»

Er spricht einen Uniformierten an: «Entschuldigung, aber wir wohnen hier. Können wir rein?»

«Können Sie sich ausweisen?»

«Nein. Wir dachten eigentlich nicht, dass wir einen Ausweis brauchen, um in unsere Wohnung zu kommen ... Aber wir werden von jemand erwartet, der kann ...»

Pauline hat die Leute zur Seite geschoben und ist bis zur Absperrung vorgedrungen. Sie wendet sich Nicolas zu. «Sie wird gar nichts mehr können.»

Er versteht sofort, es ist wie ein Faustschlag in den Magen. Einer der Bullen mustert Pauline und kombiniert helle: «Sie gehören zur Familie, stimmt's? Mein Beileid.»

Nicolas kommt der blöde Gedanke, dass er der Einzige ist, der die Ähnlichkeit nicht auffällig findet. Sie zögert, jetzt müsste sie die Wahrheit sagen, aber da sie aus dem Konzert kommt, wo sie die andere sein sollte, weiß sie nicht mehr, was tun. Ihre Verwirrung geht für Schmerz durch. Der Bulle hebt das Absperrband hoch und macht ihr ein Zeichen, durchzuschlüpfen. Sagt dabei:

«Sie ist runtergesprungen. Mehrere Nachbarn sagen, dass sie sie gesehen haben.»

Ein Mann fragt nach ihrem Namen, sie sagt:

«Ich bin Claudine Leusmaurt.»

Mit etwas Verspätung schreckt Nicolas hoch, will dazwischengehen, aber sie ist bereits in Fahrt.

«Ich wohne hier. Meine Schwester ist heute zu Besuch gekommen. Wir sehen uns fast nie. Es ist blöd zu sagen, aber ... Ich hätte mir so was denken können.»

Der Mann, der die Fragen stellt, kritzelt irgendwas in einen Block. Er macht alles so, wie er es aus vielen Filmen kennt, er hat die Gesten und Körperhaltungen übernommen, die ihm für derartige Gelegenheiten passend vorkommen. Bloß steht ihm dabei ins Gesicht geschrieben, wie ihn das alles anödet, vor allem der Gedanke an den ganzen Papierkram, der ihm bevorsteht. Er schnieft und fragt: «War sie alleine da oben?»

«Ja, ich hab heute ein Konzert gegeben. Sie konnte Menschenmengen nicht ausstehen, also wollte sie nicht mitkommen.»

Sie verspürt nicht das geringste Gefühl, höchstens eine gewisse Feindseligkeit, «sie muss aber auch immer irgendwelchen Scheiß bauen», und fröhliche Gewissenbisse. Es ist das dritte Mal, dass sie will, dass einer abkratzt, und der tut es dann wirklich: zuerst die Mutter, dann der Vater, jetzt Claudine. Ein leeres Loch rings um sie. Alle, die bezahlen mussten, haben ihre Schulden getilgt.

Seltsam, das Wohnzimmer voller Leute zu sehen, die irgendwelche Sachen machen. Das verwandelt es mit einem Schlag in eine Kulisse. Pausentaste und dann Standbild eines völlig normalen Raumes, in dem in alle Richtungen hin und her gerannt wird.

Ein Typ, muss wohl ein Inspektor sein, versucht, Nicolas zum Sprechen zu bringen, aber der lehnt sich zum Fenster raus und sagt keinen Pieps. Pauline sitzt auf einem Stuhl und geht dazwischen: «Er ist sehr sensibel, er steht wohl unter Schock.»

Sie steht auf und zieht ihn am Arm. «Geh nach Hause.»

Sie nimmt seine Hand, drückt sie so stark, dass sie sie fast zerquetscht und bohrt ihre Augen in seine. Zum allerersten Mal, seit sie angekommen ist, dringt sie so brutal in ihn ein, es fühlt sich an, als fahre ihm Metall in den Körper. Ihr Handgriff und ihr Blick haben eine stählerne Autorität. Sie fragt: «Rufst du mich morgen an?»

Dann wartet sie, dass er sich aufmacht, und wendet sich dem Inspektor zu: «Er hat sie überhaupt nicht gekannt. Sie wohnt nicht in Paris. Also lassen Sie ihn in Ruhe nach Hause gehen.»

«Jetzt können Sie sagen ‹Sie wohnte nicht in Paris›.»

«Du bist ja echt wahnsinnig taktvoll, du Vollidiot.»

Jetzt hat er sie provoziert, sie kennt diese Situationen, in denen sie Lust hat loszubrüllen. «Du Scheiß-Wichser, du Arschficker, meine Schwester ist eben aus dem Fenster gesprungen, und du stehst hier rum wie nicht bestellt und pisst mich bei mir zu Hause blöd von der Seite an? Ham sie dir ins Gehirn geschissen oder was, dass du derart debil bist?»

Nachdem sie aufgehört hat zu kreischen, ist es zunächst nicht ganz klar, von woher der Wind weht. Die Anwesenden wirken alle ermüdet, offenbar können sie ihren Kollegen nicht besonders leiden, denn sie unterstützen eher Pauline, meinen, man müsse sie verstehen.

Sie lassen Nicolas gehen.

Sie fasst im Kopf zusammen, worauf sie Acht geben muss, um nicht den Faden zu verlieren und sich nicht zu verraten. Jetzt, wo sie Claudine geworden ist, darf sie keinen einzigen Fehler begehen.

Er ist nach Hause gegangen, in seine Achtzehn-Quadratmeter-Bude. Er hat sich auf das Schlafsofa gesetzt, das er nachts ausklappt. Hat die Kopfhörer aufgesetzt und eine CD eingeschoben. Immer noch völlig groggy.

Die bestürzende Banalität eines solchen Dramas, das irgendwo geschieht. Mit welcher Wirksamkeit da so ein Leben gekappt wird. Ein paar Sekunden genügen, danach hat alles Platz in einem Satz, und plötzlich ist alles zusammengebrochen.

Nicht mehr geweint, seit er ein kleines Kind war, heut Abend wär's schön, er könnte. Er weiß nicht, was das helfen würde, aber wie bei allem, was ihm versagt ist, glaubt er, es müsste wunderbar sein.

Er bewegt sich nicht, lässt die Gedanken strömen. Sie kommen und gehen, wie sie gerade Lust haben, rasiermesserscharfe Gefühle. Ohne dass er die Kraft hätte, sie zu ordnen oder zu verscheuchen.

Er fühlt sich entsetzlich schuldig. Es nicht vorausgesehen zu haben. Einmal zeigt sie sich ganz offen, und er vertagt die Angelegenheit.

Er verspürt jetzt schon die Gewissheit, sich lange Zeit Vorwürfe zu machen, diesen Abend so genossen zu haben. Und als sie zu Fuß nach Hause sind, er entsinnt sich ganz genau, da überlegte er schon, wie er sich nachher verhalten, wie er Claudine von diesem Konzert erzählen sollte, nahm sich vor, ein paar Dinge zu verschweigen, um sie nicht zu verletzen.

Vor allem aber bereut er, Claudine nicht irgendwohin mitgenommen zu haben, irgendwo, wo's ruhig ist, wo die Angst langsam verschwunden und versiegt wäre. Vorwürfe, auch kein Geld für so was zu haben: «Komm, wir nehmen die Bahn, wir hauen ab, ich glaub, du brauchst 'n bisschen Ruhe».

Ein anderer Gedanke dreht sich in seinem Kopf, ein beschissener, der sehr fehl am Platz ist, aber andauernd wiederkommt. Ein eitles Beleidigtsein: Warum hat sie mir keinen Brief hinterlassen? Was auch bedeutet: Warum hat sie nicht auf mich gewartet und mir keine Chance gegeben, ihr zu helfen? Zählte er denn überhaupt nicht, fiel er denn gar nicht ins Gewicht, machte es denn gar keinen Unterschied in der allgemeinen Tristesse, ob er da war oder nicht?

Seit Wochen schon hatte er da so was gespürt, hinter dem letzten Aufflackern von hektischer Aktivität, irgendwas, wo man besser nicht hinsah. Er hatte ganz genau bemerkt, wie ihre Depression sich beschleunigte. Er hatte nicht den Mut gehabt, sich da einzumischen. Er dachte, es würde sich schon geben, wie so oft. Der Dämon fällt wieder zurück in den Schlaf. Er sieht eine Art roten und feurigen Vogel mit goldenem Schnabel, der ihr die Brust aufriss und an diesem Abend verlangte, dass sie sich ihm ganz hingab.

Hatte es so kommen müssen, stand irgendwo geschrieben, was genau passieren soll? Oder aber hing alles an einem seidenen Faden, hätte irgendein Geräusch von gegenüber, ein Anruf oder irgendein Gesicht auf dem Bildschirm, das ihr gefiel, genügt, und der Augenblick wäre vorübergegangen, wäre nicht anders verlaufen als jeder andere auch.

Hat sie noch Zeit gehabt, es zu bereuen, die Sekunde, nachdem sie es getan hat, noch Zeit gehabt zu versuchen, sich festzuhalten, das Offenbare mit aller Kraft von sich zu weisen und weiter zu glauben, dass sie überleben wird? Hat ihr Leben sich in seiner Gänze unter ihr ausgebreitet, ist es im selben Moment aufgeflammt und hat ihr gezeigt, was sie war?

Sie hat den ganzen Tag geschlafen, ein Haufen Geräusche von draußen mischen sich in den Schlaf. Ein lauter Streit hat sie aufgeweckt, sie ist aufgestanden, immer noch groggy, und hat einen Blick auf die Straße geworfen. Ein Mann, der versucht eine Frau zu schlagen, sie hält ein Kind an der Hand, sie keift auf ihn ein, versucht dabei, seinen Schlägen auszuweichen, dann läuft sie davon, das Kind schreit, und streckt die Arme nach seinem Vater aus. Sie ist wieder zurück ins Bett. Beim Geruch des Bettzeugs befiel sie eine leichte Übelkeit. Die Sonne hämmerte gegen ihre geschlossenen Lider. Das Telefon im Nebenzimmer klingelte in regelmäßigen Abständen, Fangarme von Stimmen schlängeln sich aus dem Anrufbeantworter.

Dann kam kein Licht mehr durch die Vorhänge, und sie stand auf, um etwas zu essen.

Dumpfe, pure Abneigung. Claudine hat es immer draufgehabt, allen und jedem auf die Nerven zu gehen. Sie hätte ihre Großmutter verkauft, um Aufmerksamkeit zu erregen. Was an dem Abend passiert ist, war ganz einfach zu erklären: Sie fand es so unerträglich, nicht selbst im Rampenlicht zu stehen, dass sie es vorzog, aus dem Fenster zu hüpfen. Krank vor Eifersucht und immer der Wunsch, sich in den Vordergrund zu drängen.

Diese Nacht war unerträglich gewesen, so viele Unbekannte, die übers Ohr gehauen werden mussten. Wie im Traum, sicher wie eine Schlafwandlerin, schlüpfte sie in die Rolle Claudines. Und dabei sagte sie sich im Geiste: Diese dämliche Kuh hat geglaubt, sie könnte mich benutzen, dabei hat sie mir einen Riesendienst erwiesen.

Denn es kommt ihr ganz gelegen, für ihre Schwester gehalten zu werden, bis sie einen Plattenvertrag in der Hand hält. Seit sie davon hat reden hören, geht ihr die Geschichte mit dem Vorschuss nicht mehr aus dem Kopf. Sie wird einen saftigen kassieren und dann mit der Kohle abhauen. Der Gedanke ist ihr schrittweise gekommen, jetzt ist sie sich ganz sicher. Die andere kannte einen Haufen Leute, sie wird ihr Adressbuch benutzen, und in einem Monat ist die Sache geritzt. Bis Sébastien rauskommt, wird sie einen Riesenberg Kohle gemacht haben, dann können sie abhauen, so weit weg wie möglich.

Jetzt sitzt sie hier alleine in dieser Wohnung wie das letzte Arschloch. Das erste Mal, dass sie auf diese Weise alleine ist. Ein Gefühl, als hätte sie im Suff eine Riesendummheit gemacht.

Überall liegen gebliebenes Zeug ... Offene Bücher neben dem Bett, Kugelschreiber, Lippenstift, nicht ausgespülte Gläser, auf deren Boden der Alkohol festgetrocknet ist, Pullover, eine Küchenrolle, Kaffeedose, leere Zigarettenpäckchen ...

In einer Ecke des Wohnzimmers ist eine ganze Wand Marilyn Monroe gewidmet. In allen Posen, in jedem Alter, aus allen Perspektiven, lächelnde Marilyns, die sich dem Objektiv entgegenbeugen, die irgendwas wollen, wer weiß was, die alles geben, das Wichtigste, die Essenz ihrer selbst, die gar nicht existiert. Gestern Abend noch hatte Pauline, als sie diesen monströsen Fotoschrein entdeckte, in dem die Blondine sich zur Schau stellte, Trauer und Ekel empfunden, diese Schnepfe mit ihren Kindereien, die einfach nicht kapierte, dass es da, wo sie suchte, nichts zu finden gab.

Heute, wo sie alleine in dieser fremden Wohnung herumsitzt, kommt ihr der Gedanke, die ganzen Fotos abzureißen und ein bisschen Ordnung in den erbärmlichen Saustall zu bringen. Aber die Schwester ist nicht mehr da, und es hat absolut keinen Sinn. Wie alle möglichen anderen Dinge, die ihr spontan in den Sinn kommen, mit einem Mal nicht mehr selbstverständlich sind.

Ein neues Gleichgewicht muss gefunden werden. Sie hatte sich gegen die andere entwickelt, eine Kraft, die sich an einer Gegenkraft formt. Sie macht sich erst mal ein klares Bild von der Sache: Zwei kleine Frauchen in einer Blase, jede drückt mit der Stirn gegen die Stirn der andern. Nimmt man eine der beiden kleinen Frauchen weg, kippt die andere automatisch nach vorn und fällt in den Teil der Blase, der eigentlich der ersten zugedacht war. Eine Leere, ein Abgrund hat sich in ihr aufgetan, in einer Nacht hat sich alles verändert.

Draußen Lärm, sie geht ans Fenster. Seit sie wieder hier ist, lockt die Straße sie alle zehn Minuten an, die immer gegenwärtige Welt da draußen. Diesmal ist es ein rennender Junge, der zwischen den Leuten durch slalomt, zwei Bullen auf den Fersen. Räuber und Gendarm. Die Passanten bleiben steif stehen und schauen der action zu. Dann kommt das Trio in umgekehrter Richtung wieder vorbei, Handschellen, der Junge eingerahmt.

Haben sie auch Sébastien, als sie ihn verhafteten, so vorgeführt und ihn gefesselt an den Leuten vorbeidefilieren lassen?

Sie ist nicht die Einzige, die am Fenster steht, die ganze Strecke entlang lehnen sich Leute heraus und schauen zu, und keiner greift ein, egal was passiert.

Um irgendetwas zu tun, legt sie Musik auf und tanzt. Das macht sie, seit sie denken kann, komplexe Tänze ganz alleine für sich selbst. Langsam kommt der Schweiß aus den Poren, zuerst werden die Schultern feucht, dann der Rücken, zum Schluss die Schenkel. Atmen. Fersen, Hüften und Arme stellen die Musik dar, alles was sie von ihr hört, und sie beginnt mitzusingen, die Refrains gegen den Rhythmus, unsere tägliche Trance.

Wieder klingelt das Telefon, aus allen Stimmen schwitzt dieselbe, schlecht vorgetäuschte Lässigkeit. Seine hier ist anders.

«Nicolas hier. Gehst du ran?»

Sie stürzt zum Telefon und hebt ab. Ihr Hallo hallt nach, weil der Anrufbeantworter noch angeschaltet ist, sie sucht die Stopptaste. Nicht zu finden. Pauline ruft in den Hörer, er solle nochmal anrufen und legt auf, in der Hoffnung, dass er verstanden hat. Das Telefon klingelt wieder, und er ist dran. Er sagt: «Und?»

«Ich hab bis sechs Uhr heute Morgen mit ihnen zusammengesessen. Ist alles gut gelaufen.»

«Was ist gut gelaufen?»

«Claudine zu werden.»

«Was ist denn in dich gefahren?»

«Reflexhandlung.»

Er sagt missmutig und düster: «Mir fehlen die Worte.»

«Kannst du rüberkommen?»

«Wozu?»

«Wir müssen quatschen.»

«Ich hab keine Ahnung, was du vorhast, aber lass es bleiben.»

«Du drückst viermal kurz die Klingel, damit ich weiß, dass du's bist, o. k.?»

Er willigt ein. Was ihr von vornherein klar war. Genau wie er in alles andere einwilligen wird. Das ist genau der Typ, der nie in der Lage ist, das Richtige zu tun, der immer eher die falsche Wahl treffen wird und den das Chaotische fasziniert. Sie hat es genau im Gespür, wie er funktioniert und wozu er noch gut sein kann.

Sie legt auf und schaut das Zeug an, das neben dem Telefon rumliegt. Flyer eines Pizzaservice, Aspirindose, Visitenkarte einer Kosmetikerin, Visitenkarte eines Journalisten, Stromrechnung, altes *Pariscope*, in dem viele Veranstaltungen dick rot oder blau unterstrichen sind, wo Claudine eben hin wollte, ihr Telefonverzeichnis, eine leere Zigarettenschachtel mit einer darauf gekritzelten Telefonnummer, ein Timer voller gelber Post-it-Merkzettel.

Alles das ist der Abfall eines fremden Lebens. Pauline spürt, wie ein Schwall von Verachtung in ihr hochsteigt; aus dem Fenster zu hüpfen, das kann man wirklich einen misslichen Ausklang nennen. Feige Kuh.

Eine Videokassette ohne Beschriftung, eine Bahnfahrkarte nach Bordeaux, bereits entwertet, die Vorschau eines Programmkinos; Pauline muss grinsen: «Ich kann mir schwerlich vorstellen, dass du dir schwedische Filme angekuckt hast, vermutlich wolltest du irgendeinen wichtigen Typen beeindrucken». Ein dünnes Zehn-Francs-Taschenbuch, Schlüssel für weiß der Himmel was, ein fast leeres Scheckheft.

Sie steckt die Kassette in den Recorder und drückt auf ‹Start›. Dann nimmt sie die Zigarettenpackung, wählt die Nummer und fragt nach Jacques. «Hallo, Tag, Claudine hier, stör ich dich?»

Auf dem Bildschirm läuft ein Clip, sehr junge Typen im Anzug, der ominöse Jacques ist höchst gerührt: «Ich dachte ja nicht, dass du dich nochmal meldest. Nein, natürlich störst du nicht.»

Jetzt ist Claudine auf dem Bildschirm erschienen, kurze Totalen auf ihren Arsch, tanzen kann man das nicht nennen, was sie da tut, sie windet sich wie eine Geisteskranke, schon relativ sinnlich, aber trotzdem nicht gerade überzeugend. Nein, das Ganze wirkt eher, als sei sie nicht richtig im Kopf. Ewig hohe Absätze, vergoldet und mit einer Schnalle um die Knöchel.

«He, du hörst dich nicht gut drauf an, Miss!» – «Doch, doch, alles bestens, aber ich bin ein bisschen erschlagen.» – «Hast du dein Konzert gefeiert? Du hast sie alle verblüfft, die Leute reden von nichts anderem.»

Er hat die Stimme eines sehr jungen Mannes, der den reifen Typ spielt. Stil zärtlicher Beschützer. In der Hoffnung, dass er was von sich erzählt, fragt Pauline: «Und deine Geschichten, wie läuft's?» Irgendwo muss man ja anfangen. Auf dem Bildschirm ist Claudine wieder aufgetaucht, im selben Aufzug, aber jetzt hockt sie sich auf alle viere, bewegt die Arme, als wollte sie signalisieren «Ich bin eine heiße Katze.» Pauline fragt sich, ob sie irgendwann noch ihr Kitekat aus dem Napf fressen wird.

Am Telefon zählt Jacques einen Haufen Dinge auf, die er vorhat, Fernsehgeschichten für Kabelsender, deren Namen sie noch nie gehört hat, und eine Kinorubrik für eine brandneue Zeitschrift.

Sie hört ihm ein wenig abwesend zu, sagt ab und zu jaja und macht sich währenddessen klar, dass er glaubt, mit einem Mädchen zu reden, das er sich jederzeit auf allen vieren reinziehen kann.

Dann hört er auf, all die Themen runterzubeten, über die er schreiben wird. Pauline hat Schwierigkeiten zu verstehen, wie einer gleichzeitig so viel verschiedenes Zeug treiben kann und warum ein derart viel beschäftigter Journalist, ein ganz ganz wichtiger, Claudine Rede und Antwort steht, wie er es tut. Er fragt: «Und bei dir also? Jérôme hat erzählt, dass eine Menge Schickeria beim Konzert war. Und alle hätten nach dir gesucht, aber du wärst verschwunden?» – «Ich war todmüde.» – «Komm, erzähl das einem andern ... Was hast du für Schweinereien getrieben?»

Sie antwortet nicht. Das macht ihm nichts aus, er hat sich heiß gequatscht: «Wenn ich bloß deine Stimme höre, krieg ich schon einen hoch ... Wenn du jetzt hier wärst, dann würde ich dir so richtig deinen süßen kleinen Arsch stopfen.» – «Du, ich bin grad nicht alleine. Ich ruf dich wieder an.»

Wieder Claudine auf dem Bildschirm. Das Stück ist zu Ende,

sie zwinkert der Kamera auf pseudokokette Art zu. In Wirklichkeit sieht sie aus wie eine fette Kuh, die glücklich ist, dass sie zurück auf die Weide darf.

Pauline seufzt. Sagt laut: «Dämliche Fotze ... das hast du mir nicht gezeigt, bevor du mich gebeten hast, so zu tun, als wär ich du. Dass die ganzen Schweine, die an dem Abend da warn, geglaubt haben, dass das mein Arsch wäre, den sie schon mal angeglotzt haben, das hast du vergessen, mir zu erzählen ...»

Sie greift sich ein weißes Blatt Papier. Schreibt oben «Jacques» hin, daneben seine Telefonnummer, und fügt hinzu: «Multi-Media-Journalist, kennt einen gewissen Jérôme, weiß über das Konzert Bescheid, haben gevögelt.»

Wieder klingelt das Telefon.

Seine Augen weichen nicht von Pauline. Offenbar glaubt er, sie mit diesem finsteren Blick beeindrucken zu können. Sie lässt ihn machen. Er ist hier, um ihr zu erklären, sie solle aufgeben, er hat seine Rede vorbereitet, aber jetzt sagt er keinen Ton. Das ist sein Problem, sie spürt genau, wo sein schwacher Punkt liegt, er horcht viel zu viel in sich hinein, lässt sich von all seinen gefährlichsten Gefühlen überwältigen. Sie weiß auch, was ihn vorerst zurückhält. Genauso wie sie voraussieht, was ihn hinterher überzeugen wird.

Also tut sie so, als sei alles in bester Ordnung und fragt:

«Kaffee?»

Steht dann auf, um einen zu machen. Er blickt sie von hinten an. Sie schraubt das Oberteil der Espressomaschine ab, klopft den Filter direkt in den Mülleimer aus, um den Satz rauszukriegen, hält ihn dann unters Wasser und wischt mit dem Finger sauber.

Dieselben Gesten. Es tauchen andere Morgenbilder auf, Vormittage nach durchgemachten Nächten, wenn er hier auf eine Tasse Kaffee herkam, oder Nachmittage, wenn er vorbeikam, um einen zu trinken, und frühe Abende und Momente nach dem Essen. Die unzähligen Male, als er zusah, wie sie tat, was sie jetzt tut. Die vertraute Silhouette, er sieht ihr gerne zu. Die unversehrten Fetzen eines verlorenen Wohlgefühls, anachronistische Spuren, die ihn hypnotisieren.

Nach der unangenehmen Nacht fühlt er sich völlig resigniert. Was geschehen ist, ruft nicht den geringsten Konflikt in ihm hervor. Vielmehr taucht es ihn in eine gespannte Ruhe, die er so noch nicht gekannt hat, treibt ihn fort von allem und befriedet ihn. Der Hauch einer würdigen Trauer war kurz über ihn gekommen, aber nicht zu schmerzhaft, jetzt spürt er nur noch milde Apathie und den Duft der Erinnerungen.

Die Schwester ist irre. Man möchte meinen, sie führt irgendeinen geheimen Ritus aus. Sie äußert ihren Wunsch, als handele es sich um eine beiläufige Kleinigkeit, die man nicht gut verweigern kann: «Du musst dir die Nachrichten auf dem Anrufbeantworter anhören. Ich bin mir nicht ganz sicher, richtig kapiert zu haben, aber ich glaube, die wollen, dass wir eine Platte machen.»

In solchen Situationen ist er immer ganz erstaunt, dass keiner neben ihm steht, den er bitten kann, sich darum zu kümmern, so wenig fühlt er sich selbst dazu imstande. Sie einfach stehen lassen. Einen Arzt rufen. Ihr links und rechts eine runterhauen, oder sie total verprügeln. Stattdessen schweigt er sie nur weiter an. Sie bohrt nach: «Hör sie dir an. Du musst mir sagen, was du davon hältst.»

«Hast du schon vorher Ärger mit deinem Hirn gehabt, oder ist das der Schock von gestern Abend?»

«Ich finde deinen Humor überhaupt nicht ansprechend, ich find ihn sogar zum Draufscheißen. Wenn es Leute gibt, die dafür zahlen wollen, dann bin ich auch bereit, eine Platte mit ihnen zu machen.»

Er nimmt seinen Kopf in beide Hände, eine komische Geste, die er noch nie gemacht hat, und knurrt:

«Darfst du ja auch. Stimme genug hast du ebenfalls. Aber wozu musst du dann Claudine sein wollen?»

«Weil es die Sache einfacher macht.»

«Ich seh nicht ganz wieso.»

«Ich will, dass es schnell geht. Ich hab keine Lust, hunderttausend Leute zu treffen und mich vorzustellen und nett zu sein. Claudine hat einen Haufen Leute gekannt, auch wenn sie ihnen am Arsch vorbeigegangen ist, aber wenigstens erinnern sie sich an ihre Beine ... Seit gestern hört das Telefon nicht auf zu klingeln, wenn wir es also unter ihrem Namen machen, kann alles sehr schnell gehen. Was ich will, ist lediglich Kohle, und da ist die Gelegenheit, welche zu machen.»

«Du träumst. Man macht nicht mal eben so eine Platte. Da muss ...»

«Ich träume kein bisschen, hör dir den Anrufbeantworter an.»

Jetzt erst fällt es ihm auf: «Was hast du gesagt? ‹Wir› können schnell eine Platte machen? Glaubst du etwa, ich kümmere mich um ...»

«Alles. Ich will keinen Menschen sehen. Du kümmerst dich

um alles, und du machst die Musik. Ich mein es ja nicht böse, aber das ist wahrscheinlich deine erste Chance seit hundert Jahren, überhaupt irgendwas zu machen.»

«Kommt nicht in Frage.»

«Hör dir die Nachrichten an.»

Sie drückt die Taste, er hört zunächst nicht hin. Ein wenig fasziniert sie ihn mit ihrer blöden Beherztheit, ein wenig macht sie ihm auch Angst. Dieser obszöne Eigensinn, sie ist eine von den stillen Wahnsinnigen. Und dann lassen die Namen ihn aufhorchen, und er beginnt zuzuhören.

Es ist eigentlich nicht der rechte Augenblick, aber unwillkürlich kriegt er eine Gänsehaut. Wie viele Anrufe das sind, wie dringlich die Vorschläge klingen. Ungeheure Einmütigkeit. Während des Konzerts hat er gar nichts davon mitbekommen. Sie hat ihnen wirklich und wahrhaftig Stielaugen gemacht.

Wenn Claudine diesen Tag erlebt hätte. Am Abend vorher hat sie aufgegeben. Ganz genau, was sie erhofft hatte: Die Chefs sind bereit, auf sie zu setzen.

Gar nicht sicher, dass sie positiv reagiert hätte. Zwei, drei Tage lang hätte sie die lange Liste ihrer Feinde abtelefoniert und sich bitterböse über sie lustig gemacht. Und danach wäre sie zu jedem einzelnen dieser wichtigen Herren hingegangen, die sie so gerne kennen lernen wollten. Und hätte sie alle flach gelegt. Jeden dieser Typen, einen nach dem andern, genau geplant und perfekt durchgeführt. Sie redete von so was wie andere vom Alkoholismus. Ihre einzige Möglichkeit, es nicht zu tun, war, keinem Mann zu begegnen. «Zumindest keinem», schränkte sie ein, «bei dem ich merke, dass er Lust auf mich hat. Ich brauche bloß zu sehen, wie er mich anschaut, einen halben Augenblick lang nur, und schon rieche ich Blut, und dann muss ich den Typ haben. Wobei ich nicht davon rede, ihn in mein Bett zu kriegen, sondern er muss mir zu Füßen liegen. Ich kann überhaupt nichts dagegen tun.»

Nicolas war diesem Massaker entgangen. Es war ihm bei ihrer ersten Begegnung klar geworden, sonnenklar, für ihn war sie wie ein kleines Mädchen. Und sie hatte ihn auf der Stelle für würdig befunden, ihr Vertrauter zu werden.

Alle Nachrichten sind durchgelaufen. Er verneigt sich:

«Bin echt beeindruckt. Du hast ziemliche Wirkung erzielt.»

Seit gestern ist er wie zerbrochen. Seine Seele liegt schutzlos an der Oberfläche. Er empfindet alles mit besonderer Heftigkeit, als stünde er in hellem Licht. Er sagt noch:

«Hast ja auch ein gutes Konzert gegeben. Einen Riesensparren im Kopf zu haben hat noch keinen daran gehindert, gut zu singen.»

Pauline bleibt stumm neben ihm sitzen. Er muntert sie noch etwas auf, empfiehlt ihr, all diese Leute anzurufen, und will dann gehen. Sie macht auf stur, verfällt in akuten Autismus, starrt ihre Knie an, krallt ihre Hände in die Seiten des Stuhls, knirscht zwischen den Zähnen: «Ich hab dir schon gesagt, dass ich mit keinem rede. Wenn du's nicht für mich tust, dann fahr ich nach Hause und basta.»

«Wäre 'ne ziemliche Verschwendung.»

Sie unterbricht ihn. «Es wäre wie ein Selbstmord.»

«Ganz wie du meinst.»

Draußen fährt die Müllabfuhr vorbei, der Lastwagen und die

hochgezogenen, ausgekippten, zurückgeknallten Mülleimer machen einen fürchterlichen Lärm.

Nicolas möchte das Gespräch beenden: «Ich hab nicht die geringste Lust, noch länger bei dir zu sein.»

Sie erlaubt sich ein sardonisches Grinsen und behauptet: «Und wie du darauf Lust hast.»

Er lächelt traurig, hat den Eindruck, sie tickt nicht mehr richtig. Bloß kommt ihm genau in diesem Augenblick der Gedanke, was er machen soll, sobald er draußen ist. Wohin gehen und mit wem über welche wichtigen Dinge reden? Es stimmt schon, dass er hier bleiben will. Zwischen diesen Mauern, mit dieser Verrückten zusammen und sich von dieser anstößigen Ähnlichkeit faszinieren lassen.

Sie sagt: «Ich würd jetzt gern einen Whisky trinken.»

Er antwortet, dass er runter geht, welchen kaufen.

Unterwegs redet er sich zunächst noch ein, dass er all das tut, um sie zur Vernunft zu bringen. Aber tief drinnen weiß er, dass er sie auf ihrem Weg begleiten wird. Die Macken der anderen ziehen ihn an, zumindest die, die er wieder erkennt, und in solchen Fällen schmiegt er sich dann gerne an ihre Ausgeflipptheit an.

Im Wohnzimmer Claudines gehen zwei Fenster auf die Rue Poulet. Nicolas und Pauline sitzen nebeneinander, lehnen sich jeweils aus ihrem Fenster und reden, mit längeren Pausen dazwischen.

Sie blicken nach unten. Ein Mann geht vorbei, er trägt einen Basskoffer. Ein Paar geht in die entgegengesetzte Richtung, sie hängen aneinander, sprechen nicht, werden gemeinsam langsamer, bleiben unter dem Fenster stehen, um sich zu küssen, und gehen dann weiter. In der Wohnung gegenüber tippt ein Typ auf der Tastatur seines PCs rum.

Pauline dreht ihr goldbraunes Glas mit dem brennenden Inhalt, sie hat den Eindruck, dass sich alles vereinfacht hat. Es ist deutlicher geworden, worauf sie wirklich Lust hat, nicht mehr so leicht umzuwerfen, die Dinge wirken klarer, eine eindeutige Richtung zeichnet sich ab. Und sie kann leichter lachen. Sie denkt nicht mehr ausschließlich daran, Haltung zu wahren oder vernünftig zu reden, sie kommt sich teilweise abhanden und fühlt sich befreit. Sie fragt: «Warum hat sie das getan?»

«Ich würde mich weniger dämlich fühlen, wenn ich die geringste Ahnung hätte. Ich hätte eigentlich ihr guter Kumpel sein sollen, der Typ, auf den hundert Prozent Verlass ist. Und das Einzige, was ich gerafft habe, war, dass sie fürchterlich gezecht hat ... aber das tu ich selbst ständig, also hat's mich nicht weiter beunruhigt. Ich fand's eben nicht strange, dass man Lust hat, besoffen zu sein bei dem Leben, das wir führen.»

«Was für ein Leben hat sie denn geführt?»

«Habt ihr nicht hin und wieder miteinander telefoniert?»

«Sie hat mich die ganze Zeit nur angelogen. Sie ist ihr ganzes Leben lang mythomanisch gewesen, also hab ich ihr kein Wort geglaubt ... aber dass es so schlimm stand ... Sie erzählte, sie würde einen Haufen Kohle machen. Sie sagte: ‹In dieser Stadt liegt das Geld auf der Straße, du machst dir keine Vorstellung davon. Reicht schon, im Trend zu liegen, und du knackst den Jackpot ... und im Trend bin ich voll, also bade ich in der Kohle.› Ich hab ihre Sachen durchgewühlt und die Kontoauszüge gesehn. Zuerst war ich wütend, dass sie Stütze kassiert, weil ich dachte, sie bescheißt, um an noch mehr Kohle zu kommen, wo sie ohnehin schon Gold scheißt. Und dann hab ich ein bisschen genauer hingesehn, sie hat ja so gut wie nichts anderes eingenommen …»

Nicolas sagt nichts dazu, lässt sie aus der Reserve kommen, jetzt, wo sie leicht angesäuselt ist, erfährt er ja vielleicht ein bisschen was. Sie nimmt noch einen weiteren Schluck, einen ganz kleinen, sie ist wütend. Sie fährt fort: «Sie hat mir erzählt, sie wär Tänzerin, sie hätte so viel zu tun, dass sie gar nicht mit ihrer Zeit nachkäme. Moderner Tanz, seit ich hier bin, seh ich, was es auf sich hat mit ihrem modernen Tanz. Das Gleiche mit diesem Konzert: Sie hätte mir das vorgeschlagen aus reiner Großzügigkeit, eigentlich hätte sie mich ja gar nicht gebraucht. Sie wär mit der halben Welt in Kontakt, die ganzen Großkopfeten rennten ihr die Bude ein, alle hechelten sie hinter ihr her. Ein Haufen Geld stecke da drin, und ich hätte Riesenglück, vielleicht ein bisschen davon abkriegen zu können. Ganz sicher könne man natürlich nie sein, aber ich hätte eine echte Chance. Lady Großmaul …»

«So macht das hier jeder. Bis auf diejenigen, die sich nicht mehr aufblasen müssen, weil sie tatsächlich wichtig sind. Das ist keine Stadt hier, in der es gut tut, zu den Losern zu gehören. Wenn du offen zugibst, dass du's nicht schaffst, machst du den andern Angst, das färbt ab, so ein Loser, und es ist saumäßig ansteckend …»

«Sitzen doch alle im selben Boot. Warum musste sie denn um jeden Preis ein besseres Leben haben als die andern?»

«Das ist eben menschlich. Noch nie gehört: *Wir wollen leben, nicht überleben! Eins zwei, eins zwei drei vier. Wir wollen leben, nicht überleben!*»

Er geht weg vom Fenster und beginnt eine Art Tanz, bei dem er erst das eine, dann das andere Bein hochwirft und dabei auf der Stelle hüpft, dem Nichts versetzt er Tritte. Sein Kopf dreht sich von links nach rechts, und zugleich brummelt er irgendeinen Singsang.

Pauline schaut ihn an und findet es seltsam, wie er sich gehen lässt, weil einem dabei der Gedanke kommt, er habe ein zweites Ich, von dem noch ein paar Reste in ihm wohnen. Wie bei den berühmten Puppen ist ein neuerer Nicolas über einen anderen gestülpt, aber manchmal kommt der jüngere Nicolas nochmal zum Vorschein und macht ein kleines Tänzchen.

Sie kapiert, dass er wirklich hackedicht ist. Er wird puterrot und schwitzt schon etwas. Er fängt wieder an: «Und den hier, kennst du den: *Was für eine Wahnsinns-Revanche! Ich glaubte zu leben und wurde gelebt?*»

Er fährt mit dem Tanz fort, hüpft jetzt aber mit geschlossenen Füßen und vollführt mit den Armen eigenartige Kraulbewegungen.

Pauline geniert sich für ihn. Sie findet ihn komisch. Aber sie geniert sich für ihn, weil er sich vor ihr gehen lässt. Er zeigt da etwas von sich, dass er ihr nüchtern bestimmt nicht offenbaren würde.

Es schlägt mehrmals gegen die Wand.

Er hört abrupt auf und brüllt: «Ich hab dir schon mal gesagt, du sollst nie wieder gegen die Wand schlagen, du alter Drecksack!»

Fängt aber nicht wieder an zu zappeln. Er sucht auf dem Tisch nach dem Feuerzeug, schiebt die leeren kleinen Bierflaschen zur Seite, hebt eine Zeitschrift hoch, fragt: «Bist du denn so alleine? Gibt's denn da niemand in deinem alten Leben, den nie wiederzusehen du bedauern würdest?»

«Nein.»

Sie hält ihm das Feuerzeug hin, das sie die ganze Zeit in der Hand hatte, schiebt ihm dann ihr Glas zu, damit er es wieder auffüllt. Sie bemüht sich, über seine Frage nachzudenken oder zu überlegen, wie sie es ihm erklären kann: «Wenn du mich fünf Minuten, bevor ich es getan habe, gefragt hättest, hätte ich dir gesagt, dass mir mein Leben gut gefällt. Und ich hätte dabei nicht gelogen. Ich hatte meine Freunde gern, ich kannte sie schon immer, hatte mein Zuhause gern ... Ich hab mich eigentlich nie über irgendwas beklagt. Und dann hatte ich diesen Reflex. Ich konnte gar nicht anders. Das ist so unumgänglich, dass da gar kein Raum bleibt, um irgendwas zu bedauern.»

«Das geht dir jetzt so, das ist der Reiz des Neuen, aber in zwei Wochen hast du dich dran gewöhnt, und dann wirst du nach Hause wollen. Bloß wirst du dann nicht mehr können.»

«Was getan ist, ist getan.»

Nicolas bemüht sich zu verstehen: «Warum hasst du sie eigentlich so? Hat dein Papa sie lieber gehabt?»

Das war so spöttisch dahingesagt, aber es trifft ins Schwarze. Pauline versteift sich, versucht nicht einmal, es zu verbergen, ihre Augen werden schmaler: «Hat sie dir das gesagt?»

Claudine hatte niemals über ihre Eltern gesprochen. Bis zu diesem Abend hat Nicolas niemals einen Gedanken an sie verschwendet. Sie hat niemals auch nur ein Wort über sie verloren. Und dennoch bejaht er:

«Ja, das hat sie ... Sie erzählte, dass ihr Vater sie anbetete, von dir dagegen ein wenig enttäuscht war.»

Und da fängt sie an zu weinen. Wohltuende, dicke Tränen auf einer Basis vierzigprozentigen Alkohols. Sie ist selbst ganz erstaunt, dass es ihr so gut tut, dass sie so heftig weinen kann und ihr so vieles so schwer auf dem Herzen liegt.

Nicolas sieht ihr zu, ohne sich zu rühren, ohne recht zu verstehen, welchen wunden Punkt er da angetippt hat, aber das letzte Glas hat den Kopf dicht gemacht, hat ihn auf seinen Stuhl genagelt und vernebelt den Geist. Er brummt nur von Zeit zu Zeit: «Was würd' ich dafür geben, das auch zu können.»

Bis sie ungefähr zehn Jahre alt war, nahm der Vater Pauline überallhin mit, Claudine hasste sie dafür.

Einmal waren sie verreist, schliefen in einem Zimmer mit Doppelstockbett. Wahrscheinlich Ferien in den Bergen, denn in ihrer Erinnerung tragen sie Winterkleidung.

Es waren Freunde bei Tisch, der Vater hat seine Show abgezogen. Ein feuchtfröhliches Mittagessen, bei dem er noch ein Stück weitergegangen ist als sonst. Starrte die kleine Claudine an, die am liebsten im Erdboden versunken wäre, als würde es gleich aus ihm rausbrechen: «Unglaublich, dass ihr beide aus demselben Bauch gekrochen seid». Und dann fing er an, auf ihr rumzuhacken, berief sich dabei auf die Gäste, die nun ihrerseits am liebsten im Erdboden versunken wären, um seinen Fragen zu entgehen. «Sie ähneln sich ja, aber eine von den beiden ist hässlich. Findet ihr nicht? Ist ja seltsam, das hängt an einem seidenen Faden, es ist nur dieser Kuhblick, den sie hat, man möchte ihr eine scheuern dafür, findet ihr nicht?»

Da war sie noch in einem Alter, wo die Eltern, egal, was sie sagen, immer Recht haben, immer die Wahrheit sagen, so entsetzlich sie auch sein mag.

Die Freunde waren früher gegangen als vorgesehen, offenbar waren sie verärgert. Der Vater tigerte ein paar Minuten lang herum, dann zeigte er auf Claudine:

«Komm mal her, du. Ist dir eigentlich klar, was du mir für eine Schande gemacht hast? Ist dir das eigentlich klar, du kleine Idiotin? Komm her und hol dir deine Prügel ab, ja, komm nur.»

Und er schnippte mit den Fingern, so wie man einen Hund ruft. Das Mädchen näherte sich und wurde gezüchtigt.

Im Hintergrund rief die Mutter: «Aber hör doch auf, bring dich doch nicht so in Rage, ist doch nicht so schlimm, hör auf...»

Und kaum hatte er von ihr abgelassen, hob sie Claudine hoch, sagte seufzend:

«Dass du ihn aber auch immer so provozieren musst. Kannst du dich nicht mal unsichtbar machen? Geh auf dein Zimmer. Pauline, Liebling, bitte geh mit deiner Schwester spielen. Versuch sie dazu zu bringen, nicht so viel Lärm zu machen, damit euer Vater sich beruhigen kann.»

In ihrem Zimmer hatte Claudine sich mit dem Gesicht zum Fenster hingesetzt, schaukelte den Oberkörper vor und zurück und summte eine Melodie zwischen den Zähnen.

Pauline zögerte lange, suchte nach Worten, trat dann hinter sie und streichelte schüchtern ihr Haar. Sie war tränenerstickt und konnte kaum ein Wort hervorbringen: «Weißt du, wenn er so mit dir redet, ist es ganz so, als würde er es mir antun.»

Sie spürte nicht, wie die Schultern ihrer Schwester sich versteiften, und sprach weiter. Jetzt weinte sie richtig. «Wenn er dich schlägt, ich schwör's dir, ich spüre jeden Schlag.»

Claudine stand auf, drehte sich zu ihr um, packte sie an den Haaren. Pauline schrie nicht, damit die Eltern nicht kämen. Claudine schleifte sie bis zum Bett: «Bist du sicher, dass du's spürst?»

Und sie hielt ihren Kopf am Haarschopf fest und fing an auf sie einzuschlagen, ihre kleinen Fäusten hieben mit äußerster Kraft auf das Gesicht. Um ihr wirklich wehzutun, nahm sie das Kopfkissen und drückte es mit beiden Händen aufs Gesicht der andern. Und fing an zu brüllen, damit die andere es auch sicher hörte: «Ist ja seltsam, denn ich spüre gar nichts, wenn er dir einen Kuss gibt.»

Die Tür flog auf. Von ihrem Geschrei angelockt, kam der Vater herein. Er riss Claudine von ihrer Schwester los und schleuderte sie gegen die Wand: «Ich kann dich nicht mehr sehen. Hörst du mich? Ich ertrag dich nicht mehr.»

Die Mutter schloss Pauline in die Arme, bedeckte sie mit Küssen, fragte unaufhörlich: «Wie geht's dir?» Die eine ein Schatz, die andere eine Last.

Ein paar Jahre später sollten sich die Wertigkeiten allmählich vertauschen.

Eines Sommers, vielleicht war es sogar der darauf folgende, hatte der Vater seine Neigung für die Fotografie entdeckt. Binnen weniger Wochen hatte er jede Lust verloren, Pauline überall mit hinzuschleppen. Die Erziehung des kleinen Mädchens hatte aufgehört, ihn zu faszinieren. Er hatte andere Dinge zu tun, wichtige Dinge. Immer seltener tauchte er zu Hause auf, bevor sie im Bett lagen.

Und dann tauchte er eine ganze Weile überhaupt nicht mehr auf. Ohne den Mädchen irgendetwas zu sagen, hatte er ein paar Sachen eingepackt und erklärte der Mutter: «Ich muss alleine sein, um kreativ arbeiten zu können.»

Pauline blieb der Liebling ihrer Mutter. An einem ihrer Geburtstage, der Vater hatte sich nicht gemeldet, kam sie Pauline zudecken, die im selben Zimmer wie ihre Schwester schlief.

«Mein armes Baby, dein Vater hat vergessen, dich zu deinem Geburtstag anzurufen. Er hat dich vergessen, auch dich ... ganz wie deine alte Mutter.»

Dann schloss sie die Tür, ohne ein Wort an Claudine zu richten. Zwei auf einen Streich, Volltreffer.

Claudine jubilierte in der Dunkelheit, trällerte dann halblaut:

«Armes kleines Baby, das sein Papa vergessen hat ... und dabei hat er es doch soo lieb gehabt, sein kleines Mädchen. Bloß jetzt hat er eine andere lieb ... Armes Baby ist ganz alleine.»

Pauline stützte sich auf einen Ellbogen auf. «Sei jetzt still, wir müssen schlafen.»

«Weißt du, dass die neue Frau, mit der er lebt, ein kleines Mädchen hat, dass dir ähnlich sieht? Aber er sagt, er hat sie lieber als dich.»

«Stimmt ja gar nicht, er lebt nicht mit einer neuen Frau, er ist fort, um zu arbeiten, er musste ja fort.»

«Klar stimmt's! Und du weißt auch ganz genau, dass es stimmt.»

Pauline nahm diesen Schlag hin, faltete die Hände im Nacken und sagte in jenem Ton, mit dem man Märchen erzählt: «Nein, es stimmt nicht. Aber was ich gehört habe, das ist, dass Mama, als wir noch winzig klein waren, abtreiben wollte. Damals haben die Frauen das mit einem Kleiderbügel gemacht. Die Dame hat ihr den Kleiderbügel reingesteckt und versucht, das Baby loszuhaken, aber ich hab dich zu gut festgehalten, also hat sie es nicht geschafft. Weil du bist unten gewesen, und deshalb hat sich der Kleiderhaken in deinen Kopf gebohrt, als du noch ein Baby warst. Und deswegen hast du ein Loch im Kopf.»

Sie konnte spüren, wie ihre Schwester sich in ihrem Bett zusammenzog. Claudine protestierte schwach: «Aber das ist überhaupt nicht wahr.»

«Doch, das hat mir Papa erzählt, bloß wollte ich es dir nie sagen, um dir nicht wehzutun. Ich hab gewartet, bis wir elf sind.»

Da begann Claudine zu schluchzen, sie konnte sich nicht zurückhalten. Die Mutter kam herein, Pauline beschwerte sich mit dünnem, verschlafenem Stimmchen:

«Mama, ich kann nicht einschlafen, Claudine tut extra so, als würde sie weinen, um mich zu ärgern.»

«Claudine, du hörst jetzt mit diesen Faxen auf, sonst wirst du's gleich bereuen.»

Und die Mutter schloss wieder die Tür. Da begann Pauline zu trällern: «Du glaubst, du bist eine ganz Harte, aber du bist bloß ein Weichei.»

Es war während der Abwesenheit des Vaters, dass Pauline mit dem Singen anfing. In der Überzeugung, er würde zurückkommen, wenn ihr nur irgendetwas gelang, was gut genug für ihn war.

Jeden Mittwoch, ein Haus voller Kinder, eine alte Dame, die ihnen beibrachte, Pelz, Pfanne, Pracht zu sagen und dabei die Konsonanten kräftig auszuspucken, ihre Stimme nach oben und nach unten zu dehnen und aus voller Kehle zu singen, ohne dabei in die falsche Tonlage zu geraten.

Die alte Dame mochte Pauline gerne, rief sie nach den Stunden zu sich und sagte: «Du musst zu Hause weiterüben, vergiss das nicht. Du hast eine sehr schöne Stimme, du musst jeden Tag an ihr arbeiten, das ist genauso wichtig wie deine Schulaufgaben.»

Und das Mädchen vergaß es nicht. Sie sang, so gut sie konnte, immer besser, immer in der vagen Hoffnung, auf diese Weise ihren Vater zur Rückkehr zu bewegen.

Und er kehrte tatsächlich zurück. Drei Jahre hatten sie ihn nicht gesehen. Er schloss die Mutter in die Arme, sagte, es gebe für ihn nur sie und sie müsse ihm verzeihen. Und zeigte sich gut zwei Monate lang ganz verliebt.

Als er Pauline wiedersah, die verlegen vor ihm stand, den Tränen nah und bereit, in seine Arme zu fliegen, zog er eine Grimasse: «Was hast du dich verändert!» Und eine völlig andere Grimasse, als er Claudine wiedersah, sie eine Pirouette drehen ließ und von Kopf bis Fuß bewunderte: «Was hast du dich verändert!»

Eine von den zweien hatte sich während der Abwesenheit des Vaters verdüstert und verweigerte sich in ihrer Pubertät jeglicher Koketterie, wie man sich weigert, in die Sklaverei zu gehen. Pauline hatte einen krummen Rücken bekommen, war ein wenig in sich zusammengesunken, blickte misstrauisch umher und lachte kaum. Sie wusch sich ungern die Haare, sie mochte keine Röcke tragen, sie lächelte kaum. Sie verhaute gern die anderen, sie beleidigte sie und stritt überhaupt gern. Die anderen Mädchen konnte sie nicht leiden, sie fand, sie entsprachen zu sehr dem Klischee: plapperten über Klamotten, Knutschten und jammerten ohne guten Grund herum.

Claudine dagegen hatte die Chance ergriffen, einen Körper zu haben, der der Mode entsprach, lernte, ihn ins richtige Licht zu setzen, und holte damit in ihrer Pubertät einige verlorene Elendsjahre auf.

Und so bevorzugte der Vater weiterhin eine von den beiden, nur hatte seine Zielrichtung sich geändert.

An manchen Morgen, wenn er Pauline in ihren löchrigen Jeans, ihren flachen Schuhen und ihrem großen Pullover, der den Körper komplett zu verhüllen hatte, zum Frühstück erscheinen sah, seufzte er:

«Ich frag mich, ob sie das nicht mit Absicht macht, um mich zu ärgern.»

Und als sie sich wortlos hinsetzte, fügte er hinzu: «Und freundlich bist du auch noch, mein Kind, es ist ja eine Freude, mit dir zusammenzuleben.»

Ein paar Minuten später kam Claudine herunter, in den kürzesten und trendigsten Sachen, die man nur finden konnte und mit leicht geschminkten Augen ... Der Vater brachte ihr eine Ovation dar und zog sie an der Hand zu sich, um ihr einen Kuss auf die Wange zu drücken: «Du riechst nämlich so gut!»

Und dann sah er sie nachdenklich, mit unter dem Kinn gefalteten Händen an, sein Blick ging ein wenig ins Leere. Bevor er den nächsten Bissen in den Mund steckte, erklärte er: «Ich mag am liebsten weibliche Frauen.»

Er ging kein einziges Mal mit, wenn Pauline irgendwo sang.

Sie war wie vor den Kopf geschlagen. Nicht dass es ihr zu dieser Zeit bewusst gewesen wäre, aber alles, was sie von ihm gelernt und in der Erwartung seiner Rückkehr so lange sachkundig am Leben gehalten hatte – Arroganz, Wut, rachsüchtige Gewaltausbrüche, all das schlug ins Negative aus, sobald sie sich damit versuchte.

«Was ich an ihm so großartig fand, das verachtete er an mir.»

Als sie diese Zeilen viel später wieder las, war alles von selbst ins Reine gekommen, aber der Satz blieb ein Schlüssel.

Alles, was sie an ihm großartig fand, verachtete er an ihr.

Und sie stürzte sich umso heftiger in den Gesang und trug noch weitere Pullover, denn eines Tages käme alles wieder ins Lot. Er würde sie anerkennen, seine einzige Tochter, seine Doppelgängerin.

Offenbar hat Nicolas die Nase voll gehabt von ihrer Flennerei, denn er hat sich aufs Sofa gelegt und ist eingeschlafen. Er atmet durch den Mund, schnarcht aber nicht. Er ist total mager, erinnert an eine schlafende Straßenkatze. Sehr verletzlich. Er wird ihr helfen. Sie hat sie beide zusammen gesehen, ihn und Claudine, die Verbindung zwischen ihnen war zu stark, so stark, dass es nicht erstaunlich gewesen wäre, sie wie ein Seil zwischen den beiden greifen zu können. Er wird alles tun, was er kann, damit die unterschreiben. Hoffentlich kann er genug, um ihnen einen dicken Vorschuss rauszuleiern.

Sie hat noch keinen genauen Plan, aber die 200 000, von denen sie vor dem Konzert hat reden hören, hören nicht auf, ihr zu Kopfe zu steigen. Sie will nicht ins Fernsehen oder ihr Bild in den Zeitungen sehen oder durch einen Clip tanzen, wie sie es ihre Schwester hat tun sehen. Sie will, dass er auf allen Seiten die Begehrlichkeiten hochkitzelt und einen dicken Scheck rausholt. Und dann wird sie mit Sébastien verschwinden, ohne ihm etwas zu sagen, und Nicolas soll sehen, wie er zurechtkommt.

Sie springt auf, es ist ihr ohne Warnung in die Kehle gestiegen. Den Mund voll Kotze rennt sie ins Bad.

Am nächsten Morgen trinken sie Aspirin mit Cola.

«Selbst wenn ich dir helfen wollte, das kann nie funktionieren.»

«Hör doch auf, aus jeder Mücke 'nen Elefanten zu machen. Solang ich denken kann, werd ich für sie gehalten, das wird sich schon nicht von einem Tag auf den andern ändern …»

Stimmt schon, dass sie sich in manchen Eigenschaften ein bisschen ähneln. Die kommen zwar nicht auf dieselbe Weise raus, stammen aber aus der gleichen Quelle.

Sie holt einen Block und setzt sich wieder neben das Telefon.

«Bevor du losmusst, können wir nicht eben noch die Nachrichten zusammen abhörn? Und du briefst mich jeweils kurz über die einzelnen Leute.»

Sie hat den Bleistift bereits gezückt und fügt noch hinzu:

«Da ist auch noch ’n bisschen Post ...»

Er setzt sich bereitwillig hin. Pauline hat drei große Spalten gemalt: Arbeit, privat, unbekannt. Sie füllt sie sorgsam aus, vor allem die Spalte Arbeit. Als sie fertig sind, holt sie die noch geschlossenen Briefe und hält sie Nicolas hin, notiert dann etwas auf ihrem Block. Höchst geschäftig, jemand, der die Dinge anpackt und überhaupt nicht in Panik gerät.

Was immer er auch anfangs gesagt haben mag, schon höchst seltsam, wie sehr sie einander gleichen.

Und bei ihr zu bleiben, ihr Spielchen mitzuspielen, bedeutet immerhin, nicht alles zu verlieren. Es ist ein bisschen, als würde er Claudine wieder erwecken. Er hantiert mit dieser Geschichte wie man mit Dynamit hantiert: überzeugt, dass er alles unter Kontrolle hat, dass nichts daneben gehen wird. Er sucht sich faule Ausreden, um in die Sache einsteigen zu können: Ich lass sie im Glauben, ich mach das alles, aber ich werd sie schon überzeugen, mit dem Unfug aufzuhören, ich werd sie zur Vernunft bringen.

Pauline notiert aufmerksam, was er ihr erzählt: «Das ist eine Karte von Julie. Claudine hat sie sehr gern, aber sie sehn sich nicht oft. Sie hat ein Kind, ist ziemlich gut drauf. Ich kenn sie nicht weiter, sie ist umwerfend schön und arbeitet als Stripperin. Ich glaube, sie wohnt im Dreizehnten. Genau weiß ich’s nicht ...»

«Das hier ist eine Nachricht von Laurent, ein alter Kumpel von ihr.»

«Die Schrift sagt mir was, den Typ kenn ich, das geht in Ordnung.»

«Und was willst du bei den Leuten machen, die ihr alle beide kennt?»

«So tun, als wär ich sie. Ich werd dämlich kichern, sobald jemand den Mund aufmacht; wenn mir einer an den Arsch geht, werd ich sagen ‹Ja, was fällt dir denn ein?›, und sobald es sich um irgendein Thema dreht, werd ich große Augen machen und sagen ‹Ach das weiß ich nicht, davon versteh ich gar nichts›. Weißt du, es ist kein Kunststück, eine dumme Ziege zu sein.»

Meine Lebenssonne, meine große Liebe. Es ist ein bisschen kalt, ich spüre es in den Fingerspitzen, ich habe mir gerade einen Tee gemacht und den Beutel in den Aschenbecher gestellt, wenn du hier wärst, würdest du das Gesicht verziehn und sagen: «Kannst du ihn nicht in den Mülleimer werfen?» Ich nütze die Gelegenheit, hier ganz alleine zu sitzen, um ein paar Dinge zu erledigen, die dir auf die Nerven gehen würden. Diese Tage ohne dich sind ziemlich leer. Aber ich glaub nicht, dass es Sinn macht, jetzt zu lamentieren. Sonst gibt's nichts zu erzählen. Ich tue überhaupt nichts, außer auf dich zu warten, mich zu entspannen und viel zu lesen. Ich komm also zurecht. Schreib mir doch bitte bald und sag mir, ob dir irgendwas fehlt, ich schreibe dann später einen längeren Brief…

Pauline

Nicolas meint, in weniger als sechs Monaten sei keine Platte zu machen. Pauline sagt gar nichts dazu, obwohl sie die ganze Sache viel rascher über die Bühne bringen muss. Bis dahin müssen sie längst einen dicken Vorschuss kassiert haben. Alles andere ist ihr völlig schnuppe.

Bis Sébastien rauskommt, wird sie das Geld beisammen haben, und zwar genug für eine Weltreise.

Die Besuchszeiten. Sie nimmt sie kaum wahr. In seinen Briefen hat Sébastien ihr geschrieben: «Das macht nichts, du brauchst nicht zu kommen, schreib mir jeden Tag, aber komm nicht extra. Es tut mir ohnehin eher weh als gut.»

Dann eben nicht. Und so ist sie nicht mehr hingegangen. Die karg bemessene Zeit, und ihn dann zurücklassen zu müssen. Sie ist jedes Mal fast verrückt geworden dabei. Eine ohnmächtige, sinnlose Wut.

Durfte auch nicht einmal zeigen, wie schwer das Ganze für sie ist, wie sehr er ihr fehlt, konnte es nicht zeigen, musste lächeln, guter Laune sein und sich ein kleines Leben erfinden, in dem sie «zurechtkommt».

Sie sieht sich selbst beim Verkleiden zu, Lippenstift auflegen, Gehen üben, das Hochstapeln als alltägliche Verrichtung. Und dabei ist sie ein wenig böse auf ihn.

Wo bist du, während ich mir das alles hier antue. Hier müsstest du sein und mich davon abhalten. Er hätte da sein müssen an dem Tag, an dem sie Claudine ihre Zusage gab für das Konzert. Er hätte hinter ihr stehen müssen und sagen: «Bist du noch ganz bei Trost?»

Und es ist nicht richtig, böse auf ihn zu sein, das heißt, alles durcheinander zu bringen. Das heißt, andere für das anzuklagen, was man selber ist.

Bloß ist das Ganze nicht weiter tragisch, weil nämlich alles wie am Schnürchen klappen wird. Nicolas geht zu dem Termin und kommt mit einem breiten Lächeln zurück. Denn alles läuft genau so, wie es soll.

Pauline sitzt am Küchentisch.

Sie hat den Schuhschrank aufgemacht: weit und breit nichts Flaches.

Sie ist 25 und noch nie auf den Gedanken gekommen, Stöckelschuhe zu tragen, und dann steht sie da, völlig grotesk in einem roten Kleid, man sollte meinen, ein Transvestit, und versucht, auf den niedrigsten Absätzen der ganzen Kollektion das Wohnzimmer zu durchqueren. Absurder Versuch, einen würdigen Gang hinzukriegen. Der Knöchel lebt gefährlich, er knickt um, die Knie stoßen gegeneinander. Sie muss also vorsichtiger gehen und dabei nachdenken: Was setzt man zuerst auf, die Sohle oder die Ferse. Nachdenken: Wohin muss man seinen Schwerpunkt verlagern, um nicht auf die Schnauze zu fallen. Gerade halten, Bein nach vorn werfen. Aber es funktioniert nicht, sie humpelt wie eine besoffene Krabbe, statt feminin zu schreiten.

Entgeistert schaut sie ihre Füße an. Der Knöchel ist rot von der Misshandlung. Die Zehen zusammengequetscht, ein Gefühl wie zerschrotete Knochen, weil die Latschen in einer Spitze enden und enger werden und drücken und nicht das Geringste mit der Form eines Fußes zu tun haben.

Das wird nie was.

Sie kriegt die Wut. Claudine, diese arme Irre, wie kann man so blöd sein, solches Zeug zu tragen, um wem eigentlich zu gefallen und auszusehen, ja wie wer eigentlich, Mitleid erregende Nutte, die sie war.

Das Telefon klingelt andauernd, es ist zehnmal schlimmer als gestern.

«Claudie? Claudie, geh ran, ich weiß, dass du da bist, ich hab vor fünf Minuten angerufen, und da war besetzt ... Komm, meine Süße, hopp, hopp zum Hörer und fein abheben ... Claudie, ich hab tolle News für dich, komm ans Telefon ... Bist du nicht da? Also echt, ich versteh gar nichts mehr, ruf mich zurück, Pierre am Apparat.»

Sie zieht die unmöglichen Schuhe aus, verspürt sofort Erleichterung. In weniger als einer Stunde hat sie sich mehrere gesalzene Blasen gelaufen. Durchsichtige Haut, die sich vom Ganzen löst.

Vorhin hat sie ein Bad genommen. Flacons, Flaschen, Tuben, sie hat alles ins Badewasser geschüttet, das erinnert sie an die Kindheit, wenn lauter Spielzeug um einen herumschwimmt und man alles Mögliche damit anstellt.

Augenpflege, Feuchtigkeitscreme, Reinigungsgel, Maske mit Vitamin-C-haltigen Fruchtsäuren, mit irgendwelchen Ceramiden, buntes Zeug, nahrhafte Balsams für dies und jenes, seidige Haut, glänzendes Haar, strahlender Teint ... Kampf bis aufs Messer gegen den eigenen Körper, alles, bloß nicht das sein, was man ist.

Als sie aus dem Bad stieg, hat sie an ihrem Arm geschnüffelt, der roch nach all dem Zeug, das sie ausprobiert hatte, ein nerviger Geruch, der einen, gerade weil er beruhigen soll, aufregt. Wie wenn man unbedingt schlafen will und Angst vor Schlaflosigkeit bekommt und sich dann total entnervt fünfzigmal auf seinem Kissen hin und her dreht. Der frenetische Wille, entspannt zu sein.

Das rote Kleid gibt ihre ganze Brust frei, eine Kuh, die ihre Euter vorzeigt, und der Hintern ist fast zu sehen, so tief durfte doch kein Rückenausschnitt sein. Misstrauisch dreht sie sich vor dem Spiegel um sich selbst. Ein kleiner Stich ins Herz: Schon ähnelt sie nicht mehr ihrem Bild.

Durch den Stapel der Zeitschriften geblättert, die Claudine las. Fassungslosigkeit. Im Ton amüsierter Komplizenschaft gehaltene Ratschläge in Hülle und Fülle, wie man eine Up-to-date-Schlampe wird. Die Blättchen mischen sich in alles ein, packen alles in passende Schubladen, wie der Orgasmus aussehen muss und wie man Schluss machen muss und wie man sich bis hin zu den Schamhaaren stutzen und färben muss, und wie man von innen und von außen sein muss. Dieser verlogene Ton, diese idiotische Propaganda, wie werden, wie man zu sein hat.

Nach Jahrhunderten züchtiger Verhüllung werden die Frauen jetzt zum Exhibitionismus aufgefordert; sie sollen zeigen, dass alles, was sie haben, der Norm entspricht und sie den Standards genügen: Hier sind meine endlosen, glatten, braun gebrannten Beine, hier ist mein ordentlich muskulöser Hintern, mein flacher Bauch mit gepierctem Nabel, meine riesigen festen runden Brüste, meine schöne gesunde, alterungsresistente Haut, meine Wimpern sind lang, meine Haare glänzen.

Anders als sie bislang dachte, dreht es sich gar nicht um Gefügigkeit, um Erfüllung männlicher Lüste. Es geht darum, den Anzeigenkunden zu gehorchen, da kann niemand dran vorbei. Die steuern das Ganze von der ersten bis zur letzten Seite: Das haben wir im Angebot, und dies müsst ihr dafür aufbieten.

«Hast du gesehn, wie gut ich das hinkriege?»

Er muss zugeben:

«Jaja, ist bestimmt gar nicht so einfach.»

Er beobachtet ihre Gymnastik. Sie dreht sich um die eigene Achse, hüpft ein bisschen, bewegt sich vor und zurück, rutscht dabei ab und zu aus. Aber sie schafft eine halbe Drehung, ohne dass die Knöchel umknicken. Sie steigt, die Hände in den Hüften, auf einen Stuhl. Meint dann: «Ist noch nicht so ganz in Ordnung. Ein paar von den Sachen werd ich nicht hinkriegen.»

«Sind auch nicht die richtigen Schuhe für so was.»

Immerhin ein Fortschritt, denn am Anfang sah sie zum Lachen aus.

Aber jetzt hat Pauline sich eine Woche lang reingekniet und kommt mit den hohen Absätzen zurecht. Obwohl sie die gleichen Beine hat wie Claudine und auch einen ähnlichen Gang, unterscheiden sie sich in einer Sache total. Und das ist ihre Art, sich zu geben.

Pauline jubelt: «Bald werd ich rauskönnen!»

In den zwei Wochen seit ihrem Shift ist sie kein einiges Mal runter auf die Straße. Sie meint, das wär nicht sehr vernünftig, man weiß ja nie.

Gesunder Menschenverstand ist nicht ihre starke Seite. Noch was, was sie beide gemeinsam haben. Sie hat ihre kleinen Manien, ihre ganz persönlichen Riten, die wortwörtlich befolgt werden müssen, «damit es hinhaut».

Nicolas bemerkt: «Logo, tut den Beinen gut ... Bloß müsstest du sie dir vielleicht rasieren. Oder dich enthaaren lassen.»

«Bist du noch gesund?»

Er kratzt sich am Kopf, offenbar hat er sich nicht klar ausgedrückt.

«Hast du etwa vor, so vor die Tür zu gehen? In dem Kleid, mit den Absätzen und dann mit Haaren an den Beinen?»

«Meine Beine sind wie sie sind, so hat mich meine Mutter zur Welt gebracht. Das ist barbarisch, sich zu rasieren, ehrlich, barbarisch ist das.»

Als hätte er ihr vorgeschlagen, sich die Scham zu rasieren, um sie aller Welt herzuzeigen. Ein extrem unanständiges Angebot. Nun ja, in den zwei Wochen hat er sich dran gewöhnt, dass sie komische Reaktionen haben kann.

Ein bisschen wie eine Wilde aus den Wäldern. Seit Jahren lebt sie in ihren vier Wänden eingeschlossen, nur mit ihrem Typ, der ziemlich seltsam drauf zu sein scheint. Sie hat ihn nie betrogen, hat nie auch nur daran gedacht, sie hat keine engen Freunde, sie vermisst niemand, sie hat keinen Fernseher, weil es da zu viel Scheiße zu sehen gibt, und aus dem gleichen Grund liest sie auch keine Zeitschriften. So unbeleckt von allem hat sie eben eigenartige Reaktionen.

Er denkt nach. Eins ist sicher, in den Büchern, die sie liest, wird sie nicht erfahren, dass Frauen nicht mit ihrer Körperbehaarung hausieren gehen. Er versucht trotzdem ein Beispiel:

«Aber du bist doch wohl trotzdem schon irgendwann mal im Sommer vor die Tür gegangen? In Bar-le-Duc laufen doch auch Leute auf der Straße rum, oder?»

Sie nickt. Ein bisschen stur, für sie ist die Sache gegessen. Sie hat genug getan, sie will jetzt von zusätzlichem nervigem Kleinkram nichts mehr hören. Nicolas spricht weiter:

«Hast du da schon jemals ein Mädchen in einem Kleid gesehen, das Haare an den Beinen hat?»

«Ich schau nicht auf die Beine der Mädchen.»

«Aber hat dein Macker dir denn nie gesagt, du sollst dich enthaaren?»

«Nein. Und er ist kein Macker. Daran wird's wahrscheinlich liegen.»

Warum muss er so stur daran festhalten, dass sie, nur weil sie ein Mädchen ist, immer zwangsweise die Natur bescheißen müsse, weil sich andernfalls keiner für sie interessieren könne? Mit aller Kraft wünscht sie sich, Sébastien wäre hier, damit er sehen könnte, wie es ist, wenn man anders tickt als die andern.

Nicolas kramt in den Küchenschränken, holt Zucker und Wasser raus. Er ist gut gelaunt, ihr Widerstreben scheint ihn zu amüsieren. Dann schlägt er sehr munter vor, als wollten sie ein Gesellschaftsspiel spielen: «Komm, ich mach sie dir mit Zucker weg. So hab ich das bei meinen Schwestern gemacht, als ich ein Junge war.»

«Ich hab dir schon gesagt: Nein.»

«Hör zu, mir persönlich ist es doch egal. Aber da dir offenbar so sehr daran liegt, für sie durchzugehen, helf ich dir ein bisschen, das ist alles. Oder du ziehst eben keine Kleider an, auch eine Lösung ...»

«Doch, ich will ein Kleid anziehen.»

Sie hat nie welche getragen. Nur zu Hause, mit weiten T-Shirts. Aber sie ist nie mit nackten Beinen aus dem Haus gegangen. Dieselbe Geschichte wie sonst: Das gegenüberliegende Extrem von Claudine besetzen, auf der anderen Seite stehen, anders sein.

Außerdem, wenn sie mit Sébastien ausgeht und sie einem Mädchen über den Weg laufen, das seine Beine zeigt, findet er es jedes Mal schade, dass sie meinen, sie müssten sich die ganze Zeit über darstellen und vorzeigen, um zu gefallen. Er sagt dann: «Ihr seid nicht nur dazu da, dem Auge zu gefallen. Was die da machen, grenzt ja an Kollaboration. Ich versteh ihre Beweggründe nicht.»

Und jetzt tut sie, was man eigentlich lassen sollte, nur so, mal schaun. Sie hat fest vor, in einem Kleid auszugehen.

Und schließlich: Ihre Beine im Spiegel. Die Fessel vom hohen Absatz gedehnt, gerade Waden, bis hoch zu den Oberschenkeln … dieselben wie ihre Schwester. Die wiederum die gleichen sind wie die der Frauen in den schicken Filmen, die sie als junge Mädchen gesehen haben.

Sie hat fest vor, in einem Kleid auszugehen. Und da Nicolas so sehr darauf besteht, lässt sie ihn eben sein komisches Karamell anrühren.

Es ist das erste Mal, dass er was dazu tut, dass die Geschichte funktioniert, ohne dass sie ihn dazu drängen muss. Er entspannt sich langsam. Und wird erträglicher.

Die Absätze trommeln aufs Parkett, schlagen sogar kleine Kerben ins Holz. Langsam gewöhnt sie sich dran, jetzt ist sie bereit rauszugehen, fehlt nur noch, die Schlüssel aufzutreiben. Pauline durchsucht ein Zimmer nach dem andern, nimmt es zunächst locker, fängt dann an, sich aufzuregen, kuckt in die Ecken, hebt Zeitschriftenstapel an, wühlt in den Klamotten, die sie aufeinander gestapelt hat, nachdem sie sie anprobierte, dann übereinander warf und schließlich wieder zusammensuchen musste, und sie kann die Schlüssel nicht finden. Fängt an, ein wenig absurd zu werden, sie tigert durch die Wohnung, und dann wird es ihr auch noch zu warm.

Sie ist ganz in Rosa, ein Kleid, das immerhin bis zu den Knien reicht, eine Seltenheit in dieser Garderobe. Ihr Haar ist nach hinten gesteckt, sie hat Stunden vor dem Spiegel verbracht, um es so hinzukriegen, ohne dass es nach allen Seiten absteht. Trotzdem ist sie daneben, das kann ihr keiner ausreden, sie sieht nach nichts aus. Selbst wenn alles richtig gemacht ist, ist irgendwas an ihr, was nicht hinhaut. Im Schlafzimmer hat sie Schatullen gefunden mit roten Steinen, blauen, bernsteinfarbenen wie Wasser und welchen in einem komischen Blasslila, vergoldetes oder versilbertes Metall für den Hals, die Finger, die Handgelenke, die Ohren, und sogar noch Nasenstecker. In einer anderen Schublade, säuberlich in kleinen Kästchen verpackt, ein weiterer Schatz: die Schminkutensilien, Lippenstifte, Wimperntusche, Lidschatten, Rouge, in den verschiedensten Texturen und den reichsten Farbpaletten. Unmöglich, sich das alles selbst aufzutragen. Nicolas war mehrere Tage über sie gebeugt, drehte den Kopf hin und her, völlig in seine Arbeit vertieft, und bearbeitete ihr Gesicht, drehte es ins Licht, erklärte, man müsse vorsichtig auflegen, weil sie sich noch nicht richtig kennt, nicht weiß, welche Farbe was bei ihr ergibt, holte Zeitschriften, blätterte sie durch, seine Gesten waren sicher, und er zeigte ihr, wie die anderen es machen. Die ganze Kunst der Verwandlungspanscherei. Und danach ihr Gesicht, das sich leicht verändert und von ihr entfernt hat. Sie hat rasch verstanden, dass er sich wünscht, und zwar viel manischer, als er das selbst glaubt, und mit viel mehr Eifer, sie in Richtung Claudine gleiten zu sehen. Sie beobachtete erstaunt, mit wie viel Mühe er sie herauszukristallisieren suchte, wie er versuchte, ihre Tricks offen zu legen, wie sie es gemacht hatte, dass ihre Augen so groß wurden, dass ihre Haut so zart wirkte wie die einer Frucht. Ganz langsam hat er ihr alles gezeigt. Pauline kniff die Augen zusammen: «Wie kommt's, dass du mit einem Make-up-Pinsel umgehen kannst?» Er antwortete: «Ich hab meine ganze Kindheit über gesehen, wie meine Schwestern das machen», und wuselte um sie herum.

Heute ist sie endlich so weit, dass sie vor die Tür kann.

Sie ist mit Nico außerhalb von Claudines Wohnung verabredet. Sogar die Metro muss sie nehmen und ein ziemliches Stück dieser Stadt durchqueren. Die Schlüssel sind übrigens an einem Nagel aufgehängt. Wahrscheinlich hat Nicolas sie dahin gehängt, ohne darauf zu achten, weil er sie da immer schon hatte hängen sehen.

Im Treppenhaus ist es mit den Absätzen schwieriger als in der Wohnung. Es ist nicht der gleiche Untergrund, der hier wirkt rutschiger, und Treppensteigen ist für die Knöchel eine andere Aufgabe. Ans Geländer geklammert gelingt es Pauline, einen Schritt nach dem andern, die Treppe bis nach unten hinabzusteigen. Küchengerüche mischen sich mit Bohnerwachs, hinter einigen Türen sind Geräusche zu hören. Im Erdgeschoss zieht die Concierge ihren Vorhang ein Stück zur Seite, Pauline nickt ihr zu.

Beim Hinausgehen verwechselt sie die Knöpfe, will den Türsummer drücken, erwischt aber die Treppenhausbeleuchtung. Dann ist sie draußen. Sie hat sich vorgestellt, es müsse nach all den eingeschlossenen Tagen ein komisches Gefühl ergeben, aber sie empfindet nichts Besonderes.

Außer dass die Straße, die sie seit einiger Zeit von ihrem Fenster aus betrachtet, nicht dieselbe ist, wenn man unten steht. Ihr gegenüber auf dem Trottoir stehen zwei riesengroße und unverschämt breite Frauen, die eine von ihnen, orangefarben, rempelt sie im Vorbeigehen absichtlich mit einem kräftigen Schulterstoß an. Und geht einfach weiter. Pauline stolpert ein paar Schritte zur Seite, steigt vom Trottoir und stützt sich an einem Auto ab. Einmal gab Nicolas gutmütig den Rat: «Tu einfach so, als würdest du skaten, es gibt ein paar Tricks, um sich reinzufinden, aber danach geht's wie von selbst.»

Schwierig, auf dem Trottoir voranzukommen. Zu viele Leute, manche blockieren den Durchgang vor den Lebensmittelläden, ihre Einkaufskörbe voll mit Kram, andere stehen mitten auf dem Weg rum und diskutieren, der Rest scheint Schlafmittel eingeworfen zu haben.

Beim Gehen starrt sie zu Boden. Sie geht an einem Typen vorbei und ihr Blick steigt an ihm hoch, er fällt ihr sofort auf: Der erste Weiße, den sie sieht, seit sie auf der Straße ist. Seltsamer Gedanke. Die Schuhe sind so ungewohnt, dass sie zum ersten Mal die Unebenheiten des Trottoirs bemerkt, außerdem fällt ihr auf, dass niemand auf der Straße sie bemerkt, sie ist wie durchsichtig. Die Frau anfangs, die sie angerempelt hat, als wolle sie durch sie hindurchgehen und ihr zeigen: «Du bist überhaupt nicht da.»

Blick in ein Schaufenster, Make-up, Perücken. Sie geht an einem Friseurladen vorbei, dann wieder an einer Metzgerei, dann ist sie endlich am U-Bahn-Eingang.

Der Boulevard, den sie nehmen muss, ist abschüssig. Mit normalen Schuhen hätte sie gar nichts bemerkt. In den Stöckeln wird das Gefälle Schwindel erregend und das Ganze eine echt gefährliche Prozedur. Sie setzt einen Fuß vor den andern, konzentriert, als stünde sie auf dem Schwebebalken, bloß nicht in aller Öffentlichkeit auf die Schnauze fallen.

Die Leute sehen sie an. Einige drehen sich sogar nach ihr um. Und andere linsen völlig ungeniert und ungestraft auf ihre Beine, ihren Arsch, ihren Busen, ihren Mund, ein paar lächeln ihr zu oder stoßen irgendwelche Laute aus, um sie auf sich aufmerksam zu machen, kleine Pfiffe. Sie will sich in Luft auflösen, die Leute hinter sich lassen, aber sie kann sich nur mit kleinen, vorsichtigen Schritten vorwärts bewegen und so tun, als bemerke sie nichts.

Ein Herr am Straßenrand verkauft Maiskolben aus einem Einkaufswagen, es riecht verbrannt, er ruft sie heran mit einer Art nettem Enthusiasmus, wie wenn man mit einem Hund spielen will. Eine von oben bis unten verschleierte Frau wartet auf ihren Kolben, die mustert sie, nur ihre Augen sind zu sehen, die sie ausziehen, voller Verachtung und Zorn. Der Händler kann sich gar nicht mehr beruhigen, selbst als Pauline ihn schon einige Meter hinter sich gelassen hat, hört er mit seinem Radau nicht auf. Sie ist vollkommen öffentlich, jedermann zugänglich, von Kopf bis Fuß geschaffen, um jedermann aufzufallen. Sie hat die entsprechenden Klamotten an.

Blick ins Schaufenster eines Juweliers voller Gold und Wecker. Ihr Spiegelbild. Eindruck zwischen Entsetzen und Amüsement. Sie sieht aus wie eine andere Art Mädchen als sie selbst. Sie hätte so etwas zuvor nie für möglich gehalten, in diesem

Aufzug auszugehen, und keiner ruft: «Was ist das denn für eine Hochstapelei?» Wie sie aussieht: diese verwandelten Beine, diese völlig veränderte Silhouette. Und niemandem fällt auf, dass sie überhaupt nicht so ist. Sie kapiert zum ersten Mal, dass in Wirklichkeit überhaupt kein Mädchen «so» ist.

Am unteren Ende des Boulevards – die Schuhe tun bereits an den Fesseln weh – wartet sie in einem Menschenauflauf auf Grün. Eine Hand gleitet über ihr Kreuz. Die Berührung ist umso obszöner, als sie langsam ist, der Griff ist kräftig, keineswegs flüchtig, diese Hand, die ihren Arsch betastet. Sie dreht sich um, unmöglich zu sagen, wer das gemacht hat, grinst der da nicht, aber was soll sie ihm denn sagen, Pauline hat das Gefühl, dass ein Fingerschnipsen sie umwerfen würde, das sind nicht nur die Schuhe, auch dieser zu enge Rock. Die Ampel springt auf Grün, sie folgt der Menge. Wirft einen Blick zur Seite, das ganze Viertel stinkt nach Elend, als wär man in einer anderen Stadt oder in einer anderen Epoche. Hat zugleich aber auch was Lebendiges, lautes Gebrüll und Gelächter, eine gewisse Unbeschwertheit.

Metrostation Barbès, die Tauben gurren und scheißen auf die Säulen, zwei Typen verkaufen Melonen, Menschenmassen, neben ihr singt eine Frau leise vor sich hin, schöne tiefe Stimme, ein Mann verteilt rosa Kärtchen, Visitenkarten eines Marabouts, der Boden ist voll davon, grüne, blaue und gelbe Kärtchen.

Ein Durchgang ist offen, sie folgt ihm, dann bemerkt sie, dass sie hier nicht bezahlen muss, sondern direkt auf den Bahnsteig kommt, ohne durch die Drehkreuze zu müssen. Pauline kommt an zwei Mädchen mit noch nicht mal fertigen Brüsten vorbei, sie tragen hautenge Hosen, superhohe Schuhe mit quadratischen Absätzen und nabelfreie Tops. Im Vorbeigehen schimpfen sie sie eine Nutte. Sie bleibt stehen, dreht sich zu ihnen um, die bemerken es und verlangsamen ihren Schritt, eine von beiden ist nervös, «Hm, was willst du von mir, du Schlammfotze? Was hast du, dass du mich so anglotzt?» Schon bleiben die Leute um die drei Mädchen herum stehen, die sich anschreien, womöglich prügeln sie sich gleich oder … sofort bildet sich eine Menschentraube.

Ein Typ, der Gemüse verkauft, ruft ihnen lachend zu: «Immer mit der Ruhe, meine Täubchen, immer mit der Ruhe …» und erklärt seinem Kollegen, «wenn die aufeinander losgehen, dann sind sie wie Furien», das Ganze in einem gut gelaunten Ton von der Art, dass er nicht übel Lust hätte, das mal mit anzusehen.

Das Mädchen, das sie anmacht, ist ziemlich kräftig gebaut, groß und reichlich brutal. Schon komisch: Schmuck am Handgelenk, bemalte Augen, Prinzessinnenklamotten und dabei eine Art zu reden, sich zu bewegen, die eher die eines Boxers ist. Sie kreischt sofort los, dass sie ihr nicht gestattet, so einer Drecksnutte, in diesem Ton mit ihr zu reden. Pauline steht da wie festgenagelt, stottert: «Das ist doch nicht möglich, unter Frauen so miteinander umzugehen.» Das bringt die andere zum Lachen, «weiße Drecksnutte, was glaubst du eigentlich, wer du bist», ihre Freundin zieht sie am Ärmel, «lass gut sein, du siehst doch, die hat sie nicht mehr alle. Los, komm schon, wie sind zu spät dran.» Aus dem kleinen Kreis, der sich um sie gebildet hat, schreitet noch niemand ein, die Trägheit ist größer als die Aufmerksamkeit. Das Handy der Toughen klingelt in ihrer Handtasche, sie nimmt sich erst die Zeit, Pauline abschätzig zu mustern, ihre Augen spucken sie an: «Unter Frauen ... Scheiß-Lesbe.»

Und wendet sich zum Gehen. Pauline steht jetzt alleine da, sofort nähert sich ein Typ, ein Vertrauen erweckender Herr, graue Schläfen, er ist etwas größer als sie, er legt seine Hand auf ihren Unterarm: «Sie sollten hier nicht bleiben, Mademoiselle, kommen Sie ...» und zieht sie mit sich, sie stützt sich auf seinen Arm, um die Treppe hinaufzusteigen, die Knöchel tun ihr weh. Er bemerkt: «Reizend wie Sie sind, ist das hier keine Umgebung für Sie, das kann gefährlich werden hier, wissen Sie ... Sie sind nicht von hier?»

Als wäre es das Natürlichste von der Welt, dass gewisse Viertel nichts für sie sind. Er fragt, wohin sie will, folgt ihr bis auf ihren Bahnsteig. Er erfreut sich an ihrer Gegenwart, hält sich dicht an ihr, sagt: «Ich werd Sie begleiten, bis wo Sie hinmüssen, das wird Ihnen irgendwelche unangenehmen Begegnungen ersparen.» Als wäre es völlig natürlich, dass sie irgendwen um sich herum braucht.

Pauline schüttelt den Kopf, bittet ihn, sie in Ruhe zu lassen, sagt: «Ich möchte lediglich allein sein.» – «Sie machen sich ja gar keinen Begriff ...», der Typ insistiert und fängt an, ihr Komplimente zu machen, als müsse sie darüber geschmeichelt sein, Komplimente über ihre Kleidung, «Das gibt es heutzutage selten, eine Frau, die versucht, den Männern eine Freude zu machen», als wäre es schade, als wäre es eine Pflicht.

Sie schaut starr geradeaus, will möglichst vermeiden, ihn direkt anzusehen. Ob ihn seine Mama wohl ganz lieb gehabt hat, diesen überaus galanten alten Herrn, so lieb, dass er seither glaubt, alle Frauen sind da, um nett zu ihm zu sein, und müssen versuchen «ihm eine Freude zu machen». Ist es denn eine Freude für ihn, dass sie herumläuft wie eine Nutte, sollte sie das als ein Kompliment auffassen? Sie wiederholt, dass sie lieber allein wäre, in immer unfreundlicherem Ton, er stört sich nicht daran, es amüsiert ihn eher, als spräche er mit einem Kind. Dann stößt sie ihn heftig weg: «Jetzt lass gefälligst die Pfoten von mir!», und mit einem Schlag fällt alle Galanterie von ihm ab, und er keift zwischen den Zähnen, ohne sich von ihr zu entfernen: «Aber beklag dich dann nicht, du, wenn dich irgendwer in 'ner dunklen Ecke rannimmt, hä?» Sie wiederholt, er solle verschwinden, sie hat ihn bis hier oben, diesen alten Knacker, der mit all seiner Freundlichkeit nur eins will, sie stopfen, mit seinem krummen und ekligen Pint, und bei alledem soll sie noch freundlich sein. Er trollt sich immer noch nicht, hat jetzt einen anderen Ausdruck in den Augen und sagt deutlich, was in ihm vorgeht: «Was schleichst du hier eigentlich in der Goutte-d'Or rum, hä? Ich bin dir nachgegangen, du bist von da unten gekommen, du lässt ihn dir wohl gern von den Niggern reinstecken, hä?» Sie stößt ihn beidhändig fort, denkt nicht mehr an Absätze und Rock, wieder sehen Leute zu, aber sie wird ihn nicht los, er sagt ihr leise: «Willst du nicht mal meinen sehen? Wenn du scharf drauf bist, dicke Schwänze reingesteckt zu kriegen, dann kommst du bei mir auf deine Kosten, glaub's mir … Das ist es doch, was du willst, hä, du bist geil auf dicke Niggerschwänze?»

Da mischt sich ein jüngerer Typ mit Pferdeschwanz ein, mit Nussknackerkinn, aber super schicke Klamotten, er platzt nur so vor Autorität, fragt Pauline: «Haben Sie Probleme mit diesem Herrn hier?»

Dem würde sie gerne antworten: «Kümmer dich um deinen eigenen Scheiß», aber der andere macht ihr Angst und sie nickt ihm zu. Der Jüngere scheucht den Älteren weg wie einen Straßenköter, und der Typ, der eben noch an sie geschmiedet schien, läuft jetzt davon wie ein Dieb.

Pauline bedankt sich nicht, Zorro ist sehr stolz, diese Situation gemeistert zu haben, er fragt: «Alles o. k.?», ganz süßliches, schmieriges Wohlwollen, «Sind Sie sicher, alles in Ordnung?» Dann hebt er die Augen zum Himmel: «Manchmal schäme ich mich, ein Mann zu sein, schäme mich über unser Benehmen.»

Sie denkt: «Und ich schäme mich, ich selbst zu sein und dem Typ keine Angst einzujagen, nicht einmal zuhören tut der mir, und dann kommst du, und alles ist geregelt.» Sie stottert: «Ja, alles in Ordnung, schon gut ...»

Der Typ bleibt an ihrer Seite, er hat den Platz des vorherigen eingenommen und wird sich den ganzen Weg um sie kümmern.

Sie besteigen den Waggon, ein anderes Mädchen, das alles mit angesehen hat, kommentiert: «Das ist so die Art Nutte, die alle gegeneinander aufwiegelt. Erst dann zufrieden, wenn sie sich schlagen.»

Der Typ lächelt: «Die ist bloß eifersüchtig», beugt sich zu ihr: «Sie sind aber auch hübsch.»

Zuerst ist sie wütend auf Claudine, wie kann man so tief sinken, derart behandelt zu werden, wie kann man sich so zur Schau stellen und riskieren, dass ...

Dann springt die Wut um: Warum kann man sie nicht in Ruhe lassen?

Der Typ sagt gerade: «Sie sehen nicht gut aus, wollen Sie nicht, dass wir aussteigen und einen Kaffee trinken? Sie sind so blass.»

Und sie antwortet seelenruhig: «Was ich will, ist, dass du verreckst, du Arschloch. Das würde mir ein bisschen Farbe im Gesicht machen.»

Er steht auf und geht. Der letzte Blick wirkt ehrlich verletzt und zwar nicht in seinem Stolz, eher als würde er sich schämen. Auf der Stelle bedauert sie, jemandem wehgetan zu haben, der womöglich wirklich gut drauf war.

Sie blickt sich um, ein Typ lächelt ihr breit zu. Andere haben die Köpfe in Bücher gesteckt, ein Junge winkt den Leuten vom gegenüberliegenden Bahnsteig zu, seine Mutter fordert ihn auf, sich hinzusetzen.

Ein Blick auf die Uhr, sie ist noch keine Viertelstunde aus dem Haus. Fängt ja wunderbar an, diese Geschichte.

Eine lang gezogene Bar in Rottönen. Strohhalm-, Senf- und Ketchup-Spender wie in den Staaten. Die Kellnerin ist erstaunlich hübsch und steckt von oben bis unten in schwarzem Jeansstoff. Lange, dünne Beine und irgendetwas Heftiges und zugleich Verletzliches, eine Art Bambi, das von seiner Leinwand geflüchtet ist.

Nicolas hebt die Augen zu ihr, sie lächelt ihm schüchtern zu. Sie sagen alle, er hätte Engelsaugen, «mancher hat eben Glück», denkt er zufrieden.

Neben ihm hocken drei junge Mädchen mit schwarz umrandeten Augen rund um ein Handy und diskutieren. Eines von ihnen rät einem andern: «Mach ihn ruhig mal ein bisschen nass», die dritte haut in die gleiche Kerbe: «Manchmal muss man sie in den Arsch treten, anders respektieren sie dich nicht.» Und dann überlegen sie sich, wen sie anrufen sollen, der weiß, was man heute Abend unternehmen könnte. Sie tragen zu enge T-Shirts und diese modernen BHs, die ihre Brüste beinahe aggressiv aussehen lassen.

Pauline kommt herein, eins der Mädchen mustert sie kurz und auffällig, lehnt sich dann zu den anderen und sagt leise etwas, und die anderen drehen sich um und brechen in Gelächter aus.

Die Zwillingsschwester setzt sich und zieht an ihrem Rock, um möglichst viel Bein zu bedecken. Seufzt dann und gibt es auf, um sich in ihrem Sessel zurückzulehnen, mit baumelnden Armen und offenem Mund.

«Das ist das letzte Mal, dass ich so aus dem Haus gehe.»

Nicolas klappt seinen Hamburger auf, pickt die Gurken raus und spritzt eine zusätzliche Lage Senf rein. Sie gibt zu:

«O. k., ich hab zu schnell gequatscht, ich hab mich getäuscht: Es ist doch nicht so einfach, als Schnepfe durchzugehen.»

«Du machst es aber sehr gut.»

«Wenn ich bis jetzt irgendwelche aufgebretzelten Mädchen gesehen habe, hab ich schon gedacht, dass es nicht ganz einfach ist und Arbeit erfordert … aber dass das Ganze einen solchen Aufruhr verursacht, hab ich nun wirklich nicht angenommen.»

«Das gehört eben zum Sich-Respekt-Verschaffen dazu, worauf sie alle so wild sind.»

«Großartig, wie man sich den verschafft, deinen Respekt! Scheiße, wenn du durch die Stadt gehst, passiert dir alle fünfzehn Meter irgendein Abenteuer. Kein Schwein übersieht dich. Und das Schlimmste ist, dass es nicht funktioniert. Du wirst doch nicht behaupten wollen, dass die andern Mädchen, weil sie einen Rock tragen, zwanzigmal am Tag ge-wham-bangt werden. Ich versteh das nicht.»

«Du hättest halt 'n Taxi nehmen sollen.»

«Sicher, ich kann auch zu Hause bleiben, ist auch eine Lösung. Ist schon ein tolles Leben, wenn man's mal von dieser Seite mitkriegt. Aber nicht mit mir. Das war das erste und letzte Mal, dass ich diesen Scheiß mitmache. Morgen geh ich mir normale Klamotten kaufen und nehm die U-Bahn, ohne dass mich einer anbaggert.»

«Hast du nicht gesagt, du wolltest einen Vorschuss?»

«Genau.»

«Also behältst du die Klamotten an, die du anhast. Und du kommst mit mir zu denen.»

«He, ich bin doch keine Nutte.»

«Nein, aber wenn du so tust, als wärst du eine Frau, verdoppeln wir jede Summe.»

«Alles Blödsinn. Letztens haben sie's auch geschnallt und geil gefunden, ohne dass ich ...»

Er hebt die Hand zum Zeichen, dass es unnötig ist weiterzureden.

«Du hast Recht, das Ganze ist völlig unwichtig. Beeindruckt niemanden. Und Claudine war ihnen allen ja wie gesagt völlig schnuppe. Und die sie anrufen, um sie zu treffen, das sind alles lediglich Typen, die ihre Ansichten über Heidegger oder den Niedergang von Grunge hören möchten ...»

Die Serviererin kommt mit ihrem Notizblock in der Hand. Pauline klappt die Speisekarte auf und macht eine verneinende Handbewegung, sie weiß noch nicht, was sie essen will. Die Bedienung macht auf der Stelle wieder kehrt. Sie hat etwas Stures an sich, eine kleine energische Stirn, glänzendes, schön frisiertes Haar. Nicolas bemerkt, dass ihr Hintern wackelt, während sie den Tisch abwischt.

«Sag mal, musst du Frauen so anglotzen? Scheiße, das ist erniedrigend.»

«Was, einen hübschen Arsch zu haben?»

«Sich wie Frischfleisch anstarren zu lassen. Steht die vielleicht im Schaufenster?»

Sie hat keine Zeit mehr, ihren Gedanken weiter auszuführen, eine Stimme ertönt hinter ihr: «Claudiiine!»

Nicolas hat den Typ erkannt und ist auf der Stelle blass geworden. Hat aber ruhig Blut bewahrt und leise geflüstert, bevor der Kerl am Tisch ist: «Jetzt werden wir ja sehen, wie du dich aus der Affäre ziehst ...» Eine Hand umfasst ihren Nacken, die Handfläche ist warm, die Berührung dauert. Ein Paar Lippen, die sie nicht weit von ihren küssen, der Mund löst sich gar nicht wieder von ihr, genießt den Hautkontakt.

Sie wartet, bis das zu Ende ist und er sich aufrichtet, um zu sehen, wonach er aussieht. Eine eklige Fresse, so hässlich, dass er einem fast schon Leid tun könnte. Zu kleine Augen, wie ein dummes Tier. Er lässt eine Hand auf ihrer Schulter liegen, reicht Nicolas die andere: «Philippe, Mémémusic.»

Nicolas drückt ihm die Hand.

«Nicolas. Ich komponier Sachen für Claudine.»

Er macht eine Pause zwischen seinem Namen und dem Rest des Satzes, als setzte er ihn in Anführungszeichen. Pauline fragt sich, was in die zwei gefahren ist, dass sie so spontan Namen und Arbeit assoziieren.

Philippe schiebt seine Hand in ihren Rücken, eine schmierige, besitzergreifende Zärtlichkeit, ein Zeichen von Vertrautheit. Sie überlegt zwei Sekunden, dann fragt sie ihn: «Sag mal, wir sind ja wohl unheimlich dick miteinander, du und ich?»

Er kichert. Als hätte sie ihn irgendwo gekitzelt. Sie packt seine Hand und macht sich energisch frei: «Wenn du willst, dass wir Freunde bleiben, dann lässt du deine Grabbelfinger von mir.»

Er reibt sich die Hände, setzt ein leicht geniertes Lächeln auf und stottert: «Das sind ja ganz neue Töne ...»

Er wirft einen Hilfe heischenden Blick auf Nicolas, der den Kopf in die Speisekarte gesteckt hat und, zwei Finger an der Stirn, vollkommen konzentriert ist. Der große Trottel steht völlig entwaffnet da wie ein kleiner Junge, dem Mama eine gescheuert hat und der nicht recht kapiert wofür. Also bleibt er da stehen, neben dem Tisch, und überlegt, was er sagen könnte, um alles ins Lot zu bringen, aber nichts fällt ihm ein.

Schließlich macht ihm Pauline einen Vorschlag: «Du kannst dich ja einfach verpissen.»

«Aber was hab ich dir denn getan?»

Er versucht gar nicht mehr, Schlag auf Schlag zu antworten und so zu tun, als nehme er das Ganze mit Humor. Sein ganzes Gesicht ist verzogen, und die Grimasse des verletzten Sensibelchens reicht von der Stirn zum Kinn. Das macht sie wütend, sie schüttelt den Kopf, zeigt auf Nicolas und knurrt: «Auf den Gedanken, dass das hier vielleicht mein Freund ist und dass ich keine Lust habe, vor seinen Augen wie eine Nutte begrapscht zu werden, kommst du wohl nicht zufällig?»

«Aber ich hab dich ...»

«Scheiße hast du gebaut. Und, bist du jetzt zufrieden?»

Wirklich und wahrhaftig wütend. Nicolas räuspert sich, hält an sich, nicht einfach loszulachen. Wartet, bis der Typ abzieht, mit ebenso hängenden Schultern, wie er vorhin mit geschwellter Brust angekommen ist. Nicolas kommentiert: «Er hat sie wohl gerne gehabt. Er wirkte völlig am Boden zerstört.»

«Von wegen ... Das Einzige, was den stört, ist, dass er sich jetzt nicht mehr einen zwischen ihren Titten runterholen kann wie ein Schwein. Hast du gesehen, wie er mein Dekolleté angestarrt hat?»

Er gibt zu: «Für einen ersten Versuch als Hochstaplerin schon nicht schlecht, aber ein bisschen mehr Takt von Zeit zu Zeit könnte nichts schaden. Es ist wichtig, dass man die Leute nicht alle vor den Kopf stößt. Und außerdem wär ich dir dankbar, wenn du's das nächste Mal einrichten könntest, mich aus deinen Lügengeschichten draußen zu lassen. Ich leg keinen gesteigerten Wert darauf, einen in die Fresse zu bekommen.»

Aber insgeheim hat es ihm ja gut gefallen, wie sie auf ihn gedeutet und knallhart gesagt hat, «Finger weg von dem, was meinem Typen gehört». Es war sehr bequem, in diese Rolle zu schlüpfen.

Nicht weit von ihnen sitzt ein Typ auf einem Barhocker und

starrt sie aufdringlich an. Er hat ebenfalls ihr Dekolleté im Visier. Pauline spürt es und zieht wütend die Schultern hoch.

Mit einer gewissen perversen Freude, aber in aller Freundschaft bemerkt Nicolas, wie erregend es ist, sie allen Blicken ausgeliefert zu sehen, und wie sie um jeden Preis versucht, sich dem zu entziehen. Sie ist ebenso rattenscharf wie spröde, und das verleiht ihr einen ziemlichen Charme.

Er lenkt das Gespräch auf ein anderes Thema.

«Hast du keine Angst gehabt?»

«Ich kenn das. Ich hab meine ganze Kindheit über Gelegenheit gehabt, das Spielchen zu üben. Es ist mir fast jede Woche passiert, dass mich irgendwer auf der Straße anhält und glaubt, ich wär sie. Sie hat nie jemandem gesagt, dass sie eine Zwillingsschwester hat. Also wie sollten die Leute auf den Gedanken kommen, dass die Person, die sie vor sich hatten, eine andere war.»

Nebendran lesen die drei Mädchen einander ihre Horoskope vor, kreischen dabei laut auf und brechen in übergeschnapptes Gelächter aus. Es ist ein sehr demonstratives Gelächter, mit dem sie beweisen wollen, dass sie existieren, und tun, was ihnen gefällt.

Und dann stellt Pauline die einzige Frage, die sie wirklich interessiert: «Und, hast du die Leute von den Plattenfirmen gesehen?»

«Drei Termine gestern, zwei heute. Mein Handy klingelt in einer Tour … Ich war selbst erstaunt, wie gut ich das gemacht habe.»

«Und?»

«Die sind wie wahnsinnig. Die wollen alle, dass wir bei ihnen vorbeikommen, also sag ich ihnen: ‹Kein Problem, Jungs, aber wir können nicht überall zugleich sein ... Was schlagen Sie also vor?›»

Sie muss lachen. Sie spürt, dass ihm das gefällt. Er ist jetzt voll im Thema drin und will ihr haarklein erklären, wen er getroffen hat und was sie einander gesagt haben, aber sie nimmt ihm den Schwung:

«Also, wie viel wollen sie reinstecken?»

«So einfach ist das nicht.»

«Sie werden dir ja wohl irgendeine Summe genannt haben?»

«Jetzt hör doch mal auf mit dieser krankhaften Gier, du redest, als hättest du seit zwei Monaten nichts zu essen bekommen. Was fährst du denn derart auf diesen Vorschuss ab? Ist doch nicht das Einzige, was zählt.»

«Für mich ist es das Einzige. Ich will wissen, wie viel diese Säcke für eine Laune rauszuschmeißen bereit sind.»

«Viel. Macht sie völlig kribblig, wenn sie zu mehreren das Gleiche wollen. Dann will jeder es um jeden Preis. Ich glaub, wir können sie bis in die Nähe von 100 000 treiben.»

«Auf einen Schlag?»

«Das ist nicht sicher, kapiert? ... Es könnte machbar sein, vielleicht, wenn wir dickes Schwein haben, wenn sie weiterhin so scharf bleiben ... Und vor allem, wenn du dich entschließt, mit mir zu gehen.»

«Nicht sofort.»

«Du musst mitkommen. Die Typen müssen eine Latte kriegen, und das Resultat werd ich nicht hinbekommen.»

«Du könntest auch wirklich ein bisschen an dir arbeiten.»

Jetzt kommt er auf sein Lieblingsthema: Wie sie den Vorschuss verwenden werden. Welches Equipment, welches Studio, welcher Toningenieur, welcher Saxophonist ... Jedes Mal wenn sie einander treffen, redet er stundenlang darüber, wie jemand, der ein Haus bauen will und vermeiden, mit den Bauplänen durcheinander zu geraten. Er wirkt, als würde er schon Ewigkeiten auf diesen Augenblick warten.

Sie nickt ab und zu und stellt einige Zwischenfragen: «Wozu ist so ein Ding gut?» – «Und mit wem hat der schon alles gespielt?»

Sie staunt über sich selbst, es ist ja schon vorgekommen, dass sie weder Scham noch Mitgefühl empfindet. Es hat auch überhaupt nichts mit Feindseligkeit zu tun, dass sie vorhat, die ganze Geschichte auffliegen zu lassen. Diese Platte, die ihm so viel bedeutet. Sie hat nicht die geringste Absicht, sie aufzunehmen. Alles, wovon sie träumt, ist der Vorschuss und dann weg, irgendwo unterschlüpfen und auf Sébastien warten.

Und auch wenn Nicolas andauernd wiederholt: «Hunderttausend, das hört sich ja großartig an, aber für die Plattenindustrie ist das auch nicht ...», kratzt sie das nicht weiter. Sie sieht sich schon am Strand, und Sébastien ist bei ihr.

S o m m e r Hitze, und egal was sie anhat, es ist zu viel.

Jeden Samstag nimmt das Chaos auf der Straße ungeahnte Ausmaße an. Pauline, die andauernd, wenn der Lärm anschwillt, abgelenkt wird, setzt sich ans Fenster, die Gehwege explodieren vor Farben, die Leute gehen langsam, bleiben stehen, erkennen einander, unterhalten sich zu fünft, zu sechst an einer Häuserecke, ihre Einkaufstüten zu Füßen. Und ab und zu werden sie handgreiflich und schreien sich an, bis sie nicht mehr können, das kann dann lange dauern.

Jetzt gerade besonders schriller Lärm, sie stürzt ans Fenster, nachschauen, was abgeht. Polizeiwagen steht Rue Poissonnière, zwei Bullen führen eine Frau ab, die auf einer Motorhaube Stoffe ausgelegt und verkauft hat, Leute drumrum, empört, die Frau hat sich gewehrt. Die Bullen sind nervös, dabei sind sie schon fast zu zehnt, fühlen sich trotzdem nicht wohl in ihrer Haut, feindseliges Viertel, zu viel Leute auf dem Trottoir. Aus einem Fenster ist ein Glas geworfen worden. Pauline sieht, wie die Straße sich leert, die Leute fortgehn, langsam zuerst, dann laufen sie; als die Luft in der Nase zu stechen beginnt, kapiert sie, dass Tränengas gespritzt worden ist, und schließt die Fenster. Das stinkt bis in die Seitenstraßen hinein, dieser eklige Gestank nach Bullen, die Schiss haben und gefährlich werden. Innerhalb von zwei Minuten sind es plötzlich zwanzig geworden, blaue Uniformen, Schulter an Schulter, immer noch nicht ganz ruhig, aber trotzdem arrogant, als ein Typ mit seinen Kindern kommt und sich aufgeregt beschwert, so was könne man doch nicht machen, hageln Schimpfworte auf ihn nieder. Pauline wartet, bis der Geruch sich verzogen hat, und öffnet die Fenster wieder, lehnt sich wieder hinaus, genau wie viele andere Nachbarn, und ebenso wie viele von ihnen starrt sie auf die Bullen unten und hofft, dass jemand das Zeichen gibt und sie ein für alle Mal fertig gemacht werden.

Sie liegt auf dem Bauch und geht die Post ihrer Schwester durch.

Jeden Morgen schiebt die Concierge ein paar Umschläge unter der Tür durch. Das ist erstaunlich, so viele Briefe. Einige sind lang, andere nur kurze Nachrichten, es gibt elegante Schriften, andere sind voller Striche oder ungelenk, gewisse Formulierungen sind bewegend, andere nur blöd und lächerlich. Aber alle diese Briefe sprechen von Liebe, man hat zu ihrer Schwester von gar nichts anderem gesprochen. Und keineswegs nur von Sex, wie Pauline dachte. Jedenfalls besaß sie eine hübsche Sammlung von Liebhabern und Verehrern.

Dieselbe Frau, die einem mit ihrem «Den und den kenne ich, so viel Geld verdiene ich, mit Dingsbums bin ich gut bekannt» auf die Nerven ging, verlor nie ein Wort über diesen ganzen Bereich ihres Lebens, gab niemals damit an in der Art von «Du machst dir ja keine Vorstellung, wie toll sie mich finden», und dabei war gerade dies das einzige Feld, auf dem sie mit einem gewissen Recht hätte angeben können. In einem Wandschrank hat Pauline mehrere große Pappkartons voll von dieser Art Briefe gefunden, Liebes- und Hasserklärungen, ein Haufen Umschläge ist nicht einmal geöffnet und einfach zu den anderen geworfen. Die Flamme all dieser Liebhaber wirkt seltsam, jetzt wo sie einer über dem andern gestapelt sind. Die Schrift unterscheidet sich, aber in manchen Passagen, manchmal ganze Zeilen lang, ist es der gleiche Inhalt von einem Mann zum andern, immer derselbe Refrain: «und mit keinem andern so wie mit mir», «du hast Angst vor der Liebe, das brauchst du nicht», Sätze und Versprechen und zärtliche Drohungen, «Ich schlag deine Tür ein, wenn du mir nicht antwortest», und dann harte Vorhaltungen. «Wie kannst du mir das antun?», oder solche, bei denen man mitleidig wird, «Wenn du wüsstest, in was für einen Zustand du mich gestürzt hast» und echte Drohungen, «Du hast nur mit mir gespielt, jetzt sehe ich dich so, wie du wirklich bist, und ich schwöre dir, du wirst mir bezahlen».

Nichts Keusches da drin, auch wenn es nur selten zugegeben wird. Ihre Beine sind wunderbar, oder ihre Augen, oder ihre Brust, oder auch ihre graziöse Haltung oder ihr Haar. Oder es sind ihre Hände, die faszinieren und bezaubern, wenn es nicht ihre Stärke ist oder ihre Schwäche. Ein paar sprechen von ihrer heißen Muschi, diesem zwischen ihren Schenkeln verborgenen Schatz. Sehnsucht nach dieser Zuflucht. Sie hat es wirklich rausgehabt, die Männer um den Finger zu wickeln.

Und jeder hat einen Exklusivanspruch. Das ist deutlich: Sie gehört ausschließlich dem, der gerade schreibt. Er nimmt sie tiefer wahr als der Herr Nachbar, er spürt, wie sie ist, er kennt sie, er braucht sie. Und so geht es dutzendweise und über die Jahre hin, alle sind sie sich völlig sicher: Sie existiert nur für sie. Und ein jeder von ihnen weiß natürlich besser als jeder andere, wie er sie glücklich machen kann.

Ein Satz kehrt immer wieder: «Warum Angst vor dem Glück

haben?» Und es kommt keinem in den Sinn, dass sie die große Chance, ihnen zu gehören und alles mit sich machen zu lassen, etwa verweigern könnte. Es kommt auch keinem der Gedanke, dass sie sie vielleicht anekeln, wie sie da in ganzen Trauben an ihr hängen, und sie ja womöglich gute Gründe hat, misstrauisch zu sein, dass immer wieder dieselben Sätze fallen, bei jedem Mann und jeder mit der gleichen Hartnäckigkeit vorgeht.

Bei einigen schimmert der völlig bewusste Wille durch, sie zu «haben», sie allen übrigen Männern der Stadt vorführen zu können, damit sie kapieren, wer hier der Chef ist, wer sich die flotteste Maus halten kann, damit ihnen bei ihrem Anblick der Mund wässrig wird.

Bei anderen wieder gibt es, ebenso bewusst, den beinahe wie ein Geschenk präsentierten Willen, sie nach ihrem Bilde umzuformen und sie in ihren Kindheitstraum zu verwandeln.

Bei allen aber blitzt immer wieder diese rührende Ungeduld auf, diese wahnhafte, dringende Sehnsucht, sie um sich zu haben. Es sind schöne Passagen darunter, wunderbare Formulierungen über ihre Liebe, feinfühligste Komplimente. Jeder dieser Männer sieht nur seine Claudine und beschreibt und erhöht sie. Es sind sehr schöne Blicke dabei.

Andere sind schmutzig. Und wieder andere derart naiv, dass man sich aufregen könnte.

Aber keiner von ihnen ahnt auch nur im Geringsten, dass sein Brief inmitten dieses Postbergs, den sie seit zwei Tagen durchgeht, einfach irgendwo abgelegt ist.

Dabei sind es gerade diese vollen Kartons, die jedem Einzelnen den besonderen Ton verleihen.

Indem Pauline sie alle an einem Stück durchliest und täglich neue eintreffen sieht, die unter der Tür durchgeschoben werden, wenn sie die Nachrichten abhört, die einige Männer ihr auf Band sprechen, sieht sie ihre Schwester mit einem Mal wie jemand, der von allen Seiten umzingelt ist. Und all das brennende Interesse, das sie mit leichter Hand entfacht hatte, schloss sie viel sicherer in ihrer Einsamkeit ein, als jede Gleichgültigkeit es vermocht hätte.

Dieser Art von Traurigkeit begegnet Pauline zum ersten Mal, dass man so sehr begehrt wird und selbst gar niemanden begehrt.

Es klingelt. Pauline schleicht zur Tür, prüft im Spion, dass es sich tatsächlich um Nicolas handelt, und öffnet ihm.

Er fragt: «Was würdest du eigentlich machen, wenn jemand anders da wäre?»

«Nicht aufmachen. Das ist zum Beispiel gestern passiert. Ein Typ, den ich noch nie gesehen habe.»

«Hat er nicht gehört, dass du hinter der Tür warst?»

«Doch. Ich habe durch die verschlossene Tür mit ihm geredet und gesagt, ich wolle allein sein. Er war hartnäckig, ich sagte, ich hätte die Schlüssel nicht und wäre drinnen eingeschlossen und er solle gehen. Er hat noch weiter genervt, also hab ich ihn zur Sau gemacht, und er ist abgezogen.»

Ein Blick auf die Uhr, Nicolas schlägt vor:

«Gehn wir runter, was einkaufen, jetzt, wo die Läden nicht so voll sind?»

«Keine Lust. Wir können doch Pizzen kommen lassen.»

«Ich hab die Schnauze voll von diesen Pizzen. Dieser Amifraß ist zu fett. Komm mal in die Füße, wird dir gut tun, 'n bisschen frische Luft zu schnappen. Außerdem hab ich dir 'nen Haufen Sachen zu erzählen.»

Er steht schon da und wartet, dass sie ihm folgt.

Im Supermarkt ist es etwas kühler. Ein kleiner Junge steht weinend in einem Einkaufswagen, sein Vater daneben tut so, als bemerke er es nicht.

Nicolas erzählt Pauline, was sich heute Morgen zugetragen hat bei dem Label, bei dem er für sie beide unterschrieben hat.

Ein korrekt gekleideter Mann versucht ungeschickt, Äpfel einzutüten, ist kein Handwerkertyp.

Eine Dame tastet Aprikosen ab und verzieht dabei das Gesicht.

Eine andere schnüffelt an vorverpacktem Fleisch, mit demselben Ausdruck angeekelten Misstrauens.

Ein Junge bietet jedem, der an ihm vorbeikommt, von seiner Cola an.

In Sichtweite der Kassen steuert Nicolas die mit der kürzesten Schlange an.

Pauline fragt, nur um es noch einmal bestätigt zu bekommen:

«Also ist alles in Ordnung, sie werden die gesamte Summe auf das Konto überweisen? Was meinst du bis wann?»

«Nein, wir haben uns schließlich entschlossen, das Ganze in mehrere Raten aufzuteilen. Andernfalls laufen wir Gefahr, alles auf einmal rauszuschmeißen und es hinterher zu bereuen.»

Diesen Quatsch hat er im beruhigenden, selbstsicheren Ton rausgebracht.

«Das ist nicht wahr?»

«Doch. Die Summe ist auf neun Monate verteilt, auf die Art und Weise sind wir für eine Weile auf der sicheren Seite. So eine Summe sieht nach viel aus, ist aber so schnell ausgegeben ...»

Hinter ihnen steht eine sehr alte bucklige Dame, die Selbstgespräche führt. Ihr Korb ist voll gepackt mit Schokoladencreme aller Marken und Katzenfutter. Sie regt sich über irgendwas auf, brummt vor sich hin, ihr weißes Haar sieht aus wie Zuckerwatte.

In Paulines Kopf lässt ein Kurzschluss alles zusammenbrechen. Auf neun Monate verteilt ... Sie hätte keinen Augenblick gedacht, dass er auf eine derartige Schnapsidee kommen könnte. Er lächelt allen Leuten zu, er hat Champagner eingekauft.

«Aber wie hast du so was machen können, ohne mich nach meiner Meinung zu fragen?»

«Ich hab heute Morgen mit dem Boss diskutiert, er meinte, es sei besser so. Und da es auch in unserem Interesse liegt, habe ich entschieden ...»

«Das ist ja echt großartig, wie servil du bist ... Ich schwör's dir, seit ich dich kenne, kapier ich besser, warum alles am Arsch ist ... Scheiße.»

Wenn sie sich so aufregt, fängt sie an, sich um sich selbst zu drehen und mit den Fingern zu fuchteln. Sie blickt überallhin, bloß nicht auf ihn, als hätte sie Angst, sie könne sich sonst nicht beherrschen und müsste losschlagen. Das packt sie von Zeit zu Zeit, er versteht nicht recht, woher es kommt. Wenn sie sich so reinsteigert, macht sie ihm ein bisschen Angst, vor allem aber geht sie ihm auf den Sack, schließlich muss er sich das Ganze anhören. Also wartet er, bis sich ihr furioser Dünnschiss legt. Sie würgt noch ein paar Beleidigungen raus, dann sagt sie entschlossen:

«... jedenfalls kannst du dich ins Knie ficken mit deinen Schwachsinnsideen, ich hab nicht vor, denen irgendein Geschenk zu machen, ich will meine Kohle cash auf die Kralle und auf einmal ... Morgen gehst du hin und lässt den Vertrag ändern.»

«Den du dir bei der Gelegenheit in den Arsch schieben kannst.»

Sie kapiert, dass sie zu weit gegangen ist, und steuert leicht gegen:

«Scheiße, Nico, warum hast du das gemacht, ohne mir was zu sagen?»

«Jetzt hör mal gut zu, meine Süße, du hättest ja mitkommen können ... Ich lauf jetzt seit drei Monaten ganz alleine von Verabredung zu Verabredung, weil Madame sich zu so was nicht herablässt, seit drei Monaten diskutiere ich und diskutiere ganz alleine, und heute gefällt dir nicht, was ich erreicht habe ... Wenn ich dir zu dämlich bin, dann hättest du mich besser nicht in diese Geschichte reingezogen.»

Während er redet, legt Nicolas die Artikel auf das Band. Der Kassierer ist immer wie aus dem Ei gepellt, heute singt er einen Hit von Lio. Dann hebt er eine Saucenflasche hoch und fragt seine Kollegin, ob sie weiß, wie viel das kostet.

Pauline murmelt: «Ich lass dich machen, ich warte draußen auf dich.»

Auf dem Gehweg will sie eine Zigarette anmachen, findet aber kein Feuer. Ein Typ kommt vorbei und grüßt sie, sie schaut in eine andere Richtung. Sie will vermeiden zu heulen, das wäre dann doch zu verdächtig.

Vor zehn Minuten nur hatte sie diesen Supermarkt betreten. Voll in höheren Regionen schwebend, alles war an seinem Platz. Alles war gelaufen, wie sie es in ihren Träumen erhofft hatte und, was die Summe betraf, sogar noch etwas besser. Nicolas hatte die Leute hochgesteigert, er hatte sich wie ein Ass aus der Affäre gezogen. Alles sollte auf ein extra eingerichtetes Konto überwiesen werden, weil das angeblich praktischer sei …

Da erscheint er, die Hände voller Einkaufstüten. Scheues Lächeln, er hofft, dass sie sich beruhigt hat. Dieser Typ ist immer nur versöhnlich. Sobald sie sich aufregt, egal worüber, ist es für ihn nur wie eine Art Schluckauf, der irgendwann wieder verschwindet.

Sie streckt die Hand aus, um ihm etwas abzunehmen.

«Komm, gib die Hälfte.»

Er will nicht.

«Schon gut, nicht nötig.»

Sie geht hinter ihm, sagt kein Wort mehr. Neun Monatsraten. Das sieht nach gar nichts mehr aus. In weniger als drei Monaten kommt Sébastien raus. Schon verrückt, wie eine einzige Neuigkeit in einem Augenblick alles über den Haufen werfen kann. Zwei, drei falsche Worte am falschen Ort, und alles bricht zusammen und geht den Bach runter.

Ein grauhaariger Mann, gegen eine Häusermauer gelehnt, brüllt in sein Handy, dass die ganze Straße mithören kann, er ist vor lauter Aufregung tomatenrot angelaufen, vielleicht zerplatzt er gleich, und dann liegen die Fetzen verstreut auf dem Trottoir.

Der Ventilator dreht sich, Pauline stellt sich andauernd davor, um sich von dem Luftstrahl streicheln zu lassen.

Es ist schon das fünfte Bier, das sie aus dem Kühlschrank holt, jetzt fühlt sie sich etwas weniger down. Irgendeinen Weg, diese Schwachsinnsklausel ändern zu lassen, wird sie schon finden. Das ist wie alles andere nur eine Frage der Geduld.

Nicolas schneidet Zwiebeln in hauchdünne Scheiben, so wie er es bei den alten Hasen in einem Krimi gesehn hat. Er braucht immer Ewigkeiten, egal was er anfasst. Sie hält sich mit irgendwelchen Kommentaren zurück, immerhin macht er ja das Essen. Aber diese schwachsinnige Lahmarschigkeit, mit der er das bisschen Gemüse schneidet, nervt sie.

«Wir müssen noch einen Roadie auftreiben für die Konzerte ... Hast du schon mal getourt? Für mich ist das die größte Nostalgie überhaupt: Laster fahrn. Das ist typisch was, was man erst im Nachhinein richtig zu schätzen weiß. Währenddessen findest du vor allem, dass es dauert, dass du schlecht sitzt, und immer irgendein Gruftie, der Vollgas gibt, um dich im letzten Moment zu überholen ... Aber Jahre später ist alles, woran du dich erinnern kannst, wie man sich bepisst hat vor Lachen und all die idiotischen Spiele, die man nur in einem Laster spielen kann.»

Er steigert sich da rein, verliert beinahe das Gleichgewicht vor lauter Enthusiasmus. Sie sagt jaja und setzt sich vor den Fernseher. Sie denkt: Ich werd gar nichts sehen, du Arschloch, ich werd dir die ganze Kohle abzocken, wie auch immer, und dann abhauen, so weit weg von dir wie möglich und ohne dich und werd dich auf der Stelle vergessen, und du kannst dann ja mit dem Laster rumfahrn, um dich darüber hinwegzutrösten, dass du dich hast an der Nase rumführen lassen, wenn dich das derart anmacht.

Lärm auf der Straße, sie lehnt sich aus dem Fenster, um zu sehen, was los ist. Es braucht immer eine Weile, bis man etwas kapiert, aus der Menge herausliest, wer mit wem Ärger hat, und versucht zu erraten warum … Ein Kanarienvogel ist ausgebrochen, man sieht, wie er völlig verwirrt die Straße entlangläuft, total verrückt ohne seinen Käfig. Lauter Hände strecken sich aus und versuchen ihn einzufangen, seine Besitzerin brüllt irgendetwas aus ihrem Fenster und macht Zeichen, dass sie gleich runterkommt.

Sie setzt sich wieder hin und befingert den Normvertrag, den er ihr von der Plattenfirma mitgebracht hat. Sie liest ihn noch einmal durch. Kein irgendwie geartetes Kauderwelsch, kein Kleingedrucktes, was man etwa übersehen könnte. Alles steht schwarz auf weiß da: Ich bescheiß dich nach Strich und Faden. Vollkommen deutlich gesagt. Der Künstler verpflichtet sich zu diesem, der Künstler verpflichtet sich zu jenem. Und die Firma bekommt alle Rechte und verpflichtet sich zu überhaupt nichts außer dazu, die Kuh zu melken und die Milch selbst zu trinken.

Nicolas mischt eine Soße zusammen, in die er seine Tomaten kippt. Kommentiert alles, was er tut: «Die Gasflamme nicht zu groß, sonst brennt das alles an.» Wie er sich immer konzentriert, wenn er Essen macht. In manchem Augenblick tut er ihr im Voraus schon richtig Leid, aber solche Gedanken scheucht sie gleich weg, «wie kann man aber auch bloß derart naiv sein, das zieht die Prügel doch magnetisch an».

Der Sommer ist zum Kotzen. Der Himmel ist so weiß, dass es einem die Augen verbrennt, und auf einmal kippt alles weg, und Wasserschwälle stürzen auf die Windschutzscheibe, und rundherum wird es so dunkel, als würde es mitten am Tag plötzlich Nacht werden.

Sébastien klebt am Fenster der Karre, verschlingt die Landschaft mit den Augen. Ohne so recht unterscheiden zu können, ob ihn das tatsächlich ungeheuer berührt oder ob er nur so tut, um dem Bild zu entsprechen, das er von sich entworfen hatte, sobald er einmal draußen wäre, als er noch da unten einsaß. Wald zur Linken, alle Bäume schräg in die gleiche Richtung geneigt aufgrund des starken Windes.

Es sind noch mehr Leute im Auto unterwegs, sie werden regelmäßig überholt. Ein Geräusch wie mechanische Wellen. Das Autoradio rauscht, kein Basston kommt richtig rüber, der Groove ist völlig versuppt.

Der Typ am Steuer fährt zu dicht auf. Gruftie. Es ist ein Typ, der immer ins Sprechzimmer gekommen ist. Das ist sein Ding. Er besucht die Leute. Er hat auch mal gesessen, ist aber lange her. Er ist nie rückfällig geworden, aber er ist auch nie davon weggekommen. Kaum war er raus, hat er kapiert, dass die Verbindung zwischen ihm und denen, die nie drin waren, zerbrochen war. Er konnte sie nicht mehr recht respektieren, hatte den Eindruck, sie verstünden nichts, wüssten nichts, nicht das

Entscheidende, hätten nichts gesehen. Wenn er könnte, würde er überhaupt von nichts anderem reden: Knast, Schließer, Knastis, Hinterfotzigkeiten ... Er hält an seinem Schmerz fest, als wär's sein Augapfel.

Er hat ihm angeboten, ihn im Wagen mitzunehmen, nette Geste. Sébastien war auch ganz zufrieden, wenn er im Sprechzimmer aufgetaucht ist, war ein kleines Ereignis im grauen Alltag.

Jetzt wo er draußen ist, ist es fast nervig, mit ihm zusammen zu sein. Straßenschild an der Seite: Paris, 150 Kilometer. Jetzt heißt es eben geduldig sein.

Wie oft hat er sich diesen Tag ausgemalt, viel zu oft. Wie es draußen ist, wie es ist, wieder anzufangen, wieder auf diese Welt aufzuspringen, die sich ohne ihn weitergedreht hat. Draußen sein. Er müsste vor Freude platzen, um seine Entlassung richtig zu würdigen.

Und jetzt ist es bloß eben so. Scheißwetter, die Karre macht nicht voran, stinkt ein bisschen nach Schweißfüßen.

Aber vielleicht ist es ja gerade das, was so ungeheuer gut tut. Sich über Kleinigkeiten beklagen zu können, die zum Leben dazugehören, ein bisschen angenervt sein, aber eben nicht verzweifelt.

«Und, erwartet deine Frau dich in Paris?»

Bitteres Gefühl, als er diese Frage hört. Sébastien entschuldigt sich:

«Ich hab keine große Lust zu reden. Du darfst mir das nicht krumm nehmen ...»

«Jaja, ich weiß, wie das ist, weißt du ... Ich kenn das.»

Aber Pauline erwartet ihn dort nicht. Er hat ihr nicht Bescheid gesagt, dass er vorzeitig entlassen wird, angeblich um sie zu überraschen. Aber wenn er ehrlich zu sich selbst ist, dann um zwei freie Tage zu gewinnen. Und er weiß ganz genau, wofür er die braucht, was ihm die ganzen Wochen über im Kopf rumgegangen ist, gestochen scharfe Bilder, gemischt mit umwerfenden Erinnerungen. Es ist jedes Mal das Gleiche, und jedes Mal wird es ein Stück schlimmer.

Sobald er es getan haben wird, wird er sich noch schlechter fühlen als jetzt. Er weiß es aus Erfahrung. Aber was hilft's, er kann einfach nicht anders.

Er sieht sich daliegen, die Fresse im Staub, und Fußtritte gegen den Kopf bekommen, wie ein Punchingball. Er hätte gern, dass ihn einer packt und ihm den Lauf einer Knarre gegen die Schläfe presst und mehrmals abdrückt. Was für eine Erleichterung wäre das, nicht mehr so zu sein, wie er ist.

Und zugleich wünscht er, er wäre schon da.

«Das ist normal, so zu sein, lass dir deswegen keine grauen Haare wachsen.» Ein Typ aus seiner Zelle, der das gesagt hatte, die Arme hinterm Kopf verschränkt. Stundenlang mit ihm diskutiert. Dem brauchte er es nicht in allen Einzelheiten zu erklären, der hatte es in einer Sekunde kapiert. «Die Kleine in Rot, die wir letztens in dem Clip gesehen haben?» Und dabei hatte er nicht einen auf schmierige Kumpelei gemacht, nichts von schlüpfrigen Kommentaren und Männergesprächen über irgendein Loch. Er hatte nur resigniert den Kopf geschüttelt: «Jeder ist so, warum würde es sonst so viele Huren geben?» Und dafür konnte keiner etwas.

Pauline steht auf die Fensterbank gestützt am Fenster ihres Schlafzimmers.

Ein schwarzer Pullover mit einem umgekrempelten Ärmel liegt auf dem Trottoir rum. Eine verschleierte Frau überquert die Straße. Ein Fahrrad ist an dem Einbahnstraßenschild angekettet, seit Tagen schon und ohne Räder. Gegenüber die dreckigen Fensterläden, die Leuchtreklame PMU, LOTTO, METRO des Bar-Tabac, Obst und Gemüse im Number One, der Verkäufer, eine Mütze auf dem Kopf, kehrt vor dem Laden. Die Passanten bewegen sich kreuz und quer, Linien, die nie völlig übereinstimmen.

Nicolas ist vorhin gegangen. Viel früher als sonst immer. Sie hat kein einziges Wort mehr gesagt, also hat er ihr schließlich versprochen, «Ich werd mich so schnell wie möglich mit ihnen treffen und ihnen sagen, dass wir unsere Meinung geändert haben und alles auf einen Schlag wollen». Sie hat beiläufig den Kopf geschüttelt: «Mach, was du willst», als wäre das nicht das Problem. Plötzliche Paranoia-Panik, sie hätte niemals an dem Joint ziehen dürfen, da wird sie jedes Mal so. Nun ist sie überzeugt, dass er was ahnt, ja, dass er genau kapiert, was sie vorhat. Also hat sie es peinlichst vermieden, mehr zu dem Thema zu sagen. Sie wird morgen wieder davon anfangen oder später irgendwann, vernünftig bleiben, bloß nichts überstürzen. Erst mal sichergehen, dass er nichts merkt. Und erst dann dafür sorgen, dass er das tut, was er soll. Wenn sie konzentriert bleibt, wird alles schließlich so laufen, wie sie will.

Telefon klingelt, dreimal, dann der Anrufbeantworter, immer dieselbe Botschaft, Piepton und dann diese Stimme, genervt und überkandidelt.

Sie zieht die Vorhänge zu, setzt sich wieder hin. Das Telefon fängt von neuem an zu klingeln. Wütender Krampf im Bauch. Sie schwört sich, den Stecker rauszuziehen, sobald der hier seine Botschaft abgelassen hat, und sucht an der Bodenleiste nach der Steckdose. Sie hört kaum zu, was auf das Band gesprochen wird, aber dann springt der Name ihr ins Ohr:

«Sébastien hier, bist du nicht da?»

«Doch, ich bin da ... Aber du, wo bist du?»

«Unten vor der Tür. Kann ich raufkommen.»

«Bist du wirklich unten?»

«Sagst du mir den Türcode?»

Sie wartet an der Tür auf ihn, sie versteht nicht, was er draußen macht, und noch weniger, wie er erraten konnte, dass sie bei ihrer Schwester ist. Vor allem hat sie Angst. Dass er sie in diesem Aufzug sieht, und sie hat keine Zeit mehr, sich umzuziehen. Ob er sie für eine Wahnsinnige halten wird? Und was sie da angestellt hat, sie hat nie damit gerechnet, ihm das einmal sagen zu müssen. Ob er wohl enttäuscht und traurig sein wird? Sie ist wütend auf sich, diesen Augenblick zu verderben, diesen Wiedersehenstag, der hell und fröhlich werden sollte.

Ihr geschminkter Mund kommt ihr in den Sinn. Badezimmer, sie wischt ihn mit dem Handtuch ab, schaut im Spiegel nach, zu viel Make-up für seinen Geschmack, viel zu viel. Und da klingelt er auch schon. Sie stürzt zur Tür.

In seine Arme. Dieser Körper, den sie zur Gänze kennt, nichts davon hat sie vergessen, sie kleben aneinander, es ist, als könne sie endlich aufatmen.

Voller Dankbarkeit, dass er sie zunächst in die Arme nimmt

und so lange an sich drückt, bevor er mit Fragen anfängt. Dass er sie nicht aburteilt, bevor er nicht ihre Version der Dinge gehört hat. Ihr fällt nichts anderes ein als: «Oh, tut das gut, dich wieder zu sehen».

Es folgen die brüskeren Gesten, die von so langer Abwesenheit genährte Lust, das explodiert jetzt alles. Er nimmt sie bei den Händen, was er noch nie getan hat, auch er ist wahnsinnig vor Sehnsucht nach all dieser Zeit ohne sie.

«Komm, Claudine, gehn wir in dein Zimmer.»

Er zieht sie mit, steuert ohne zu zögern aufs Schlafzimmer zu.

Sie folgt ihm. In der Nase geht es los, Gaumen, Kehle, Brustinneres und dann hinab in den Bauch, ein Riss mitten durch sie hindurch. In ihrem Innern hämmert ein maschinelles Herz, ein Erdrutsch, der alles mitreißt, kein Stein bleibt auf dem andern, sie ist auf dem Boden aufgeschlagen, alle Glieder zerbrochen, die Knochen zerbröckeln fast.

Sie sagt nichts. Im Schlafzimmer setzt er sich aufs Bett, sieht sie an, in seinen Augen ein wildes Funkeln, er lächelt ihr halb zu, eine brutale Freude, dann zieht er sie sanft zu sich.

«Wie lange ich auf diesen Augenblick gewartet habe, Claudine.»

Sie lässt ihn machen. Überzeugt, dass er sein Versehen von alleine bemerken wird. Sie wartet. Sie ist zu verlegen, um einzugreifen.

Sie überlässt sich seinen Berührungen. Er zieht sie behutsam und sehr langsam aus. Jeden Körperteil, den er entblättert, nimmt er aufmerksam in sich auf, mit den Augen, den Fingern, dann folgen Mund und Zunge. Dieses Gesicht hat sie an ihm noch nie gesehen. Von einer frenetischen Lust durchzuckt, in seinen Augen explodiert die Freude, wird von Wut verdunkelt.

Sie hätte vorher reden müssen. Jetzt ist der Augenblick verpasst. Sie will nicht, dass all das geschieht, was jetzt geschehen wird. Sie will nichts von alldem wissen. Ein Gefühl, als würde man ihr die Haut abziehen.

Was man alles nicht weiß vom andern. All das, was er verborgen hält.

Sie liegt auf dem Rücken. Er kniet neben ihr. Mit einer Hand hält er ihren Kopf, damit sie ihm einen bläst. Die andere liegt auf ihren Brüsten, er knetet sie fieberhaft, bis es ihr etwas wehtut, und als sie sich befreien will, spürt sie, wie sein Schwanz heftiger in ihrem Mund herumstochert, die Erregung ist noch ein Stück höher geklettert.

Er bringt sie regelmäßig in eine andere Position, wortlos. Er packt sie und platziert sie so, wie er gerade Lust hat. Sie hat das Gefühl, ein einziger Rummelplatz zu sein, wo er sich austoben kann. Sie kniet auf allen vieren, er drückt ihren Rücken durch und rammelt bis zum Anschlag in ihren Bauch. Er spreizt ihre Pobacken, sie wirft einen Blick über die Schulter, er ist fasziniert von dieser Kruppe, die er betastet und beherrscht. Seine Augen sind ganz dunkel und gespannt geworden, als bereite er sich darauf vor, gegen Giftschlangen kämpfen zu müssen.

Sie hat das Gefühl, nur ein Auge an der Zimmerdecke zu sein. Sie spürt das Hin und Her, die Hand, die auf ihren Hintern klatscht. Aber es ist, als wäre sie selbst nicht da, als würde sie von weither zusehen. Sie denkt an etwas anderes, daran, was sie hinterher sagen wird, daran, wie er normalerweise ist, wenn er mit ihr Liebe macht. Sie denkt: «Er fickt meine Schwester, und er tut es nicht zum ersten Mal. Und sie ist es, die ihn so verwandelt, ihn so völlig ausflippen lässt, dass er nicht wieder zu erkennen ist.» Sie selbst hat nie so auf ihn gewirkt. Er wollte nicht, dass sie ihn in den Mund nahm, er schob sofort die Hand in ihren Nacken und brachte sie dazu, wieder nach oben zu kommen. Dabei lächelte er geniert: «Ich hab's nicht so gern, wenn du mir das machst.»

Er dreht sie wieder auf den Rücken. Drückt ihr die Beine zu beiden Seiten des Halses hoch und beginnt ganz sanft, sich in ihrem Bauch hin und her zu bewegen, seine Augen fixieren die ihren. Unmöglich, dass er, so wie er sie da ansieht, es nicht auf der Stelle bemerkt. Dann werden seine Bewegungen schneller, er rammelt sie methodisch, jetzt geht sein gieriger Blick nur auf ihre Brüste, die in alle Richtungen wackeln, und je heftiger sie zittern, desto kräftiger stößt er. Es brennt beinahe schmerzhaft, so schnell ist sein Rein-Raus.

Sie ist mit den Gedanken immer noch woanders: «Ob er sie oft besucht hat?», als sie bemerkt, wie ihr Körper – und man kann nicht einmal sagen, gegen ihren Willen, denn sie hatte keinen Gedanken an Widerstand verschwendet, das war völlig undenkbar – seinem Werben antwortet. Er hat sein Tempo etwas abgebremst, ihr Becken hat sich gehoben, und seine beiden, auf ihrem Rücken verschränkten Hände haben ihn wieder bis zum Anschlag in sie gezogen. Er hebt den Kopf wie ein siegreicher Sprinter kurz vor der Zielgeraden, sie hört wie er sagt: «Ha, du Schlampe, diesmal hast du lange gebraucht, aber dich bring ich jedes Mal zum Orgasmus.» Und sie stöhnt. Eine gewisse Zeit lang, sie wird hinterher nicht mehr sagen können, wie lange, ist sie im Bann seiner Lenden, irgendetwas innendrin, was sie vorher nicht kannte, hat sich geöffnet, ein hochempfindlicher, alles verschlingender großer Raum aus tausend Spalten. Er atmet nicht mehr, hat die Luft angehalten, er ist schweißüberströmt, er fickt sie wie ein Wahnsinniger.

Dann kommt sie wieder zu sich, löst sich geistig wieder von dem, was da passiert. Er stößt eine Art Knurren aus. Das, was sie von ihm kennt, was er immer macht. Aber bei ihr ist es ein dünnes Stöhnen und heute ein lauter Schrei. Dann sackt er auf sie. Wie ein gefällter Baum. Sein Körper ist feucht, etwas zu schwer. Sie macht sich sanft los, er fragt: «Willst du, dass ich schon rausgehe?» Sie nickt und gleitet zur Seite.

Auch mit Pauline bleibt er danach gerne noch eine Weile drin.

Er greift eine ihrer Brüste, küsst sie und murmelt: «Ich bin verrückt nach deinen Brüsten.» Er lächelt, dann steht er auf, um sich waschen zu gehen.

Auch das macht er normalerweise, säubert sich den Schwanz im Waschbecken und schaut ihn sogar prüfend an.

Sie hört, wie er hinter der Wand mit lauter Stimme singt: «Ich bin so scharf auf deinen Erdbeermund», und den Clown markiert.

Er hat das Badezimmer ohne Zögern gefunden. Er ist hier wie zu Hause.

Er streckt den Kopf zur Tür herein: «Mir knurrt der Magen 'n bisschen, kann ich mal schauen, was es gibt?»

«Bedien dich.»

«Beweg dich nicht, ich bin gleich wieder da.»

Sie liegt mit verschränkten Armen da. Geredet werden muss ja doch. Sie kennt dieses Gefühl, wenn die Schwester einem das wegnimmt, was am meisten zählt. Aber das war lange her, sie hat geglaubt, das hätte sie hinter sich. Jetzt wo es wieder da ist, ist es wie immer, alles andere als angenehm, aber sie kennt es eben.

Sie steht auf und beobachtet, ohne dass er sie sehen kann, was er in der Küche macht. Er macht sich Kaffee, er weiß, wo die Filter sind und welche Blechbüchse er nehmen muss, die mit dem Zucker.

Sie geht zurück und legt sich wieder hin. Er kommt mit einem Tablett voller Esssachen wieder. Er ist bester Laune. Er setzt sich neben sie, küsst sie in den Nacken.

«Jetzt bin ich wirklich draußen. Bis ich hier bei dir war, hatte ich's noch nicht wirklich kapiert ... Aber jetzt bin ich draußen.»

Und er streckt die Arme aus, als wolle er all den Raum und die Atemluft umarmen. Dann beugt er sich zu ihr: «Wie viele Male hab ich dich kommen lassen?»

Im Ton einer ganz alltäglichen Frage. Pauline zieht ihn an sich, jetzt steigen ihr die Tränen in die Augen, und sie küsst ihn, so als wären sie beide es, er und sie. Er schiebt sie weg, ein wenig überrascht, aber ohne etwas von seiner guten Laune zu verlieren:

«Jetzt warte doch mal. Ich hab 'nen Wahnsinnshunger. Hinterher machen wir weiter.»

Dann muss er lachen: «Lass mich doch erst mal wieder zu Kräften kommen ...»

Er hat gegessen und geredet, ohne mitzukriegen, dass sie noch da war. Jetzt ist ihre Kehle so zugeschnürt, dass sie keinen Ton mehr rausbekommt.

Er spricht von ihr: «Ich muss auch noch Pauline anrufen, morgen, bevor ich losfahre. Hast du was von ihr gehört?»

Sie schüttelt den Kopf. Er schluckt den letzten Bissen seines Sandwichs runter.

«Habt ihr euch gestritten?»

Diese Frage interessiert sie. Sie bringt immer noch nicht über die Lippen, was sie sagen müsste.

Er legt sich wieder hin, schmiegt sich an sie. Sofort fällt ihr wieder ein, wie sehr dieser Körper ihr gefehlt hat und diese Präsenz, um einschlafen zu können. Und dass er ihr alles bedeutet, ihr einziges Glück ist. Sie spürt, wie seine Hand direkt zwischen ihre Schenkel gleitet. Sie rückt ab, er hält sie fest und lacht:

«Willst du mich noch heißer machen oder was? Hör auf mit dem Scheiß, ich wette, du bist schon völlig nass.»

«Lass.»

Sie setzt sich auf und steckt eine Lulle an, räuspert sich, als müsse sie sich die Stimme frei machen. Dann sagt sie, ohne es sich vorgenommen zu haben:

«Weißt du, dass Madame Lentine, du weißt doch, die nette Nachbarin, ganz plötzlich gestorben ist?»

Er zuckt leicht die Achseln:

«Die war doch auch schon ziemlich alt. Wann hat Pauline dir das erzählt?»

Sie lächelt, wie über eine besonders dumme Frage.

«Ich erzähle Claudine nichts von unserer Nachbarschaft, was glaubst du denn. Du weißt doch, dass ich nicht viel rede. Sie ist auf der Straße einfach tot umgefallen.»

Er verzieht das Gesicht, wie wenn er einen Witz nicht besonders gelungen findet: «Auf die Weise bist du mir noch nie gekommen. Und du solltest es auch besser bleiben lassen.»

Sie reibt sich ein Auge und tut so, als hätte sie ihn gar nicht gehört. Sie spricht weiter: «Und sonst haben die Arschlöcher von der Hausverwaltung nie jemanden vorbeigeschickt, um den Boiler zu reparieren. Ich hatte jeden Tag die Muffe, wenn ich den Warmwasserhahn aufdrehen wollte. Das sind Holzköpfe, echt, Holzköpfe sind das ...»

Er packt ihre Arme. Auch dieses Gesicht kennt sie nicht an ihm, er sieht aus, als würde er ihr gleich eine runterhauen.

«Hör auf damit, Claudine. Wenn du über irgendwas reden willst, dann spuck's aus, was du mir zu sagen hast. Aber hör auf mit diesem Scheiß da.»

Er dreht ihr fast die Handgelenke um. Pauline senkt den Blick.

«Ich wusste nicht, wie ich's dir sagen sollte. Ich hab vor zwei Monaten ihren Platz eingenommen.»

14. Juli. Nationalfeiertag. Die Jugendlichen flippen völlig aus mit ihren Knallern. Drei Tage dauert das, eine Explosion nach der andern, jedes Mal wieder unerwartet. Zu Anfang erschrickt man: «Schießt da einer?» Und dann gewöhnt man sich, wie an alles; übrigens ziemlich rasch.

Später Nachmittag, sie liegt auf dem Bett, die Schlafzimmer-Vorhänge noch immer zugezogen. Die Sprungfedern der Matratze prägen sich in weiten, harten Kreisen auf ihren Rücken. Sie kann tagelang so liegen bleiben, nichts anderes tun als zuhören, wie der Anrufbeantworter anspringt, die Leute auf der Straße sich anschreien und die Kinder im Treppenhaus spielen. Die Mutter ruft die Kinder, sie gehorchen nicht, Mutter muss raufkommen und sie ohrfeigen. Sie liegt da, trinkt in Milch aufgelösten Tee, steckt sich Zigaretten an und dreht sich auf den Bauch, um sie zu rauchen.

Das Bild schält sich aus anderen Bildern heraus, wird ganz scharf und präsenter als das Präsens. Sie hockt auf allen vieren auf dem Bett, er hat sein weißes T-Shirt anbehalten, er legt sie auf den Rücken, damit sie ihn, den Kopf im Nacken, ablutschen kann. Sie blinzelt, um das Bild zu löschen, an nichts zu denken, alles abzublocken, diese überdeutliche Empfindung loszuwerden. Jedes Mal spürt sie, wie sich etwas in ihr zusammenzieht, als hätte sie in eine Zitrone gebissen. Diese wahnsinnige Schmach, hart wie eine schwarze Mauer.

Aber es funktioniert wieder nicht recht, ihr Gehirn liefert ihr das Bild von neuem, dasselbe wie zuvor, es spreizt ihre Beine weit auseinander und führt ihre Hand, damit sie sich masturbiert, während sein Blick an ihr klebt, fasziniert von ihrer Scham.

Sie dreht das Gesicht zur Wand, als könne sie mit dieser Bewegung das Bild zum Teufel jagen, es jemand anders auf den Hals schicken.

Verschiedene Gefühlsebenen, die im selben Körper zusammenleben, ohne einander zu berühren. Wut und der Eindruck, vernichtet worden zu sein, Sehnsucht nach ihm und Schmach, Erleichterung und lastende Traurigkeit.

Ihre Nägel sind ungepflegt, nicht gleichmäßig lang, ein bisschen schwarz unter den Rändern. Sie steht auf, um sich die Hände zu waschen, die weiße Seife gibt einen Superschaum, riecht gut, sie lässt das lauwarme Wasser über die Hände laufen.

Wieder das Telefon, Übelkeit zwickt im Magen. Sébastien ruft in einem fort an, spricht nicht auf den Anrufbeantworter, legt aber auch nicht auf.

Er klingelt auch an der Tür, sie versteift sich, sobald sie ihn hört, ihr Herzschlag beschleunigt rasend, sie will nicht aufmachen. Sie wartet, bis er geht.

Alles ist stumpfsinnig geworden, eine Welt voller Ameisen.

Als sie es ihm letztens gesagt hat, hat er einen Moment gezögert, dann seine Hose angezogen und ein T-Shirt. War eine komische Vorsichtsmaßnahme.

Sie nutzte sein Schweigen aus: «Das Beste wär, du verschwindest hier. Unsere Hausschlüssel sind bei Armand. Ich werd dir schreiben, wenn du dort bist.»

«Warte, warte doch mal … Ich würde eigentlich ganz gerne verstehen, was nun eigentlich …»

«Ich hab schon mehr als genug verstanden. Wir reden ein andermal weiter, o. k.?»

Und hat ihm seine Reisetasche in die Hand gedrückt und ihn in den Flur geschoben. Er hat alles mit sich machen lassen. Sie hat gespürt, wie seine Verwirrung sie weich machte und dass sie eigentlich alles Mögliche wollte, bloß nicht, dass er geht. Dennoch hat sie die Tür geöffnet, ist seinem Blick ausgewichen und hat gewartet, bis er draußen war. Sie ist beinahe vor Lust geplatzt, ihn zurückzuhalten und so zu tun, als sei gar nichts Absonderliches passiert. Als er im Treppenhaus war, hat sie sich übers Geländer gebeugt und ihm nachgeschrien:

«Hut ab übrigens vor deiner Stoßerei, du Arschloch. So potent kannte ich dich gar nicht.»

Türenschlagen.

Sie sitzt auf dem Sofa. Eigentlich hat das Ganze sie nicht überrascht. Unglaublich und absurd. Nie hätte sie ihn bei klarem Verstand verdächtigt: «Hat er heimlich meine Schwester getroffen?»

Aber jetzt, wo sie es weiß, kann sie sich sogar erinnern, wann es begonnen hat, und eine Chronik seiner Besuche erstellen. Und ihr Bewusstsein hat es klammheimlich immer so eingerichtet, keine logischen Schlüsse zu ziehen, um nichts bemerken zu müssen. Bloß nichts wissen.

Und das war auch gut so gewesen.

Es hatte nicht gleich gefunkt zwischen den beiden. Gewiss, die ersten Wochen, in denen Sébastien und Pauline zusammen waren, hatte die Schwester ihren üblichen Zirkus veranstaltet. War um ihn rumgeschlichen. Wenn sie sich nach vorn beugen musste, um nach irgendetwas zu greifen, das neben ihm lag, trug sie wie zufällig ein tief ausgeschnittenes T-Shirt. Wenn er über eine Band sprach, die er gut fand, war es ganz zufällig – «Komisch, was!», sagte sie dann, und ihre Augen funkelten dabei – die Gruppe, auf die sie «voll abfuhr». Wenn er von einem Land redete, in das er gern reisen wollte – «Das kann doch nicht sein, hat Pauline dir das gesteckt?» –, war es genau das, das auch sie schon immer hatte sehen wollen. Und wie aufmerksam sie war, lieh ihm so gern ein Buch aus, oder eine Kassette, empfahl ihm einen guten Film.

Es war eben ihre übliche Tour. Nicht exklusiv gegen Pauline gerichtet oder überhaupt in der Absicht, ihr den Freund auszuspannen. Sie reagierte immer so, kaum dass sich ein Mann in der Nähe befand. Eine Unruhe packte sie, die sich sogleich austoben musste. Sie musste unbedingt existieren, wenigstens im Blick eines erregten Mannes, sie brauchte die Gewissheit, da zu sein.

Und bis zu Sébastien hatte ihre Taktik immer funktioniert.

Einmal, sie waren noch keine fünfzehn, Pauline erinnert sich genau, es war ihre erste große Liebe. Ein sanfter und trauriger Junge, scheinbar wie für sie gemacht. Sie hielten schon ein paar Wochen lang Händchen. Der Garten ihrer Eltern, ein weißer Plastiktisch mit wackligen Stühlen. Der Junge war da, er ging ihr nicht ins Netz, er wirkte, als bemerkte er es gar nicht, oder als sei es ihm gleichgültig. Claudine flippte völlig aus, verlor die Geduld, stöhnte schließlich: «Scheiße, es ist zu heiß hier», zog ihr T-Shirt aus und starrte ihn dabei provozierend an, mit einem Nuttenlächeln. Er lief rot an, blickte zur Seite. Sie legte sich ins Gras und streichelte ihre Brüste, als sei es das Normalste von der Welt, vor seinen Augen streichelte sie sich und stellte sich zur Schau.

Ein bisschen später, gegen Abend, die drei unterhielten sich gerade, hörte Pauline sie sagen: «Ich habe Sex am liebsten mit viel älteren Männern, die verstehen was von Frauen ...»

Obwohl sie noch nie mit einem Mann geschlafen hatte. Der

Junge wusste nicht, was er darauf erwidern sollte und schlug Pauline schließlich vor: «Fahren wir noch in die Stadt?»

Sie ließ die beiden ungefähr fünf Minuten alleine, nur eben so lange es brauchte, einen Pullover überzuziehen und sich die Haare zu bürsten. Dann sah sie sie zufällig vom Fenster ihres Zimmers aus. Sie lag auf dem Tisch und er war zwischen ihren Beinen, seine Hose hing auf den Knöcheln.

Pauline wartete ein bisschen ab, als sie dann wieder hinunterkam, war der Junge fort, und ihre Schwester zuckte die Achseln: «Er hatte keine Lust mehr zu warten. Er war sowieso ein bisschen beschränkt, findest du nicht?»

Er war der Allererste, mit dem sie Liebe machte.

Und von diesem Tag an fand Pauline es normal, dass ihre Schwester all ihre Typen vernaschte. Sie besaß etwas, was sie nicht hatte, sie hatte etwas, was die Männer wollten.

Also brachte sie von ganz alleine jeden neuen Freund nach Hause, damit er ihre Schwester kennen lernte und mit ihr abzog. Bis zu Sébastien, dem Ersten, der nichts von der anderen wissen wollte.

Bei ihm hatte Claudine schnell aufgegeben. Die beiden verstanden sich einfach nicht. Ließ man sie im selben Raum alleine, brüllten sie einander an, wenn man wiederkam.

Claudine ging ihm auf die Nerven: «Kann die denn nie das Maul halten? Die dumme Pute kann doch nichts anderes als dumm rumintrigieren. Und außerdem ist sie hässlich, sieht aus wie eine Nutte, die's für'n Fuffi tut.»

Die ersten beiden Jahre begegneten sie sich selten, diese zwei, und nichts passierte.

Und dann ging Pauline auf einen Lehrgang. Am ersten Abend rief sie zu Hause an, alles war in Ordnung, nur der Wagen wollte nicht anspringen, nichts zu machen, und Sébastien arbeitete für eine Zeitarbeitsfirma und musste ausgerechnet raus in einen abgelegenen Vorort. Er war reichlich down, nun hatte er schon mal Arbeit, und jetzt kam er nicht hin, er hatte schon alle seine Kumpel durchtelefoniert, keiner konnte seine Mühle ausleihen.

«Ruf Claudine an.»

«Nein.»

«Hör auf, dich so da reinzusteigern. Du sollst ihr Auto ausleihen, nicht mit ihr in die Ferien fahren.»

«Mal sehen, irgendwie werd ich mich schon aus der Affäre ziehn ... Scheiße, jetzt hab ich endlich mal was in Aussicht.»

Wenn sie die Tage danach anrief, war er nie zu Hause.

Als sie zurückkam, fragte sie ihn: «Wo warst du denn abends immer? Es ist nie einer ans Telefon gegangen.» Reine Neugierde. Und das nervte ihn. «Ich war hier und da, ich kann ja wohl noch einen trinken gehen, ohne einen Antrag bei dir ausfüllen zu müssen, oder?»

Er sagte auch: «Claudine hat mir übrigens dann doch mit dem Wagen ausgeholfen.»

«Habt ihr euch angeschnauzt?»

«Nein, nein ... Die hat sich verändert, deine Schwester, ist nicht mehr ganz so blöd. Ich muss übrigens auch nochmal bei ihr vorbei. Wo sie mir einen Gefallen getan hat, hab ich ihr versprochen, ihr den Scheinwerfer auszutauschen. Ich werd wahrscheinlich Montag hingehn.»

«Montag ist doof, das ist der Tag, wo ich arbeite, ich werd nicht mitkommen können.»

«Na ja, aber ich muss, ich hab sonst keine Zeit.»

Und alles war wieder wie vorher, nur dass sie ihn ein paar Wochen lang nicht küssen durfte, wenn sie in der Wohnung zusammentrafen. Das ödete ihn an: «Hast du denn nie die Nase voll, andauernd auf mir zu hängen?» Es hörte sich an, als hätte er schon seit Monaten genug davon, dabei war er vorher immer nur zärtlich gewesen. Nun ging sie ihm bei jeder Gelegenheit auf die Nerven.

Damals sagte sie sich, dass seine Nervosität daran lag, dass er nie Arbeit fand. Er hatte manchmal unangenehme Wutausbrüche.

Jetzt sieht sie klarer: Diese Szenen fanden immer nach Abenden mit seinen Kumpeln statt, wenn er die ganze Nacht fortgeblieben war, logisch. «Stellst du dir vor, wir trinken zwei Gläser und gehen dann nach Hause in die Heia? Nein, wir trinken die ganze Nacht und diskutieren über Gott und die Welt und wie sie sein müsste.»

Dann ging auch das vorbei. Das Liebespaar traf sich nicht mehr.

Sie erinnert sich auch an die Fete, am Abend bevor Claudine nach Paris zog. Sébastien weigerte sich hinzugehen, Pauline musste ihn drängen: «Wir gehn nie zusammen aus, nirgendwohin ... Komm halt, wir schaun nur mal vorbei, nur auf ein Glas, paar Leute treffen.»

«Ich hab keine Lust.»

«Bitte.»

Aber sobald sie dort waren, begann sie sich unwohl zu fühlen, ein plötzlicher Kopfschmerz. Sie nahm Sébastien beiseite: «Ich geh jetzt nach Hause, bleib du ruhig noch.»

«Ich komm mit dir.»

«Bleib, ich leg mich sowieso gleich schlafen, und hier hast du wenigstens deinen Spaß.»

Er war am nächsten Morgen nach Hause gekommen, ohne ein Wort zu sagen. Von diesem Tag an, haargenau von diesem, totale Niedergeschlagenheit.

Und dann die Reise dorthin. Er fuhr «in Geschäften» nach Paris. Er sagte nie, dass er dort Claudine traf.

Aber jetzt weiß sie es, jedes Mal wenn er zurückkam, wurde er krank, es schlug ihm wirklich auf den Körper, Hals- oder Zahnschmerzen oder ähnliche Scherze, jedes Mal wenn er zurückkam.

Bloß dass zwischen ihnen alles in Butter war. Also wollte sie nichts wissen. Nichts ändern müssen.

Schon wieder das Telefon. Nicolas mit sehr schwacher Stimme:

«Ich will nicht deinen Anrufbeantworter voll quatschen, aber ich nähere mich langsam einer gewissen Panikstufe, so sehr frag ich mich, was mit dir los ist ...»

Pauline nimmt ab, das erste Mal seit drei Tagen: «Ich hab etwas Ruhe gebraucht. Und wie geht's dir?»

«Jetzt, wo ich dich höre, sehr viel besser.»

«Ich kann mich wohl noch ein paar Tage ausruhen, ohne

mich dafür rechtfertigen zu müssen, oder? Wovor hattest du denn Angst, was mir Schlimmes passiert sein soll?»

«Davor, dass du etwa plötzlich liebenswürdig werden könntest. Ich hab mich schon zu sehr dran gewöhnt, es würde mir fehlen, wenn du mich nicht mehr dumm anmachst.»

Sie tut immer so, als müsste sie über seinen dümmlichen Humor lachen. Immer die Illusion aufrechterhalten, dass zwischen ihnen alles mehr oder minder in Ordnung ist, selbst wenn Pauline mürrisch bleibt.

Je länger sie allerdings so tut als ob, desto natürlicher wird es. Sie fängt an zu vergessen, dass sie ihn nicht komisch findet, dass sie sich nicht freut, von ihm zu hören, dass sie überhaupt keine Lust hat, ihn zu sehen. Die Worte kommen von ganz alleine, ohne dass ihr Bewusstsein ihr warnend zuflüstert: Das machst du mit Absicht.

Nicolas räuspert sich, nimmt einen verlegen-genervten Ton an: «Wir müssen über 'n paar Sachen quatschen ...»

Blitzartiger Adrenalinstoß: Natürlich vermutet er irgendwas, ein wahnsinniger Panikanfall zerreißt sie von innen, bricht fast aus ihr heraus. Zusammenreißen, undurchdringliche Maske. Sich genau so verhalten wie jemand, der sich nichts vorzuwerfen hat. Sie schlägt vor: «Treffen wir uns heute Abend?»

Er ist einverstanden. Möglichst unauffällig ein paar Fragen einflechten, um mehr zu erfahren, etwas worüber sie sich Sorgen machen müsste. Sie erkundigt sich: «Du hörst dich nicht gut an, hast du mir irgendwas Scheußliches zu erzählen?»

«Unangenehme Sache. Aber auch nichts wirklich Schlimmes. Ich komm dann gegen acht? Werd nicht lang bleiben, hinterher muss ich zu einer Garden-Party.»

«Ah ja? Da kann ich ja mitkommen!»

Kurze Pause am anderen Ende der Leitung, dann seufzt Nicolas auf: «Drei Monate red ich jetzt auf dich ein, dass du mit mir kommst, wenn ich ausgehe, und ausgerechnet heute entscheidest du dich!»

«Na ja, ich hab eben die Nase 'n bisschen voll, überhaupt niemand zu sehen. Und wieso, passt es heute vielleicht schlechter als gestern? Oder willst du mich nur annerven?»

«Wir sehn uns nachher und reden dann drüber. Ich leg meine Hand dafür nicht ins Feuer, dass du danach immer noch Lust hast mitzukommen.»

«Wer weiß ...»

Er stößt ein etwas krächzendes Kichern aus, sardonisch und angewidert, und legt auf.

Sie weiß nicht, was sie davon halten soll. Neigt eher der Möglichkeit eines falschen Alarms zu, und dass er ihr was ganz anderes erzählen will. Ohne jedoch eine weitere Eventualität aus dem Auge zu verlieren: Er ist vielleicht raffiniert genug, mich in Sicherheit zu wiegen, um mich heute Abend desto besser dranzukriegen. Den Feind überschätzen, immer davon ausgehen, dass er genauso verschlagen ist wie sie selbst. Vielleicht spielt er den Vollidioten ja auch nur ...

Sie muss die Willenskraft aufbringen, ihn heute Abend auf diese Fete zu begleiten. Sie hat nicht die geringste Lust dazu. Aber hier muss sie raus. Den Teufelskreis aufsprengen, in dessen Mittelpunkt Sébastien sitzt, sich zur Zerstreuung zwingen, ihren Wahn unterbrechen.

Sie möchte, dass Sébastien da ist, um ihn mit Worten zur Sau zu machen.

Sie wiederholt sie in Endlosschleife, all die Vorwürfe, die sie ihm zu machen hat. Sie plärrt sie laut raus, als stünde er vor ihr. Erleichterung, aber sogleich darauf frische Frustration, die in der hässlichen Wunde ätzt. Halbwegs bei klarem Verstand, ist sich Pauline bewusst, dass sie die Sache anders angehen muss. Unfähig, das Richtige zu tun, wühlt die zerknirschte Lust, zu ihm zurückzugehen und sich einfach in das, was ihr so wehtut, fallen zu lassen, in ihr, schnürt ihr die Kehle zu. Genau wie jemand, der auf Alkohol scharf ist, der weiß, dass es ihn aggressiv macht zu trinken, und der es selbst sogar ehrlich am liebsten sein ließe. Aber stell eine Flasche neben sein Bett, irgendwann trinkt er sie leer. Das ist mathematisch.

Ihre Flasche ist voll mit Reue, Schuldgefühlen und der Trauer darüber, verlassen worden zu sein. Sie kann nicht anders, so lange sie dasteht, trinkt sie daraus. Das ist mathematisch.

Sie hätte nicht hier sein dürfen. Ein Schmerz wie eine ganze Welt, die plötzlich einstürzt. All diese Dinge, die so fest gefügt sind, dass sie niemals verschwinden dürften, werden mit einem Schlag wackelig und kehren sich gegen uns.

Selbst schuld, wenn sie hier war. Sie hat es schließlich provoziert, sie hat Sébastien nicht Bescheid gesagt. Es ist ihr Fehler, wenn alles schief gelaufen ist.

Und sie war es auch, als er sie wie eine Nutte durchgefickt hat, die angefangen hat zu stöhnen, und er hat es gehört.

Einer wie der andere offenbaren sie einander Dinge, die hätten geheim bleiben müssen.

Sie schminkt sich vor dem Spiegel. Sie muss an Nicolas denken, als sie ankam, wie er sie beraten hat und ihr die Mädchen in den Zeitschriften vorführte. Sie freut sich darauf, ihn zu sehen, sie wundert sich selbst darüber. Sie wartet ungeduldig auf ihn, und dass er seine blöden Storys erzählt.

Dann denkt sie an den ominösen Vorschuss, und plötzlich kommt ihr eine Idee, die einzig vernünftige momentan: Sie wird diese Platte tatsächlich machen.

Anstatt alleine mit der Kohle abzuhauen, ohne Lust zu haben, irgendwohin zu gehen, wird sie in dieser Wohnung bleiben, und den Sommer über werden sie ins Studio gehen. Sie werden irgendetwas Vernünftiges aufnehmen, und zwar zusammen.

Der Vorteil der Unschuld ist, dass sie den andern gestattet, Fehler zu machen, die nicht wehtun, und ihnen Zeit lässt, wieder ein Stück weit auf die Beine zu kommen.

Sie konzentriert sich darauf, den Lippenstift aufzutragen, die Oberlippe gut nachzuziehen, ohne die Ränder zu verschmieren. Dann findet sie die Farbe beschissen und wischt alles weg. Sie öffnet, einen nach dem andern, alle Lippenstifte, um die richtige Farbe zu finden.

Sie spricht laut mit sich selbst und kommentiert:

«Wenn wir sie allerdings tatsächlich machen, dann müssen ein, zwei Sachen geändert werden ...»

Sie hat ihn alles entscheiden lassen, weil sie es ja nicht ernst genommen hat. Er hat nicht den allerbesten Geschmack, andauernd exzentrische Ideen, auf die alle anderen auch schon gekommen sind. Für den Titel, fürs Cover, für ein paar Passagen innerhalb der Songs.

In Gedanken lässt sie Revue passieren, was sie alles hat durchgehen lassen, solange sie noch meinte, dass …

Sie betrachtet sich im Spiegel, sie ist so weit. Sie hat alles perfekt gemacht, es hat den ganzen Nachmittag gedauert.

Nagellack auftragen, Beine rasieren, Hornhaut an den Fersen abrubbeln, Haare waschen und trocknen und darum kämpfen, dass sie glatt bleiben, Achseln ausrasieren, Make-up auftragen, Augen anmalen, den Körper parfümieren … Alles muss von Grund auf verändert werden.

Dann aussuchen, was am besten zu ihren Formen, zum Wetter, zur Mode und zur Gelegenheit passt.

Jetzt mustert sie sich, gar nicht mal so übel.

Noch während sie sich nach allen Seiten dreht, um sich von vorn, von hinten, im Profil zu überprüfen, stellt sie fest: «Kann ja auch geil sein, eine Platte aufzunehmen.»

Grenzwertig, dass ihr dieser Gedanke nicht schon früher gekommen ist.

Punkt acht klingelt er. Mit dem Sixpack in der Hand geht er direkt auf den Kühlschrank zu und stellt das Bier rein.

«Du bist nicht gerade sehr gesprächig heute.»

Er spielt immer noch den dicken Max, aber man sieht, dass er sich dabei nicht wohl fühlt. Ganz offensichtlich hätte er lieber einen andern vorgeschickt, um ihr das Neueste vom Tage mitzuteilen. Pauline baut ihm auch keine Brücke, damit er in Schwung kommt und ausspuckt, was er ihr so Unangenehmes zu sagen hat. Ihr ist schon klar, dass er ihr nicht auf die Tour kommen wird: «Also, du kleine Drecksnutte, du hast vor, mich sitzen zu lassen und mit dem Vorschuss zu verschwinden?» Dafür stellt er sich zu umständlich an.

Er setzt sich hin und macht seine Dose auf. Sie schaltet den Fernseher ein und fängt an zu zappen. Bei einem alten Schwarzweiß-Film bleibt sie hängen, ein Bäcker hat seine Frau verloren. Die Geschichte nähert sich dem Ende, sie kommt zurück. Ein Priester hält ihr eine Moralpredigt. Dann schickt er sie zu ihrem Mann. Der sie mit offenen Armen empfängt. Pauline ist fasziniert. Nicht einmal traurig. Sie erinnert sich, all die Male, wo sie Leute deswegen hat weinen sehen, oder vor die Hunde gehen. «Ich stell mir vor, wie die beiden ...» Warum also tut es derart weh, wo doch so ungefähr jeder da durchmuss.

Der Bäcker macht stattdessen der Katze Vorwürfe, und seine Frau ist in Tränen aufgelöst. Sie wirkt voller Reue. Pauline meint: «Die hat Glück, so einen Mann zu haben. Er ist voll nett.»

Nicolas ist sich da nicht so sicher: «Vielleicht hätte sie sich besser amüsiert, wenn sie mit dem hübschen Jungen in ihrer Höhle geblieben wäre. Außerdem können die Mädchen so was ohnehin nie leiden, Männer, die nett zu ihnen sind. Es sei denn, sie schlachten sie vorher ab, dann wird's glaubwürdig, hinterher einen auf zärtlich zu machen.»

«Erzähl keinen Schrott und lass mich den Film zu Ende sehn.»

«Hast du den noch nie gesehn?»

Es ist die Angst, betrogen zu werden. Was zwischen ihr und Sébastien zerbrochen war, das Vertrauen, das sie in ihn hatte, so wie sie ihn kannte, das, was sich nie ändern würde und was ihr so gefiel. All der Respekt für den, als der er ihr erschien. Ihr Vertrauen muss tonnenschwer auf ihm gelastet haben. All die Vorstellungen, die sie sich gemacht hat und die wie Etiketten auf ihm klebten, und ändere dich bloß nicht, sonst hast du verschissen. Und deswegen hatte sie sich auch alles zurechtgelegt und ihn machen lassen, solange er nur log. Solange er dem Phantasiegebilde entsprach, das sie einforderte.

Abspann, sie zappt weiter. Nicolas bringt zwei Biere. Vorspann eines Films, ein Typ zertrümmert sein ganzes Büro. Er brüllt: «Ich hab die ganze Nacht auf sie gewartet.» Ein Kumpel versucht ihn zu beruhigen. Der Wütende erklärt: «Ich hab sie gefragt: Betrügst du mich? Und sie antwortet: Du hast reichlich lange gebraucht, um endlich drauf zu kommen.» Pauline meint: «Das ist ja eine Verschwörung gegen mich. Hast du das ausgeheckt?»

«Wieso, was ist los mit dir, hat dir einer Hörner aufgesetzt?»

Sie zappt weiter, ohne zu antworten. Sie begeht mehr und mehr Unvorsichtigkeiten mit ihm. Was hat sie jetzt dazu getrieben, ihm das zu sagen. Vor allem ihm nie ein einziges Wort über Sébastien verraten. Zum Glück ist Nicolas zu sehr auf den Kram konzentriert, den er ihr mitteilen will, um weiter nachzufragen.

Auf dem Bildschirm taucht ein Schwarzer mit Sternchenbrille und Plateauabsätzen auf, der sich beim Singen in alle Richtungen verrenkt. Die Kameras zeigen die Gogo-Girls von hinten, ihre Arschbacken füllen den Rahmen voll aus. Pauline fragt: «Also, was ist denn jetzt los mit dir? Normalerweise komm ich kaum zum Atmen, wenn wir uns treffen, so viel wie du redest.

«Ich bin heute nicht in Normalform.»

«Bin die Letzte, die sich deswegen beklagt. Ehrlich gesagt, ist's mir lieber, wenn du ein bisschen ruhiger bist ...»

Sie hatte gehofft, ihn damit anzustacheln. Er mochte Schwachsinnsgespräche und konnte gut auf einen Gag kontern. Aber heute Abend macht er lange Pausen. Und bemerkt dann schließlich doch: «Du hast deinen Humor in letzter Zeit ein bisschen aufpoliert ... Dazu bin ich dann immerhin gut gewesen.»

Klingt wie ein Witz, um nicht seine ganze Würde zu verlieren, aber er verhehlt nicht, dass er down ist. Also entschließt Pauline sich doch noch, ihm die Sache zu erleichtern.

«‹Dazu bin ich dann immerhin gut gewesen›, was soll das denn heißen?»

«Ich hab ein bisschen Scheiße gebaut.»

Zögert noch etwas, traut sich nicht, es auszuspucken, macht ein betretenes Gesicht, wahrscheinlich weiß er, wie gut er damit aussieht, und hat es schon öfter eingesetzt. Dann spult er es in einem Zug ab:

«Alles Schwindel: Wir haben kein Label, auch keinen Verlag, niemand hat uns unter Vertrag nehmen wollen, das heißt, wir haben auch keinen Vorschuss, oder anders gesagt: Wir haben kein bisschen mehr als an dem Tag, wo wir uns begegnet sind. Ich hab dich beschissen, ich könnte dir nicht mal genau sagen warum, umso weniger, als es ohnehin klar war, dass du's eines Tages rausbekommst ...»

Dann schweigt er, blickt sich in der ganzen Wohnung um, als sollte er hier irgendwelche Handwerksarbeiten erledigen, sehr konzentriert mustert er die Fenster, die Decke, die Spüle. Lässt

Pauline ein bisschen Zeit, um sich darüber klar zu werden, was er ihr da eben gesagt hat.

Sie verlangt nach Details: «Wie lange bescheißt du mich schon?»

Es geht ihr um Schadensfeststellung, eine rasche Zustandsbeschreibung, um zu sehen, ob nicht doch vielleicht noch etwas zu retten ist … Er sieht ganz kläglich aus, aber nicht wie jemand, den seine Schuldgefühle unter sich begraben: Jetzt, wo er seine Geschichte ausgespuckt hat, ist er schon wieder bereit, darüber zu lachen. Er fasst zusammen: «Gleich nach dem Konzert hatten sie alle Lust, es war Big Business und Co. Bloß danach hat es schnell angefangen, schief zu laufen. Montag waren es fünf, die uns unter Vertrag nehmen wollten. Am Montag drauf hatten sie schon etwas weniger Zeit. Da hättest du mit mir dort aufschlagen müssen. Ich sag das nicht, um mich zu entlasten, ich sag es, weil es sonnenklar ist: Wärst du mitgekommen, hätten sie uns nicht so schnell weggezappt. Von dem Moment an hab ich angefangen, die Situation etwas schönzufärben, wenn wir uns getroffen haben. Anfangs nur ein bisschen; wenn ein Typ mir antwortete, ‹Ich müsste euch mal im Konzert erleben›, hab ich dir gesagt, ‹Er muss mit dem entsprechenden Typen über die Höhe des Budgets reden›.»

«Wenn das für dich ‹ein bisschen ist›, bin ich nicht sicher, ob ich das ‹viel mehr› hören will.»

«Seit fast einem Monat krieg ich keinen mehr ans Telefon.»

«Und warum hast du mir erst vor einer Woche gesagt, wir hätten sogar 'nen Vertrag unterschrieben?»

«Ich fürchte, das war meine größenwahnsinnige Ader. Es ist angenehm zu erzählen, dass man die Dinge in der Hand hat, auch wenn man weiß, dass es Schwachsinn ist, tut es einfach echt gut … Außerdem hab ich's in bester Absicht gesagt, ich hab wirklich ganz fest daran geglaubt, dass der Knoten früher oder später platzt.»

«Und woher hast du dann die Kohle, die du mir gegeben hast?»

«Von meiner Mutter geliehen. Aber um die musst du dir keine Gedanken machen, der fällt das am Monatsende nicht weiter auf.»

«Warum sagst du mir dann ausgerechnet heute Abend die Wahrheit?»

«Dazu hab ich mich letztens entschlossen, als du auf die Sache mit den Monatsraten so schlecht angesprochen hast. Das hat mich auf den Boden der Tatsachen runtergezogen. Ich kann dich ja schlecht jahrelang so an der Nase herumführen …»

«Ich hab die Schnauze voll von euren Wahrheiten, ehrlich gesagt ist mir's lieber, wenn ihr lügt.»

«Geht mir offen gestanden ähnlich. Wenn ich nicht sicher gewesen wäre, dass das Ganze schief geht, hätt ich noch locker zehn Jahre so weitermachen können.»

Er holt zwei Biere, ist jetzt wieder ganz obenauf und erklärt:

«Stimmt doch, für mich war die Situation doch tadellos. Du hockst hier, eingeschlossen, bist da, wann immer ich komme. Ich schneie rein, erzähl dir was vom Pferd, spinne zwei, drei Stunden lang rum. Und danach geb ich dir noch ein, zwei Ratschläge, wie du dich anziehn sollst oder bewegen oder schminken.»

Dann fragt er sie wie jemand, der ganz sicher ist, dass man ihm alles verzeiht: «Bist du böse auf mich?»

«Nein. Ich finde dich lächerlich, verlogen und erbärmlich. Aber ich kann nicht behaupten, dass mich das überrascht. Und die Fete da heute Abend, sind wir zu der tatsächlich eingeladen, oder gehört das noch mit zu deinen Aufschneidereien?»

«Nein, ich hab die Einladungen. Wir sind noch nicht vollkommen unten durch.»

«Nur ein bisschen in Ungnade gefallen, hm?»

«Wir sind einfach super schnell aus der Mode gekommen.»

Die Wahrheit ist, dass er einfach sehr schnell die Nase davon voll hatte, sich um diesen Vertrags-Schwachsinn zu kümmern. Er ist das Ganze zwei bis drei Tage lang ernsthaft angegangen, in der Überzeugung, den Anstrengungen gewachsen zu sein. Aber keiner kann aus seiner Haut heraus. Und er ist eine faule Haut. Bald hatte er den einen Termin vergessen, ist vollkommen zugedröhnt zu einem zweiten gegangen und war bei einem dritten krass unhöflich. Er hat sein Pulver in null Komma nichts verschossen gehabt. Ohne dass ihn das erstaunt oder ihm Kummer gemacht hätte.

Sie geht zum Kühlschrank, kniet sich davor: «Ham wir den ganzen Sixpack schon leer?»

«Ich geh runter, noch einen kaufen, wenn du willst.»

«O. k. Ich zieh mir inzwischen was anderes an.»

«Aber das Kleid ist schön, es steht dir gut.»

«Ist nicht auffällig genug. Das ist ein Kleid für wenn man bereits unter Vertrag ist.»

Er folgt ihr besorgt ins Schlafzimmer.

«Und was für 'ne Art Klamotten willst du dann anziehen?»

«Einen Astronautenanzug, das wird jeder sehr glamourmäßig finden.»

Sie durchwühlt einen Haufen Kleider. Hebt den Kopf, stellt erstaunt fest, dass er noch immer auf der Schwelle steht.

«Kann ich vielleicht die Hosen runterlassen, ohne dass du spannst?»

«Schon gut. Ich geh runter. Also echt, von Anfang an warst du für Überraschungen gut. Aber das mein ich eher als Kompliment.»

Kaum zu glauben, wie gut sie es aufgenommen hat. Als er die Tür hinter sich zuschlägt, kommt ihm der Gedanke, wie blöd das ist, die Lügen, die man erzählt und die einem so schrecklich vorkommen, und die, wenn man sie dann zugibt, keinen Menschen erstaunen. Wogegen aus anderen Sachen, die man für völlig harmlos hält, die schlimmsten Katastrophen entstehen.

Sie probiert ein Kleid nach dem andern an und mustert sich. Ein paar kommen in die engere Wahl. Sie hat ein paar Kniffe rausgekriegt, welches Zeug Aufmerksamkeit garantiert und die Leute blendet.

«Das gibt mir ja eine wahnsinnige Power, diese Neuigkeit.»

Sie hatte geglaubt, einen Witz zu machen, aber es stimmt: Sie hat alles verloren, was sie hatte und war. Jetzt ist alles hinter ihr. Sie verspürt einen gigantischen Appetit auf alles, was noch kommt. Jetzt, wo sie eine neue Sie ist.

Telefon klingelt. Der Anrufer spricht nicht auf Band, aber legt auch nicht auf. Der Anrufbeantworter unterbricht irgendwann die Aufnahme, als er meint, das sei nun genug. Es klingelt sofort wieder. Sie zieht den Stecker.

Aus der ganzen guten Laune und allen großen Wünschen ist mit einem Schlag alle Luft raus.

Taxi. Kaum aus Paris draußen, rollen sie inmitten von Bäumen und Gras, und es riecht nach Natur. Zum ersten Mal empfindet Pauline so etwas wie Heimweh. Nach Orten ohne Zehntausenden von Autos, wo man den Himmel halbwegs deutlich erkennen kann und ein bisschen mehr davon sieht. Ihre Stadt, wo man den Aperitif in der Bar nimmt, in die man immer geht, wo man einander dauernd über den Weg läuft, ohne dass man sich extra anrufen, verabreden und nochmal rückversichern müsste. Übrigens auch ohne böses Blut, Misstrauen oder Berechnung.

Kaum sind sie auf der Garden-Party angekommen, bereut sie bereits, ausgerechnet dieses Kleid angezogen zu haben. In den Augen, die sich versteckt oder ganz offen auf sie richten, spiegelt sich keinerlei Wohlwollen.

Nach wenigen Augenblicken hat sie den sicheren Eindruck: Das Ganze ist ein schlechter Scherz. Irgendwo im Gebüsch haben sie die Kameras versteckt. Ein Auflauf von Karikaturen, Aufschneidern und Haien aller Altersgruppen.

Rings um sie klingt und tönt es: «Oh Chérie, wie wunderschön du bist!», und man zirpt und schlägt Pfauenräder, und alle paar Meter bricht Gelächter aus, Leute, die entzückt sind, sich zu treffen und darüber viel Lärm machen. Ein Haufen alte Knacker, die meisten reichlich überdreht; «Neeeiin; du kennst Dingsbums nicht? Na komm schnell mit, dass ich dich vorstelle.» Sie können sich nicht leiden. Sie fressen alle vom selben Kuchen, also müssen sie miteinander auskommen, aber sie haben nichts gemeinsam außer diesem Willen, möglichst viel Profit daraus zu ziehen, weder Humor, noch Religion, Überzeugungen, Herkunft. Nichts, was ihnen gemeinsam wäre und weswegen man gerne zusammenkäme. Sie sind verpflichtet, hier zu sein, sie sind voller Abneigung und fühlen sich nicht wohl. Passen aber wie die Schießhunde auf ihre Beute auf: Den Ersten, der meinen Anteil will, bring ich um.

Es ist ein verdammt hochklassiger Empfang, mit einer Art See mittendrin und hübschen Bötchen drauf, Buffets in allen Farben und kostenlos und so viel man will, ein Haufen blutjunger, gut gekleideter Mädchen, um das Ganze mit einer Prise Verruchtheit aufzupeppen.

Nicolas und Pauline sind noch nicht mal dazu gekommen, ein Glas an der Bar zu trinken, derart groß ist das Gedränge, und es ist zum Scheckiglachen, wie all diese schicken Leute sich einer Wolfshorde gleich benehmen, wenn's ans Buffet geht. Sie warnt ihn: «Du wirst mich wieder für unvorhersehbar Abteilung Nervensäge halten, aber ich werd hier keine zehn Minuten bleiben.»

«Ganz wie du meinst. Wenn du willst, werd ich dich nach Hause begleiten.»

Es ist immer die gleiche Geschichte: Nach dem fünften Glas fühlt sie sich besser. Sie ist nicht mehr so sicher, dass sie weg will, sie wechselt ein paar Worte mit den Leuten, die kommen und gehen und gar nicht mal so schlecht drauf sind. Vielleicht ein bisschen verklemmt. Sie haben alle einen Frosch in der Kehle, nichts kommt klar und deutlich raus.

Die Spitze der Business-Elite, Leute, die eine Arbeit haben und Kohle und ein vermeintlich tolles Leben. Man muss wirklich ziemlich im Abseits stehen, um glauben zu können, das hätte Glanz.

Ein Typ ist eingetroffen und greift sich Nicolas.

«Wie steht's mit dem Demo?»

«Nichts Neues.»

Aber der Kerl hört der Antwort gar nicht zu, er drängt sich auf.

«Und das Fräulein hier, das dich begleitet, willst du mir das nicht vorstellen?»

Er starrt Pauline an, verschlingt sie ganz bewusst mit den Augen. Nicolas, gespannt darauf, dass sie ihn zum Teufel jagt, freut sich schon auf ein bisschen Spaß.

Aber eine neue Pauline entpuppt sich. Höchst liebenswürdig. Da er sie ganz gut kennt, kann Nicolas zwischen zwei freundlichen Lächeln einen kleinen bösartigen Funken in ihren Augen entdecken, sie würde den Typ insgeheim gerne auf der Stelle in Stücke reißen.

Selbst als der Kerl ihr seinen Lebenslauf vorbetet, im Stil von «Siehst du, ich hab die Mittel, um mir dich leisten zu können», bleibt sie höflich und reizend. Obwohl sie die Waffe diskreter Schmeichelei nicht beherrscht, die für Claudine das A und O jeder Verführung war, zeigt sich auch Pauline in der Lage, den Macker an sich zu fesseln. Sie benutzt eher eine unterkühlte Distanziertheit, das reine Paradox angesichts ihrer Kleidung. Aber es steht ihr gut.

Jetzt, wo sie einander vorgestellt wurden, bemüht sich der Typ schleichend und geschickt, Nicolas den Rücken zuzudrehen, ihn möglichst schnell auszuklammern und sich ganz um die Schöne zu kümmern. Er raspelt Süßholz, ohne Atem zu holen.

«Sie haben sich ja nie im Büro gezeigt, Nicolas ist ja immer alleine gekommen …»

«Ich dachte, Sie würden uns eine Platte aufnehmen lassen und wir hätten so noch genügend Gelegenheit, uns kennen zu lernen …»

«Und das ist ja auch keineswegs ausgeschlossen! Ich verfolge das ja mit Argusaugen, was Sie tun. Sie haben nämlich eine Gabe, das ist höchst selten.»

Nicolas entfernt sich von den beiden und drückt die Daumen, dass das Arschloch nicht ausplaudert, wie sein letzter Besuch beim Label genau abgelaufen ist. Er hatte davor ausgezeichnetes Skunk geraucht und genau in dem Moment angefangen, dämlich zu kichern, als man ihn dem großen Boss vorstellte. Der hatte ihm viril und verantwortungsvoll die Hand geschüttelt und gesagt: «Ich hoffe, Sie werden bald zu uns stoßen», und dieser Satz hatte das Gekicher ausgelöst. Das durch nichts mehr aufzuhalten war. Er ist aus dem Büro geflohen, sich den Bauch haltend vor Lachen, er konnte sich nicht einmal mehr verabschieden.

Er hört gerade noch, wie der Trampel plötzlich einen auf subtil und ausgefallen macht: «Wenn man Augen hat wie Sie, dann kommt man selbst, um übers Geschäft zu reden …»

Und bekommt auch das Lächeln mit, das Pauline ihm statt einer Antwort schenkt.

Im Geist kommentiert Nicolas: «Wenn sie anfängt, so zu tun als ob, dann habt ihr einiges vor euch, Jungs …»

Feuerwerk. Es ist spät geworden. Nicolas weiß nicht, wie viel Uhr es ist, aber wenn er nach seinem Rausch geht, dann muss er schon eine ganze Weile hier rumhängen.

Die Brünette, die einen auf italienische Femme fatale macht, hat sich an seiner Seite festgesetzt. Er hat sich zunächst den Kopf zerbrochen, woher er sie bloß kennt. Ergebnislos. Sie zappelt neben ihm herum, wie sie das gerne tun, oft berührt ihre Schulter seine, sogar ihre Hüfte drängt sich an ihn. Aber er weiß, wenn er Hand an sie legen würde, zöge sie sich sofort erschreckt zurück: «So habe ich das aber gar nicht gemeint.» Das nimmt ihm jedes Mal die Lust und bringt ihn sogar ziemlich auf. Sie hat Bock, sich von ihm stopfen zu lassen, das spürt er sofort im kleinen Zeh. Aber man weiß eben nicht, was sie sonst noch will, das macht die Dinge so kompliziert.

Also lässt er sie sich weiter in den Hüften wiegen. Bleibt im Wartestand, reagiert trocken, dann wieder nett. Mittlerweile weiß er, wie sie funktionieren. Irgendwann sind sie immer weich gekocht. Wenn sie's nicht mehr aushalten, immer näher zu rücken, damit man zugreift, um dann sagen zu können: «Ja was fällt dir denn ein», dann springen sie einen irgendwann an.

Und genau dann holt er seinen angewandten David Lynch raus. Sobald er ihnen die Hand zwischen die Beine schieben kann, ohne dass er darum kämpfen muss, und sie zum Losstottern bringt: «Ich hab Lust, mich von dir ficken zu lassen», lässt er sie genüsslich stehen und entschuldigt sich: «Ein andermal, ich hab keine Zeit.»

Aufs Ganze geht er nur mit willigen Mädchen. Das ist das Einzige, was ihm einen hochbringt. Wenn sie in zehn Sekunden vögelbereit sind, ganz einfach, weil sie Lust darauf haben. Und ohne etwas damit erreichen zu wollen.

Diese Manie hat er, seit er ganz klein war und zwischen einer schönen Mutter und zwei Schwestern aufgewachsen ist. Die Gespräche zwischen ihnen, so dämlich und gemein, wie sie sein können, wenn man seinen Arsch mit einem verdrehten Machtinstrument verwechselt.

Die Brünette erzählt ihm was über die Brüste, die ihr Ex ihr spendiert hat. Sie wäre sogar einverstanden, dass er sie anfasst, wenn er nur hinschauen würde.

Das treibt sie leicht über alle Grenzen hinaus, ein Typ, der kühl auf ihren Charme reagiert. Manch eine würde sich aus lauter Frustration auf der Erde rumwälzen.

Im Hintergrund gerät Pauline in sein Gesichtsfeld. Die Leute reiben sich auf, um zuzusehen, wie das Zeug am Himmel zerplatzt. Sie steht neben dem Big Boss. Sie diskutieren schon eine ganze Weile miteinander.

Nicolas denkt: «Gut gemacht», denn an den Typen kommt man nicht so leicht ran. Er beobachtet sie aus der Entfernung.

Sie hat Claudines Körper. Eine Disneyworld für große Jungs, voller Verlockungen, unvergessliche sexuelle Karussellfahrten. Aber da sie die Gegenwart von Männern nicht gewohnt ist, vergisst sie zu kokettieren und ihre Siebensachen vorzuzeigen. Ein Fehler, aber wie ein Loch in der Rüstung, das Lust macht hineinzukriechen. Eine Art Luftloch.

Jemand kommt den Chef holen, zieht ihn diskret am Ärmel, will, dass er ihm irgendwohin folgt, flüstert ihm ein paar Worte ins Ohr. Der Chef nickt, dreht sich dann zu Pauline um und notiert etwas für sie, bevor er geht. Wahrscheinlich seine Durchwahl. Dann hält er ihr den Zettel hin, und auch sie schreibt etwas auf. Wahrscheinlich ihre Telefonnummer.

Auf der Stelle nimmt ein anderer Mann sie in Beschlag.

Nicolas fühlt sich erleichtert. Bei diesem Anblick löst sich das bisschen Schuldgefühl, dessen er fähig ist, in nichts auf. Es ist nicht schlimm, dass er bei den Labels alles versaut hat. Auch nicht schlimm, dass er keine Lust hat, stundenlang vor dem Computer zu hocken, um weitere Stücke zu komponieren. Dieses Mädchen da wird ohne ihn zurechtkommen. Sie hat das gewisse Etwas, das einschlagen wird.

Fähiger, als Claudine es war, um sich in diesem Business einen Weg zu bahnen. Einmal wegen ihrer Wut, die sie rauslassen kann, wogegen ihre Schwester sie zurückhielt und ihre Eingeweide auffressen ließ, anstatt einmal die Zähne zu zeigen.

Und außerdem, weil Pauline einen kühlen Kopf bewahrt. Sie nimmt Komplimente als etwas Selbstverständliches entgegen, wie ein leicht ekelhaftes Unterpfand. Wenn sie spürt, dass sie gefällt, vernebelt ihr das nicht den Blick, sie verliert dabei nicht aus den Augen, was sie will. Sie erwartet nichts von den Blicken der anderen, dazu verachtet sie sie zu tief.

Er beobachtet sie im Profil, wie sie anderen zuhört und vehement antwortet. Offenbar ist sie nicht einverstanden. Die Leute um sie herum heben erstaunt die Köpfe, jetzt wird sie richtiggehend wütend. Dann fangen die Leute an zu lachen, auf einer Linie mit ihr. Sie sind dabei, sie zu adoptieren.

Das Arschloch, das sie vorhin mitgenommen hat, taucht wieder neben Nicolas auf. Es bemerkt, dass er sie beobachtet hat.

«Sie ist schon verflucht gut ...»

Nicolas antwortet nicht. Der andere fährt träumerisch fort:

«Nur eben schade, dass sie so dämlich ist.»

Dann wendet er sich der Brünetten zu, und Nicolas nützt die Gelegenheit, das Weite zu suchen.

Ein bisschen später am Abend hat er die kleine Gruppe kennen gelernt, mit der sie rumzieht. Sie scheint sich sehr wohl zu fühlen. Hat sich die ganze Zeit über mit Claudines Bekannten rumgeschlagen und sie alle hinters Licht geführt. Beim Buffet hatten sie sich kurz gesprochen, Nicolas fragte: «Kommst du klar?» Sie antwortete: «Je dicker ich auftrage, desto besser komme ich damit durch.» Ihre Verachtung schützte sie vor allem.

Sie verlässt die Fete in deren Begleitung. Nicolas sieht zu, wie sie sich entfernt. Sie sucht ihn nicht einmal mit Blicken, der Gedanke kommt ihr gar nicht. Das verletzt ihn ein bisschen, aber er weiß sich schon im Voraus gerächt. «Wärst du zu mir gekommen, ich hätt dir sagen können, wo ihr jetzt hingeht.»

Nacht, Auto, sie ist vollkommen abgefüllt. Sie findet, dass Paris wunderschön ist. Sie ist sogar ein bisschen sentimental.

Sie hätten sie eigentlich nach Hause bringen sollen, aber sie wollen vorher noch einen trinken und bestehen darauf, dass sie mitkommt.

Ein Mädchen neben ihr plappert: «Es gibt eine Art von Sexualität, die man nur unter Alkoholeinfluss ausleben kann. Trinken bedeutet nämlich auch, das zu akzeptieren, was versteckt bleiben müsste. Von unserer eigenen Lust. Und außerdem ist es ja so praktisch, solche Sachen vor sich selbst zu verstecken. Aber trinken heißt, es sich zur Pflicht machen, alles offen zu legen, trinken heißt, die Dunkelzonen auszuleuchten.»

Eine hinreißende Rothaarige, die Claudine offenbar gut gekannt hat und sie sehr gern zu haben scheint. Manchmal legt sie ihre Hand auf die von Pauline oder vergisst sie auf ihrem Schenkel. Und wirft ihr charmante Blicke zu oder ein höchst verschwörerisches Lächeln. Dem Jungen, der am Steuer sitzt, gibt sie Zeichen.

Pauline gähnt, dann niest sie laut in ihre Hände. Auf der Fete vorhin haben sie unablässig eine CD mit Kokainlinien darauf kreisen lassen. Sie hat davon probiert, das erste Mal, ohne recht zu wissen warum. Kein Effekt, bis aufs Niesen.

Die Rothaarige theoretisiert weiter: «Ich zum Beispiel hätte nie erfahren, dass ich mich gerne wie eine Hündin nehmen lasse, wenn ich keinen Alkohol getrunken hätte. Sex unter Alkohol ist nicht das Gleiche wie nüchtern, du wirst einfach offener. Genauer gesagt viel geiler.»

Sie wollte, dass sie mit ihnen kommt. «Wir werden doch nicht ohne Claudine gehen.» Und Pauline ist mitgekommen, sie hatte genug von der anderen Party. Jetzt hat sie Kopfschmerzen.

Plötzlich ruft die andere sie zur Zeugin auf: «Oder nicht? Claudine, du sagst gar nichts, was meinst du denn dazu?»

«Ich meine, dass du einen ganzen Haufen zu sagen hast. Ansonsten …»

Sie lässt die beiden anderen lachen, um selbst von neuem zu schweigen und sich unsichtbar zu machen. Das Mädchen hat noch einiges zu erzählen:

«Das erste Mal, als ich einen Orgasmus hatte, war ich komplett betrunken. Und das ist kein Zufall. Der Alkohol öffnet einem Mädchen den Unterleib.»

Und wieder lachen sie. Pauline macht auch haha, um nicht aufzufallen. Sie reden alle auf eine bemüht entspannte Weise vom Vögeln, die jeden Gag vulgär erscheinen lässt. Sie hätte es lieber gehabt, nach Hause gebracht zu werden. Vielleicht ist die Bar ja nicht weit weg, und sie kann zu Fuß zurück.

Es handelt sich aber gar nicht um eine Bar, eher um eine Art Club. Kaum sind sie da, hat ihr neuer Kumpel, dessen Namen sie nicht kennt – aber er den ihren, denn er kennt Claudine und scheint sie zu mögen –, ihr vorgeschlagen, einen Abstecher aufs Scheißhaus zu machen, um noch «ein bisschen was zu nehmen».

Jetzt, ganz zum Schluss, fängt sie an, was zu spüren. Kleine Details, die einen Riesenunterschied ausmachen.

Als sie zurückkommen und sich hinsetzen wollen, sind die beiden anderen verschwunden. Pauline fragt: «Wo sind die?»

Der andere kneift die Augen zusammen, wie ein Hellseher, und antwortet: «Wahrscheinlich machen sie bei einer großen Häkelgruppe mit.»

Dann bricht er in Gelächter aus, und sie spürt, dass sie es ihm gleichtun muss und lacht auch.

Sie bleiben sitzen und schweigen sich an. Der Club ist so gut wie leer und die Musik zum Auskotzen. Aber es muss noch andere Tanzpisten geben, denn andauernd kommen und gehen Leute. Seltsam, dass Leute, denen so sehr daran liegt, zur Hip-Hop-Avantgarde zu gehören, in so einem Laden abstürzen. Es ist ein bisschen wie in den Vogesen hier, im reinsten Hinterland, während der 80er Jahre ... Wahrscheinlich soll es kultig sein. Der Typ steht auf:

«Ich dreh mal 'ne Runde. Willst du hier bleiben?»

«Ich komm mit.»

Nicht dass sie Lust hat rumzulaufen, aber ein Kerl hat sich links von ihnen hingesetzt, dazu noch mit seiner Frau, und glotzt sie die ganze Zeit an. Sie hat nicht vor, da sitzen zu bleiben, bis er sie anquatscht.

Er durchquert einen engen Korridor, der vermutlich zu den anderen Tanzflächen führt.

Er bleibt an einer Tür stehen, schaut, geht dann weiter und macht ihr ein Zeichen zu folgen: «Da ist nichts los.»

Sie ist dicht hinter ihm. Er bleibt nochmal stehen, ein bisschen länger. Schließlich kommt sie näher, um zu sehen, wonach er schaut.

Als sie das allererste Mal masturbiert hat, kannte sie das Wort hierfür bereits und was es bedeutete, aber sie brauchte einige Tage, um die Verbindung zwischen den beiden herzustellen, dem, was sie tat, und diesem Wort.

Jetzt ist es genauso. Sie kennt das Wort: Swingerclub, und hatte eine ungefähre Vorstellung, was dahintersteckt. Aber es vergehen ein paar Minuten, bevor sie versteht, wo sie ist und was hier passiert.

Jetzt, wo sie neben ihm steht und ebenfalls hinschaut, ist der erste Eindruck eher: Sterbebaracke. Kranke Leiber, schmerzvolles Stöhnen, das Elend des bevorstehenden Todes, weiße, verdrehte Körper, die nach Linderung suchen. Leidendes Getuschel steigt von überallher auf.

Sie braucht einen Augenblick, um zu begreifen, dass diese Leute vögeln. Oder zumindest, dass hier Sex stattfindet. Sobald man das einmal verstanden hat, ist es offensichtlich. Nur auf den ersten Blick sieht es bizarr aus.

Herumstreifende strecken zögernd die Arme aus, Frauen liegen nach hinten gelehnt, schmachten nicht sehr überzeugt. Alles grau in grau, kein Licht, keine Musik. Die Leute bewegen sich langsam, versuchen sich einen Weg zwischen den Körpern hindurch zu bahnen.

Das ist hier wirklich wie im Krieg, direkt nach der Schlacht, die Opfer agonisieren noch, und ein paar verlangen nach Wasser, aber keiner da, der ihnen hilft.

Zunächst können ihre Augen nichts unterscheiden. Langsam setzen sie die Gesten zusammen und erkennen die Details. Es ist keine Rede von Vögeln und Spaß haben hier. Es geht um Genitalien. Die einander berühren. Die zur Schau gestellt sind.

Ein Mädchen auf einer Bettkante. Sie trägt ein Mieder, die Brüste sind ein Stück herausgerutscht. Sie lutscht einen Typen und sieht ihn dabei an. Er hat sein Hemd anbehalten, die Hose ist unter den Hintern gerutscht, der platt und behaart ist. Ein Fünfzigjähriger außer Form, weiches, schlaffes Fleisch, ein runder Bauch, sieht krank aus und hat magere Schenkel wie ein

Greis. Er bäumt sich nach vorn. Er hat einen Halbschlaffen, er wirkt zufrieden. Sein Schwanz ist dünn und krumm.

Drumherum sehen drei Typen zu. Ohne was zu tun oder zu sagen. Sie sind noch im Anzug, nur der Schwengel schaut raus, an dem sie ein wenig rubbeln. Einer fasst ihr an die Brüste. Sie fängt sogleich an, ihm einen zu reiben, dreht dann den Kopf zu ihm und lutscht auch ihn, wobei sie den andern weiterhin streichelt.

Neben ihnen lässt sich ein anderer Kerl von einer Wahnsinnsfrau bearbeiten, ihr Rücken bildet ein gleichschenkeliges Dreieck, sie kniet zwischen seinen Beinen und besorgt es ihm gekonnt. Er bleibt vollkommen schlaff. Ein Paar sieht zu. Der Mann fängt an, ziemlich unruhig zu werden. Er hat einen Steifen. Aber er traut sich nicht wirklich näher. Er sucht nach der Hand seiner Frau, damit sie sich um ihn kümmert. Sie trägt ein beiges Kostüm, wie man es für die Messe anzieht. Sie schüttelt den Kopf, sie ist sich offenbar nicht sicher, ob es ihr hier gefällt. Und noch weniger, ob sie erregt sein soll. Er beharrt darauf, freundlich, aber entschieden. Er will, dass sie mitmacht. Er glaubt, wenn seine Frau anfängt, dann kann er die begrapschen, die mit den andern zugange ist.

Pauline sieht ihm zu. Sie hat einen Neffen, der so ist. Der Junge ist etwa neun Jahre alt, und er will immer, dass man superdämliche Spiele mit ihm spielt, außerdem ist er ein übler Nervkeks. Aber er gibt keine Ruhe, er will, dass man mit ihm spielt, und er kann stundenlang darauf beharren. Scheiß Rotznase und Backpfeifengesicht, es gibt Männer, die immer noch so sind.

Das kniende Mädchen hat sehr sehr langes Haar, das ihr bis

auf den Hintern reicht. Sie übertreibt ein wenig, im Stil von «Meine Fellationen sind die besten». Der Typ hat immer noch keinen Ständer, aber er spielt mit ihrem Kopf, ihren Haaren, ihren Brüsten. Er vertreibt sich eben die Zeit, mit gespreizten Beinen.

Langsame, rhythmische Bewegungen überall, erstickte Schreie, trostloses Gestöhne. Schlaffe, hartnäckige Gotteslästerung, das Ganze ist eine sehr sehr gedämpfte Fiesta. Unterirdisch.

Ein Typ, der wie sie am Eingang steht, beobachtet sie seit gut fünf Minuten. Ein weiterer taucht auf, tut das Gleiche, aber noch auffälliger. Das bringt den ersten zu einem Entschluss, er kommt näher, legt eine Hand auf ihre Brust, eine komische Geste, entschlossen, aber sehr vorsichtig – wie wird sie wohl reagieren. Es bleibt immer die Angst, eine Ohrfeige zu kassieren, selbst hier. Sie stößt ihn weg und dreht sich um, um hinauszugehen. Der zweite Typ hält sie an der Hand fest, sieht sie flehend an. Erinnert an einen Penner, der wirklich bettelt, und bei dem man spürt, er ist zu allem fähig, so dringend will er, was er will.

Pauline flüstert ihm ins Ohr: «Pfoten weg, sonst bring ich dich um.»

Mit sehr ernster Stimme, kein bisschen zum Spaßen aufgelegt. Er tippt sich gegen die Stirn, nennt sie eine Geisteskranke und entfernt sich.

Vor der Treppe, zur Linken, ein ganz kleiner dunkler Raum. Sie erkennt die Rothaarige wieder, die dasteht und sich von einem buckligen Opa lecken lässt, der zwischen ihren Schenkeln kniet.

Als Pauline am Ausgang ankommt, macht die blonde alte Dame, die sie so freundlich empfangen hat, ein Zeichen, dass es ihr Leid tut, aber: «Sie können nicht alleine gehen.»

«Ich kann nicht tun, was ich will?»

Vor den Kopf gestoßen. Möglich, dass sie die Alte erwürgt, es wäre vollkommen plausibel, wenn es nicht so geht, wie sie will. Der Alkohol hat sich mittlerweile gesetzt, aber das Koks spürt sie besser. Sie schreit sofort los, gestikuliert wild und droht:

«Du gibst mir meine Jacke und meine Tasche, aber sofort, ich hau hier jetzt ab, und du hast nicht das geringste Recht, mich daran zu hindern!»

Die Alte will wissen, mit wem sie gekommen ist, sie ist ziemlich empört, dass jemand in ihrem Büro die Stimme erhebt. Pauline wäre nicht einmal imstande, ihr den Namen desjenigen zu sagen, mit dem sie gekommen ist, sie kennt diesen Typ nicht, der sie so gut kennt.

Mitten im Chaos taucht er schließlich auf, entschuldigt sich bei jedermann, verteilt unglaubliche Trinkgelder, zieht sie am Arm mit sich.

Endlich auf der Straße, er ist nicht ärgerlich, eher amüsiert, dass sie derart hysterisch reagiert hat, wenigstens mal was Unvorhergesehenes. Er bietet ihr an, sie nach Hause zu bringen. Bevor er losfährt, zieht er im Auto nochmal zwei Linien, hält ihr eine hin:

«Wusste gar nicht, dass das Koks dich so verrückt macht.»

«Ist nicht das Koks. Wenn ich gehen will, dann mach ich, was ich will. Ist doch kein Knast, was fällt denen denn ein?»

«Du kennst das nun doch. Hättest mir sagen sollen, dass du genug hast ... Hast du dich denn so gelangweilt?»

«Ja.»

Er lacht, schaltet hoch, er fährt wie ein Angeber.

«Ist das erste Mal, dass ich dich so untätig sehe, wenn wir in einen Club gehen …»

Dann macht er Musik, der Sound ist edel, das Stück verwandelt die ganze Szenerie.

Die Stadt ist riesig und sehr chic, voller Lichter und überall leicht unwirkliche Leute, frischer Wind durchs Fenster. Echtes Cinemascope-Leben, in den Sessel zurückgelehnt.

Claudine ging also regelmäßig mit ihnen dahin und machte irgendwelche Sachen. In diesem dumpfen grauen Ambiente, sie, die so blond und so aktiv war.

Und sie schlief mit Sébastien. Er hat sie voll rangenommen, in alle Löcher gebumst, in allen Stellungen.

Vorhin, während der Fete, hat ein Herr sie beiseite genommen und angefangen, von den Sachen zu reden, die sie miteinander gemacht hätten, wie er sie in den Arsch gefickt hatte und mit einer Lampe sodomisiert.

Gerade drei Monate her, dass sie tot ist. Sie empfindet keine Wut mehr, im Gegenteil, sie fängt an, Dankbarkeit zu entdecken. Claudine ist ihr sehr nah, egal wie.

Unmöglich für Pauline zu begreifen, warum sie das tat, all das, mit den Männern. Was für ein Elend, sich so zu verausgaben, so wegzuwerfen. Und was hat man davon: Nichts als einen Haufen schlechter Erinnerungen, die man wie eine verlorene Seele mit sich schleppt.

Der Typ lässt sie vor ihrer Haustür aussteigen. Die Straße ist noch völlig ausgestorben, seltsam, sie so zu sehen. Gerade wird es hell, sie steigt aus, er hält ihr ein Alukügelchen hin, das er gerade in seiner Tasche gefunden hat, und sagt freundlich «Auf Wiedersehn».

Mochte sie offenbar gut leiden, die Schwester.

Bei ihr im Stockwerk ist die Tür eingeschlagen, aufgebrochen und nur angelehnt. Das macht ihr im ersten Moment Angst, sie zögert einzutreten. Vielleicht wartet jemand auf Claudine, um ihr weiß der Himmel was anzutun.

Reglos steht sie vor ihrem Eingang. Das Schloss ist abgerissen worden, dieser Anblick erschreckt sie, ein paar Sekunden lang hat sie das Gefühl, die Tür zu sein. Gewaltsam geöffnet, problemlos aufzustemmen.

Dann versteht sie. Ihr Herz macht einen Sprung bei dem Gedanken, es erraten zu haben.

Sie tritt ein. Sébastien liegt in seinen Kleidern auf dem Sofa und schläft. Der Fernseher läuft noch. Sie setzt sich dicht an seinen Bauch, legt eine Hand auf seinen Arm, wartet, dass er aufwacht.

Als er ein Auge öffnet, fragt sie: «Kommst du ins Bett?»

Im selben Ton, wie sie es ihn hundertfünfzigmal zuvor gefragt hat. Und er folgt ihr, wie er es schon hundertfünfzigmal getan hat, groggy, sich den Nacken reibend, als wären sie gerade gestern auseinander gegangen.

Dicht aneinander gekuschelt, versetzt sie sich in seine Haut, das ist eine alte Angewohnheit, sie weiß sofort wieder, wohin sie ihren Arm legen muss, er hat nichts Fremdes an sich, er ist ganz er selbst in seinem Schlaf. Sie sieht nur noch ihn, in Nahaufnahme, ein Stück Schulter und Nacken, rings um sie gibt es nur seinen Atem, seinen Geruch und seine Haut, sie ist ganz von ihm umgeben. Er sagt: «Ich bin heute Abend explodiert. Ich musste dich einfach sehen.»

Sein großer Körper ist ehrlich, will ihr nur Gutes, sie hat die einzige Zweisamkeit wieder, die ihr vertraut ist: «Du hast mir so gefehlt.»

Dann: «Morgen müssen wir die Tür reparieren.»

Dann tut sie so, als schliefe sie ein, seine Hand streichelt ihren Rücken, besänftigt sie. Ihre innere Stimme fleht ihn an: «Lass mich nie wieder allein, damit ich nie wieder solchen Unsinn anstelle, lass mich nie wieder einfach so fortgehen und sehen, wie es draußen ist.» Sie denkt an die Märchenheldinnen ihrer Kindheit, die freundlichen Wölfen folgten, sie fühlt sich, als käme sie aus dem Wald zurück, sie ist ein gefährliches Risiko eingegangen, das sie nicht richtig überblicken kann, aber umso stärker spürt, entsetzliche Dinge, die ihr zugrinsen. «Lass mich nie wieder dahin zurückgehen.»

Und sie vertraut ihm, er wird sie festhalten können, wird die ganze Zeit auf sie Acht geben, genauso wie zuvor.

An diesem Morgen denkt sie, vermutlich, weil sie zugedröhnt ist, wieder an Claudine, die niemanden hatte, neben dem sie schlief, mit dem sie aufwachte, für den sie sich bewahrte. Niemand an ihrer Seite, der sich bemühte, sie vor dem Schlimmsten zu bewahren.

«Es ist heiß, es wird immer heißer ...»

Alle Fenster weit aufgerissen, der Straßenlärm ist so laut, als käme er direkt aus der Wohnung. Als würde man auf einer Terrasse leben.

Pauline liegt auf dem Bauch, ins Kopfkissen vergraben, ein Bein ausgestreckt, das andere angezogen. Das kurze blaue Satinhemdchen, das sie trägt, ist genau bis zum Ansatz ihres Hinterns hochgerutscht.

Neben dem Bett ein Schuh, ein zusammengeknuddeltes T-Shirt, ein offenes Buch und eine Eisverpackung.

Sébastien zählt die Lullen, wirft einen Blick auf die Uhr, schätzt ab, ob es möglich ist, bis zum nächsten Tag damit auszukommen, ohne welche kaufen zu gehen. Er seufzt:

«Willst du nicht mal zum Bar-Tabac runter? 'n bisschen frische Luft würde dir gut tun.»

Sie antwortet nicht einmal. Er drängt weiter: «Immer muss ich alle Einkäufe machen.»

Sie kichert und fläzt sich in ihrem Pfuhl.

«Das ist ja gerade das Geniale!»

Sie dreht sich um und setzt sich auf, hebt das Tablett mit allem, was drauf ist, auf den Schoß und dreht sich noch einen Joint. Sie macht ihre Einkaufsliste: «Brot musst du auch noch holen. Was sollen wir heute Abend essen?»

Sie denkt nach und kratzt dabei an einem Mückenstich.

«Nimm halt einfach Tomaten und Schinken.»

Die ganze Woche ist so dahingegangen, in trägem An- und Abschwellen, Nichtstun außer Duschen, aus dem Bett aufstehen, um sich aufs Sofa zu legen und vor dem Fernseher eisgekühlte

Cola zu trinken. Sébastien sitzt mit freiem Oberkörper stundenlang am Fenster, wird nie müde zu beobachten, was auf der Straße passiert.

Und Pauline kann nie genug davon bekommen, mit der Hand über seinen Rücken zu streichen und dessen Relief abzutasten, über diesen Männerkörper, hoch zu den Schultern, das ist, als streichelte man sein Glück. Er hat eine Ader, die ihm vom Handgelenk bis zum Ellbogen reicht, sie kann sie stundenlang mit dem Finger nachfahren und ihre Wange gegen seinen Oberkörper lehnen.

Sie kann es gar nicht fassen: So viel Wärme. Auch wenn sie die ganze Zeit auf ihn gewartet hat und jeden Abend an ihn dachte, bis ihr vor lauter Einsamkeit die Tränen kamen, hatte sie doch vergessen, wie tief das Wohlbehagen gehen kann.

Sie haben nicht wieder darüber gesprochen. Nur dass er sie oft auf die Augenwinkel küsst oder direkt hinters Ohr, sie sehr zärtlich und ungeheuer aufmerksam behandelt, andauernd nachfragt, ob sie auch nichts braucht und hundertmal pro Tag wiederholt: «Wenn ich dich verlieren würde, würde ich wahnsinnig werden.»

Auch über das Gefängnis spricht er nicht. Als sie nachfragt, sagt er: «Das ist vorbei, ich denke nicht mal mehr dran.» Sie fragt sich, ob es etwas an ihm verändert hat, und kann nichts finden. Er ist derselbe, genau derselbe wie zuvor.

Er hat sich ihre gesamte Geschichte angehört, stellt Fragen zu Nicolas und sagt, «Ich trau den Freunden deiner Schwester nicht über den Weg», wobei er wissend dreinschaut. Sie lacht laut auf, kann sich eine kleine Spitze kaum verkneifen. Er kann es nicht leiden, wenn sie ihn damit herausfordert, er drängt sie, weiterzuerzählen: «Und danach, was hast du dann gemacht?»

Sie erzählt von den Stöckeln und vom Schminken. Sie übergeht die Männer auf der Straße. Sie erzählt noch mehr von Nicolas, die blöden Gags, die er bringen kann. Und der Albtraum letztens am Abend, die Garden-Party bei den Grufties. Den Nachtclub verschweigt sie.

Er nimmt sie in die Arme, so wie man ein kleines Kind tröstet: «Jetzt ist ja alles gut.»

Und dann ist er einen ganzen Abend lang traurig über den Tod von Claudine. Aber sie verlieren kein Wort darüber. Sie lässt ihn in Ruhe, sie hängt Wäsche auf, blättert die Fernsehzeitschrift durch.

Lässt ihm Zeit, damit zu Rande zu kommen. Jetzt, wo sie ihn ganz für sich hat.

Er macht Liebe mit ihr wie zuvor, liegt auf ihr, küsst sie, ganz zärtlich, ganz aufmerksam.

Sie erzählt von der Reise, die sie hätten machen können, von der sie so viel geträumt hat. Sie will ihm Bilder zeigen von den Gegenden, die sie gemeinsam hätten entdecken können. Er schiebt sie zärtlich weg: «Hör auf, dir so viel Kummer zu machen, Baby.»

Sie sehen fern, Typen, die einen Striptease hinlegen. Sébastien ist angeekelt von dem Spektakel: «Die sind ja voll lächerlich.»

Als er die Knaben im String sieht, wie sie in alle Richtungen herumzappeln, bricht er in Gelächter aus: «Schau dir das nur mal an! Also wirklich ...»

Dann fragt er plötzlich: «Bei Mädels kommt es doch anders, wenn sie so was machen?»

Als ob es sich von selbst verstehe. Pauline zuckt die Achseln: «Was soll da wohl für ein Unterschied sein?»

Er deutet mit dem Finger auf den Bildschirm, wo die Männer ihre Nummer nacktärschig zu Ende bringen. Sie reibt sich das Auge. «Alles eine Frage der Gewohnheit. In fünf Jahren wird uns das nicht mehr schockieren, und wir schauen nur noch auf ihre hübschen Brustkörbe ...»

Telefon klingelt, Nicolas auf dem Anrufbeantworter. Sie steht auf und nimmt ab. Sébastien kommentiert:

«Der Typ ruft auch jeden Tag an.»

Dann empfiehlt er ihr: «Mach ihm mal klar, dass ich wieder da bin. Er kann's jetzt aufgeben, um dich rumzuschleichen.»

Sie hält das für einen Witz. Nicolas sagt ihr, er sei gerade in der Gegend, sie lädt ihn auf ein Glas ein. Legt dann auf. Sébastien ist sauer.

«Konntest du dich nicht irgendwo in einem Café mit ihm verabreden? Ich hab keine Lust, hier jemanden zu sehen.»

Sie antwortet nicht. Er lässt nicht locker:

«Kannst du ihn nicht rückrufen und absagen?»

«Er hat von einer Telefonzelle angerufen.»

«Ist der denn so am Arsch, dass er nicht mal ein Handy hat?»

«Er ist in jeder Hinsicht am Arsch. So wie der am Arsch ist, muss es schon Absicht sein. Ich bin sicher, du wirst ihn mögen.»

Sie ändert ihre Meinung, kaum dass Nicolas die Wohnung betreten hat.

Was zuvor so natürlich war, nämlich ihn hier in der Wohnung zu haben, ist plötzlich störend und völlig daneben. Jede Bewegung, die er macht, und die ihr bisher nie aufgefallen ist, wirkt jetzt, wo Sébastien ihn beobachtet und auf dem Kieker hat, aufdringlich und deplatziert. Obwohl er nichts sagt, macht seine Abneigung jeden Austausch unmöglich.

Am Ende fragt Pauline sich, was sie einander eigentlich zu sagen hatten, diese ganzen Monate über, wo sie sich jeden Tag sahen.

Sie hat es bald eilig, dass er verschwindet.

Ist ihm innerlich recht dankbar, dass er es kapiert und sich nicht lange bitten lässt.

Ebenfalls dankbar, dass er einfach weggeht und keine Fragen stellt. Dass er ihr Spiel mitspielt, so zu tun, als sei alles ganz normal.

Kaum hat die Tür sich hinter ihm geschlossen, bricht es aus Sébastien heraus: «In der Kategorie kleiner schwuchteliger Schwachmathikus hab ich ja kaum je so ein gelungenes Exemplar gesehen.»

«Er ist kein Angeber, deswegen muss er noch kein Schwachmathikus sein.»

«Der sieht ja derart nach gar nichts aus, dass sich jedermann bepissen würde, wenn er auch noch ein Angeber wäre. Hast du ihn dir eigentlich nicht angesehn oder was? Total verschrumpelt und spindeldürr, der sieht doch aus wie 'ne Oma.»

Sie wartet ab, dass er wieder normal wird. Irgendwann lacht sie dann mit. Von seiner Unverschämtheit mitgerissen. Es ist diese Grausamkeit, die sie an ihm liebt und die ihr Lust macht, seine Frau zu sein.

Später, Vollmond, Pauline sieht ihm beim Schlafen zu. Sie hat einen schlechten Geschmack im Mund zurückbehalten, weil sie Nicolas so empfangen hat und derart unfähig war, ihre Beziehung zu verteidigen, nur weil Sébastien da war und sie Angst hat, ihm zu missfallen.

Erinnerungen an ihre Mutter tauchen auf, wenn Papa Claudine schlug. Sie flehte ihn an aufzuhören, bis ihr die Tränen kamen. Aber sie ließ ihn machen. Er war eine Macht, an der zu kratzen man nicht einmal denken durfte, die man so wie sie war zu ertragen hatte. Die Wut des Vaters und seine Anwesenheit gehörten zusammen. Eins ohne das andere gab es nicht. Den Mann ohne seine Ausbrüche.

Es war nicht Pauline gewesen, die verprügelt wurde, dennoch erinnert sie sich klar und deutlich. Zusammengekrümmt auf dem Fußboden, gegen eine Wand gedrängt, die Arme über dem Kopf verschränkt. Er ist mächtig wie der Himmel, ein wütendes Gewitter, die Stimme donnert und rollt, er ist ein zorniger Gott. Es sind gar nicht die Schläge, die am meisten wehtun, es ist die Züchtigung, es ist der Gedanke, ihm derart zu missfallen. Es ist dieser schwarze Abgrund von Erwachsenenraserei, dem man nirgendwo in sich drinnen entkommen kann.

Währenddessen erkühnte die Mutter sich manchmal, ihm mit der geschlossenen Faust in den Arm zu fallen und zu verhindern, dass er zu kräftig zuschlug. Und wenn der Vater sich hinterher entfernte, beugte sie sich über das Kind: «Siehst du nicht, in was für einen Zustand du ihn versetzt?» Denn Männerzorn ist legitim, man muss darauf bedacht sein, ihn nicht herauszufordern.

Sébastien neben ihr atmet tief. Manchmal legt er eine Hand auf sie, ebenso beruhigend wie lastend.

Natürlich ist es auch die Tatsache, Angst vor ihm zu haben, die sie so offensichtlich an ihn bindet. Wenn sie Angst hat, dann muss er ein Mann sein.

Er kommt vom Einkaufen zurück, packt die Sachen in den Kühlschrank. Das Telefon klingelt, das nervt ihn an, er brüllt: «Schon wieder!», und wirft die Kühlschranktür zu.

Sie hebt ab, um ihm die drei Klingelzeichen zu ersparen, bevor das Band anspringt.

Am andern Ende der Leitung ist Big Boss, mit Samtstimme, das würde Sébastien vielleicht gefallen. Er hat sich das Demo genau angehört. Er findet es interessant, nein wirklich, er würde sogar sagen außerordentlich, ob sie wohl miteinander zu Abend essen könnten, irgendwann diese Woche, denn danach fährt er in Urlaub.

Sie macht einen Termin aus und legt auf.

Sébastien fragt: «Wer war das?» Sie antwortet: «Ein Freund von ihr» und setzt sich neben ihn. Sie weiß nicht recht, ob sie hingehen wird. Aber sie hat keine Ahnung, welchen Vorwand sie erfinden soll, falls sie sich entscheidet hinzugehen.

Zuvor hat sie ihn nie angelogen. Allerdings hat sie zuvor auch nie irgendwas getan.

Das Restaurant ist unglaublich, im selben Stil wie die Garden Party. Stellt seinen ganzen Luxus aus, schöne Beleuchtung, haufenweise feinstes Porzellan und Kellner, die die Kristallgläser nachfüllen, bevor sie leer sind. Auf die Art hat Pauline schnell einen sitzen.

Big Boss zieht die große Schau ab: Er ist der Mann, der sie voll und ganz unter seine Fittiche nehmen will. Spickt seine Rede mit «Jaja, ihr Künstler», weniger übrigens, um ihr zu schmeicheln, eher um seinen eigenen Phantasien Nahrung zu geben: Von Künstlern umgeben sein und sich als Mäzen fühlen dürfen.

Er verschlingt sie mit den Augen, bombardiert sie mit Komplimenten.

Sie hat Sébastien angeschwindelt, hat eine enge Freundin vorgeschützt, die sie in Paris kennen gelernt habe und die sie ganz dringend sehen wollte.

Sie langweilt sich zu Tode. Wie als Kind bei Tisch, wenn die Erwachsenen ein Essen gaben und sie nicht spielen gehen durfte.

Er ist enthusiastisch, um nicht zu sagen trunken vor Glück:

«Ihre Stimme ist bemerkenswert. Haben Sie Stunden genommen?»

«Ich war auf dem Konservatorium.»

«Dachte ich mir's doch ... Sie haben Talent, und ein Talent, an dem gearbeitet wurde, das hört man natürlich sofort heraus ... Ich war sehr wütend auf Martin, der unfähig war, Ihre Begabung zu erkennen, ich habe ein ernstes Wort mit ihm geredet ... Aber ich mache mir keine großen Illusionen, was ich nicht selbst in die Hand nehme, wird niemals ordentlich erledigt.»

Er hebt sein Glas, sie versenkt ihre Augen in seine, so wie man in Eiswasser tauchen würde, und stößt mit ihm an. Dann schenkt sie ihm ein strahlendes Lächeln. Sie kann ihn nicht leiden, weder seine schmierige Freundlichkeit noch seine beschissene Selbstzufriedenheit und am allerwenigsten seine großkotzige Eleganz. Sie blickt sich um, hier sind sie alle herausgeputzt, als Hintergrundmusik läuft Jazz. Sie schaut die Frauen an, tragen sie alle Mieder drunter, um später irgendwelchen alten Knackern in Swingerclubs einen zu blasen? Irgendwie sind alle Männer hier alt, ein bisschen verklemmt und wirken, als bekämen sie nicht genug frische Luft.

Big Boss will also die Platte machen. Sie hat nicht die geringste Ahnung, warum sie hier vor ihm sitzen bleibt, und grinst wie eine dumme Kuh, anstatt ihr Glas auszutrinken, ihren Mantel zu verlangen und sich zu verpissen.

Dabei ist es ganz einfach. Sie hat Lust auf eine große Reise. Sie hat Lust, ein Stückchen vom Kuchen abzukriegen und dann geile Ferien zu machen.

Er ist väterlich zu ihr, sehr autoritär, er sagt: «Wir werden einen Texter finden müssen.»

«Ich schreibe meine Texte gern selbst.»

Er lacht meckernd.

«Natürlich. Aber dafür gibt es Profis ... Ich werd dir einen vorstellen.»

Sie beharrt weiter: «Ich find meine Lieder gut so, wie sie sind.»

«Kleine Rebellin, hm?»

Als wär's ein guter Witz, eine Jugendtorheit, über die sie bald hinweg sein wird, er ist richtiggehend gerührt, fügt aber nichtsdestoweniger hinzu: «Das war in den Eighties angesagt, das

‹Faust hoch, fuck the system und Vive l'anarchie …› Aber das ist vorbei, das zieht heute nicht mehr.»

Sie isst auf, was auf ihrem Teller liegt, ohne zu antworten. Ein beschissener Salat, nicht mal frisch, dafür arrogant angemacht.

Er hat für alles seine Analyse parat, die keinen Widerspruch duldet. Sie stellt sich vor, wie er sich in seiner Villa in Neuilly jeden Morgen ans Fenster stellt, die Hände in die Hüften stemmt, das Kinn reckt und entscheidet: «Also das wird jetzt so gemacht und das so und das so.»

An die andere Sache, die er ihr noch zu sagen hat, geht er vorsichtig ran: «Du hast da ein dickes Soundproblem. Wer hat die Kompositionen gemacht?»

«Nicolas, ein Kumpel. Er hat das Equipment ausgeliehen, und es hat nicht toll funktioniert.»

«Ich fürchte nur, das Equipment ist nicht das einzige Problem. Seid ihr zusammen?»

«Nein, er ist nur ein Kumpel.»

Er ist sichtlich erleichtert. Das war offenbar der einzige wirkliche Problempunkt: Wenn sie mit dem Typen schläft, wird es schwierig sein, ihn loszuwerden. Wenn sie dagegen nur Freunde sind, ist er kein Hindernis … Kumpel, das wird für ihn etwas sein, das nach der Grundschule aufhört, wenn man nicht mehr Fußball miteinander spielt. Er hat sich ab da vermutlich um die ernsten Dinge des Lebens gekümmert: um die andern, all die Rivalen, die vom Feld geräumt werden müssen.

Als die Kellner seinen Teller abdecken, redet er einfach weiter, er sieht sie nicht einmal. Er macht es nicht einmal absichtlich, es liegt ihm im Blut. Trabanten, die einen umkreisen und bedienen, gibt es immer.

Er fragt, und es tut ihm jetzt schon Leid für sie, denn es ist etwas Schwieriges, worum er sie bitten muss: «Und liegt dir viel an ihm, an diesem Nicolas?»

«Sehr viel. Wenn ich hier heute mit Ihnen zusammensitze, dann ist das von A bis Z sein Verdienst.»

Er seufzt, es gibt da Dinge, die sie kapieren muss: «Es ist vielleicht sein Verdienst, dass du hier bist. Aber es wird ganz gewiss nicht sein Verdienst sein, wenn du sehr viel weiterkommst.»

«Seine Tracks sind gut.»

Sie glaubt keine Sekunde an das, was sie sagt. Sie weiß sehr gut, dass sie nichts taugen, hingerotzt sind, schief und langweilig. Aber Big Boss hat davon keine Ahnung. Es ist sonnenklar, dass er überhaupt nichts rafft, dass er den modernen Musikliebhaber spielt, aber in Wirklichkeit nur ein fetter Mafioso ist. Das Einzige, was ihn interessiert, ist, seine eigenen Leute arbeiten zu lassen, damit alles in der Familie bleibt. Er will sie und alle anderen in seine Maschine stecken und diese mit ihnen füttern.

Er beugt sich zu ihr vor, bemüht sich, überzeugend zu klingen:

«Du hast alles, was es braucht, um eine ganz große Lady zu werden. Und ich bin bereit, alles zu tun, um dir da hinaufzuhelfen. Aber du musst eines verstehen: Man erklimmt den Gipfel nicht mit einer Reisegruppe, man klettert ihn alleine hinauf, und die zurückbleiben, bleiben eben zurück, das ist nun mal so.»

Sie sucht die richtigen Worte: «Ich brauche ihn, aus allen möglichen Gründen. Ich brauche ihn für diese Platte.»

Big Boss schüttelt den Kopf, es nimmt ihn richtig mit, ihr klar machen zu müssen, wie hart das Leben ist:

«Du brauchst gar niemanden. Gefühle sind Gefühle, aber das Business ist das Business. Man muss keine Angst davor haben, mit den Besten zu arbeiten, und ich werde dich mit ihnen zusammenbringen.»

Sie nickt, sie muss einstecken. Sie sagt sich, es ist nur ein erstes Gespräch, sie wird ihn mit der Zeit schon klein kriegen, aber sie wird nicht nachgeben.

Er labert sie besoffen mit seinen Klischees. Sie hat Lust, ihn zu fragen: Wie sieht es eigentlich aus, dein Leben, dass du dir erlauben kannst, hier den Großkotz zu spielen?

Ende der Mahlzeit, jetzt stellt Big Boss die wahre Frage und kriegt anzügliche kleine Äugelchen, macht einen auf souverän: «Und, gehst du viel aus?»

Sie schüttelt den Kopf. Er nimmt einen völlig übertriebenen Verschwörerton an:

«Freunde haben mir erzählt ... Leute, die mir sehr, sehr nahe stehen, es handelt sich also keinesfalls um Klatsch oder so was ... na ja, ich habe gehört, dass du ...»

Er sucht nach passenden Worten. Sie drückt ihre Zigarette aus und lässt ihn zappeln. Er findet den richtigen Ausdruck: «... Swingerclubs besuchst.»

Sie nickt. Er erklärt, dass auch er ... dass es auch ihm passiert sei ... in einem Ton, als würde er sagen: «Ja, ich lege auch ab und zu Bomben.»

Darum ging es also von Anfang an. Er schnippt nach dem Kellner, zieht eine Kreditkarte aus seinem Jackett, zögert, steckt sie wieder zurück, zieht eine andere. Sie möchte noch einen Whisky haben, er verzieht etwas das Gesicht, bestellt ihn aber.

Dann wartet sie darauf, dass er ihr vorschlägt, zusammen hinzugehen, nur mal eben schauen.

Sie denkt daran, wie weiß der Sandstrand ist, auf einer der Broschüren, die sie sich geholt hat. Da möchte sie ihren Arsch draufsetzen.

Herbst Pauline steigt aus der Metro hoch. Weißes Licht lässt die Dinge grau und kalt wirken. Ein Blumengeschäft direkt am Ausgang, die Auslage voller Farben, völlig am Thema vorbei. Ein Skater überholt sie, Typ Schlaffi-Grunge, bisschen zu sauber. Sie geht an einer spektakulären Schickse vorbei, Pantherlook, hohe Stiefel, schlanke Beine, Jacke aus weißem Leder, sieht aus wie aus einer anderen Epoche. Als sie sie einholt, lächelt die junge Frau ihr zu.

Bisschen Kopfschmerzen, das sind die dauernden Hangovers, das geht nur beim ersten Schluck Wein weg.

Warten, bis es grün wird, sie spürt die Kälte am Arm hochkriechen.

Mittlerweile hat sie sich an die Blicke gewöhnt, die sie von allen Seiten mustern. Sie achtet nicht einmal mehr drauf, wäre im Gegenteil verblüfft, von einem Tag auf den nächsten nicht mehr aufzufallen.

Foto-Shooting. Zusammengezimmertes Studio am Ende eines versifften Hinterhofs.

Der Fotograf hat Schnupfen und keine Power. Er hatte sie mit Kennermiene begutachtet und binnen zehn Sekunden entschieden, wie sie «rauskommen» muss und den Frauen, die Maske und Fitting machen, seine Anweisungen gegeben. Ohne sich dabei Pauline auch nur zuzuwenden und zu fragen: «Was hältst du davon?» Er kümmert sich um alles. Er hat eine Schublade gefunden, in die sie reinpasst. Jetzt muss nur noch alles abgeschmirgelt werden, was übersteht.

Sie wartet lange auf einem unbequemen Stuhl, ein junges Mädchen bestreicht ihr Gesicht mit Make-up. Auch die interessiert sich nicht für sie, sondern diskutiert mit ihrer Kollegin.

Pauline erfährt daher, ohne es zu wollen, dass sie zu schlecht bezahlt werden, langsam die Nase voll davon haben, dass der Typ kokst, dass er ungenießbar wird, wenn er nichts genommen hat und dass irgendwer letztens eine Kollektion präsentiert hat, die voll daneben war.

Dann gerät sie der Fitterin in die Hände, sagt ihr, sie will diese Schuhe nicht anziehen, weil sie hässlich sind und viel zu eng. Die andere hebt die Augen zum Himmel.

Dann steht sie ihm gegenüber. Er fängt gleich unangenehm an:

«Man hat mir erzählt, dass du fotogen wärst ... Angeblich soll Marilyn im Vergleich zu dir eine dicke Trulla gewesen sein. Also streng dich an, verdammte Scheiße.»

Sie fühlt sich derart unfähig, noch länger in diesem absurden Licht zu stehen, dass sie sich entschließt, ihn zur Sau zu machen.

Aber dann werden sie gestört.

Besuch für den Fotografen. Er verschwindet zehn Minuten. Und kommt in bester Laune zurück, reibt sich die Hände, macht Musik an. Er sagt ihr: «Lass mal sehen, wenn du tanzt.» Und das kann sie nun wirklich gut.

Er läuft warm, kreiselt um sie herum: «Gib mir deine Augen, komm schon, gib sie mir.»

Befiehlt, und sie gehorcht. Treibt sie mit aufmunternden Rufen an: «Ja, gut so, Baby, jetzt komm nochmal.»

Dann ist es vorüber, er gibt ihr geistesabwesend die Hand. Schon ist sie draußen. Ihr Magen zieht sich zusammen. Sie könnte kotzen vor Erniedrigung. Wie sie schließlich haargenau das getan hat, was er von ihr wollte. Warum ist sie nicht fortgelaufen. Sie hat es gemerkt, währenddessen, wie sie angefangen hat, ihr Innerstes zu offenbaren, es hat sie sogar gereizt, es zu tun, auf eine niedrige und überwältigende Weise gereizt, dieses Spiel mitzuspielen.

Gesten sind ihr zugeflogen, die sie noch nie gemacht hatte. Sie ist tief genug gesunken, laszive Posen einzunehmen. Es genügte, dass er ihr einsagt: «Komm schon, ja, genau so», und sie hat sich wie eine Nutte benommen. Als wäre es eine zweite Haut.

Und wie feindselig sie immer darauf reagiert hatte, wenn ein Mädchen keine Achtung vor sich selbst besaß. Wie klar war da alles noch gewesen: Jeder entscheidet selbst, was er tut. Da wusste sie noch nicht, wie leicht man sich zu etwas hinreißen lässt.

Sie hatte sich so sehr eingemauert, dass ihr nie ein Schlepper über den Weg lief, sie geriet nie in Gefahr, sich von jemand voll quatschen zu lassen.

Und jetzt, wo sie einen Schritt nach draußen getan hat, merkt sie, wie ihr alles außer Kontrolle gerät.

Sie denkt oft an Claudine. Mit der Zeit wechseln ihre Zielscheiben.

In den ersten Gymnasialjahren war die andere mit einem Schlag ein junges Mädchen geworden. Ein ebenso rascher wie radikaler Wandel. Und überall beifällig aufgenommen.

Claudine, bis dahin bloß eine allgemein unbeliebte Nervensäge, war plötzlich «ein schönes junges Mädchen». Das war genug, um akzeptiert zu werden. Und sie kapierte sehr schnell, dass es auch bereits genug war, um vergöttert zu werden.

Sie, die sich schon daran gewöhnt hatte, zusammengesunken auf irgendeinem Stuhl zu hocken und sich möglichst unsichtbar zu machen, hatte mit einem Schlag eine Goldmine entdeckt: Spiel das nette Mädchen, und du wirst aufrecht gehen können.

Sie hatte ihre Lektion gelernt und mit allen Kräften beherzigt.

Pauline hatte bei dieser Metamorphose und dem damit einhergehenden Erfolg den Eindruck, jedermann käme der Sinn für Realitäten abhanden. Voller Verblüffung erwartete sie zunächst, dass alle diese Leute wieder aufwachen und ein normales Verhältnis zu ihr finden würden. Aber sie waren sich alle einig und änderten ihre Meinung nicht: Von allen Seiten bestärkte man sie.

Paulines Reaktion war, sich zum einzig überlebenden Zeugen ihrer Kindheit zu machen. Sie ließ keine Gelegenheit aus, die andere daran zu erinnern, wer sie eigentlich war, und dass sie das nie vergessen sollte. Langsam, schwer von Begriff, ungeschickt. Dämlich. Rettungslos. Saudumm.

Claudine zahlte es ihr heim, indem sie jede Gelegenheit wahrnahm, ihrer Schwester zu sagen, wie sie war: nicht anziehend, nicht liebenswürdig, hässlich, farblos und nicht einmal nett.

Sie kennt den Weg zur Plattenfirma auswendig. Sie muss andauernd da hin, jemand treffen, dies und das regeln, Dingsbums kennen lernen und Zeug unterschreiben.

Die Sekretärin ist immer sehr entgegenkommend. Hält sie für beschränkt, wie jedermann hier. Keiner versucht mit ihr zu reden, sie sind alle bereits auf dem Laufenden: Sie ist gebaut wie ein Ass, aber im Oberstübchen nur heiße Luft.

Am Anfang verwirrte es sie zu sehen, wie die Augen zur Decke gingen, sobald sie einen Satz sagte, und das halb erstickte Gekicher, kaum sprach sie einen Gedanken aus. Es reicht, dass sie den Mund öffnet, und alle Leute warten mit gespitzten Ohren auf den enormen Schwachsinn, den sie zwangsweise ablassen wird. Selbst «Ich möchte gerne einen Kaffee» kann sie nicht sagen, ohne dass man sich über sie lustig macht.

Dabei kann man nicht gerade behaupten, dass in dem Laden alle Leuchten wären.

Sie sitzt im Büro von Martin. Er telefoniert, wie immer, wenn sie kommt, sagt drei Worte, es klingelt, er hängt eine Viertelstunde am Apparat, dann wieder drei Worte, es klingelt und wieder eine Viertelstunde.

Er kann sie ganz offensichtlich nicht leiden. Er macht Dienst nach Vorschrift, weil der Chef aufpasst. Aber er hat es nicht vertragen, dass man ihm jemand aufzwingt. Und dafür lässt er sie bei jeder Gelegenheit büßen.

Heute beobachtet er sie schweigend, nachdenklich, dann runzelt er die Brauen.

«Du solltest dir mal die Nase machen lassen.»

«Gleich morgen.»

«Ich mein es ernst, Chloé hat uns drauf aufmerksam gemacht. Ich werd mich mal schlau machen.»

«Halt mich auf dem Laufenden, interessiert mich ungeheuer.»

Sie hecheln sie durch, während sie nicht da ist. Und kaum kommt sie, bombardieren sie sie mit ihrem «Du solltest dir» und «Du darfst keinesfalls vergessen ...»

Sie schäumen nur so über vor phantastischen Ideen, eine origineller als die andere. Und sie findet sie überschäumend komisch.

Er ist bissiger als sonst, weil der Boss gestern ärgerlich geworden ist. Sie hat ja zum Texter gesagt, sie hat ja zum Toningenieur gesagt, sie hat ja zur Fitterin gesagt. Sie haben das, was sie will: Viel Geld, sie wartet auf den geeigneten Tag, um mit vollen Händen reinzugreifen.

Sie wollte nicht, dass sie Nicolas ersetzen. Sie dachte, wenn sie ihren Widerstand auf einen Punkt beschränkt, könnte sie durchkommen. Sie ertragen es nicht, mit jemand zu arbeiten, den sie nicht schon kennen. Talent, das ist etwas, das sie in ihren Adressbüchern aufgelistet haben und das man nicht anderswo sucht. Es ist eine Art von Schutzreflex: Wenn das Ganze nicht auf sehr wenige Leute beschränkt bleibt, dann adieu großes Geld.

Also hat der Boss sie kommen lassen, sehr viel saurer als sonst: «Jetzt hör mir mal gut zu, Claudine. Wenn diese Platte nicht gemacht wird, wäre ich zwar sehr enttäuscht, aber morgens früh beim Aufstehen wäre ich keineswegs verzweifelt.»

Sie saß in seinem Büro, und der ärgerliche Boss wartete darauf, dass sie die richtige Entscheidung fällte. Es ist doch alles zu ihrem Besten, was geht sie uns denn so auf den Zeiger?

Sie gab ihm Recht. Zu Hause hatte sie Nicolas angerufen. Heute Abend muss sie sich mit ihm treffen.

Sie wartet darauf, dass Martin mit seinen Erklärungen durch ist, über irgendwas, das sie im Studio machen werden. Er könnte das in vier, fünf Sätzen erklären, er macht eine ellenlange Rede daraus. Er kriegt es nicht gerafft, präzise zu sein.

Als sie los will, gibt Martin ihr zu verstehen, dass es noch nicht zu Ende ist: «Der Boss will dich sehn.»

Mit einem höhnischen Grinsen, um ihr zu zeigen, dass er weiß, worum es geht.

Er kann es sich in den Arsch schieben, sein höhnisches Grinsen. Wenn sie vor ihm sitzt, verliert er mitten im Satz den Faden, kaum dass sie daran denkt, ein Bein zu bewegen.

Dann durchquert sie die Büros. Es gibt ein großes, in dem ein Haufen Leute arbeitet. Ein paar heben die Köpfe, ostentativ, und kaum ist sie vorbei, plappern sie los.

Jedermann weiß Bescheid, warum der Chef sie so oft sieht, und dass sie nur unter Vertrag genommen wurde, weil er sie vögelt.

Sie klopft an, bevor sie eintritt, aber Martin hat bereits telefoniert, um zu sagen, dass er sie vorbeischickt. Wenn er mit dem Boss über sie redet, dann sehr respektvoll.

Manchmal fällt ihr eine Ausrede ein. Aber regelmäßig muss sie rein, ins Büro des Chefs. Er macht die gleichen Sachen mit ihr wie Sébastien mit Claudine. Als hätten die beiden sich gekannt oder die gleiche Lehre durchgemacht. Wenn es so weit ist, sind es die gleichen Gesten und die gleichen Worte, sogar die Gesichter ähneln sich.

Es ist ein sehr weiträumiges Zimmer, sehr schöne Möbel, kleine Bar. Sein Schreibtisch ist riesengroß und solide. Sie passt ausgestreckt liegend darauf, und mit ihm auf ihr drauf hält er auch noch.

«Was gibt's Neues?»

Jedes Mal läuft es nach demselben Schema ab. Eine Viertelstunde reden sie miteinander, er interessiert sich in allen Details für die Platte, gibt Ratschläge und Befehle, schreibt die Sachen auf, die er nicht vergessen darf, für sie zu erledigen. Und er vergisst sie nie. Er kümmert sich sehr gut um seine neue Sängerin. Er schenkt ihr zu trinken ein, sorgt sich um jedes kleinste ihrer Probleme. Er behandelt sie wie eine Königin, das gehört zum Spiel dazu.

Das ist seine Vorstellung von den Frauen, die Pflicht, galant zu sein. Weil sie so rein, schön und anbetungswürdig sind. Er ist einer von der alten Schule, als die Frauen wirklich noch ferne, seltsame Tiere waren, von allem abgeschnitten, nur nicht von seiner Lust.

Also umgibt er sie mit Aufmerksamkeiten. Andernfalls hätte es nicht dieselbe Würze, sie dann hinterher in alle Löcher zu ficken und sie Drecksschlampe zu nennen. Zunächst muss man ein bisschen anbeten, um seinen Gott dann hinterher umso besser lästern zu können.

Kurze Stille. Dann geht's los: «Heiß hier. Warum machst du deine Bluse nicht 'n bisschen auf?»

Er sieht ihr zu. Er hat es gern, wenn's langsam geht, Knopf für Knopf. Dann muss sie sich die Brüste streicheln, das darf gute fünf Minuten dauern, es ist ein Spektakel, das ihn sprachlos macht.

«Lehn dich ein bisschen nach hinten, streichel dir schön fest die Brust, genau ... Jetzt zieh den BH aus, damit ich deine hübschen Titten sehn kann.»

In dieser Phase fängt er an, komische Laute hervorzubringen. Kein Lachen, kein Stöhnen, nur ein komisches Geräusch, das er macht, wenn er anfängt, heiß zu laufen.

Sie tut, was er sagt, es ist jedes Mal verwirrend, dass die simple Tatsache, ihren Körper herzuzeigen, ihn in derartige Zustände versetzt.

Weil sie es für ihn macht, weil es schamlos ist, oder wer weiß was. Jedenfalls keine Kleinigkeit.

«Jetzt spreiz die Beine, zieh deinen Slip aus, zieh ihn runter, genau ... Jetzt fass dich an, während ich dich betrachte, streichel dir die Muschi.»

Jetzt muss sie ein bisschen stöhnen. Der Gedanke, dass sie erregt ist, steigt ihm direkt ins Hirn. Das ist jedes Mal wie ein großes Wunder, eine Epiphanie: eine Frau, der er ungestraft zusehen kann, wie sie vor seinen Augen einen Orgasmus hat, das beamt ihn in den siebten Himmel.

Als er dann seinen schmächtigen Schwengel rausholt und vorzeigt, das hässliche und trotz des Alters steife Ding, schämt sie sich für ihn. Er macht so ein Aufhebens von der dünnen roten

Karotte, wenn man sieht, wie verzweifelt er daran rubbelt, könnte man meinen, er poliert einen Säbel.

«Und jetzt komm her, auf allen vieren, komm unter den Schreibtisch und kümmer dich um mich.»

Schon komisch, dass die Männer nie auf den Gedanken kommen, Komplexe zu haben. Das heißt, noch nicht. Er ist halb verwest, die Natur hat ihn ohnehin schon stiefmütterlich behandelt, aber der Gedanke, etwa geniert zu sein, ist ihm völlig fremd, er denkt nur an seine enorme Lust. Es muss praktisch sein, wenn man so veranlagt ist, nur blöd für die andern, die's ertragen müssen, aber für ihn selbst sehr angenehm. Nur immer an seinen eigenen Blick denken, der auf jemand fällt und nie an die umgekehrte Situation.

Dann ist sie auf allen vieren und stößt kleine Schreie aus, ganz wie er es liebt. Er rammelt sie und sagt: «Ich lass dir's kommen.»

Dabei schlägt er ihr auf die Hinterbacken, die ganz rot sind, wenn alles vorbei ist.

Er ist überzeugt, dass sie das gerne hat. Einmal hat er immerhin gefragt: «Du simulierst aber doch nicht mit mir?» Sie fragte: «Warum sollte ich?», und das hat ihn voll und ganz beruhigt. Es steigt ihm zu Kopf, so einen Schwanz zu besitzen, er wird sich nie ganz einkriegen können, dass er einen hat, und dass der hart werden kann. Es ist nicht schwierig, ihn zu überzeugen, dass der auch gut funktioniert und ihr die Innereien kräftig durchschüttelt. Er hat eigentlich nichts anderes erwartet.

Er glaubt, wenn sie fähig ist, dergleichen mit ihm zu tun,

dann findet sie es zwangsweise auch geil. Er muss die Vorstellung haben, dass die Prostituierten mit einem Mal auf der Stirn geboren werden, das sie von anderen Frauen unterscheidet. Wahrscheinlich denkt er sich, wenn sie es nicht geil fände, bliebe ihr Loch geschlossen oder ihre Schenkel zusammengeschweißt. Er glaubt eine ganze Menge, denn er liebt sie, die Frauen, diese herrlichen, fremdartigen Tiere …

Einmal hat er ihr gesagt: «Ein paar Leute ahnen, dass wir was miteinander haben. Sie denken, du tust das aus Berechnung.» Und hat selbstgefällig gegrinst, er kennt ja die Geheimnisse, von denen die anderen nichts wissen: «Sie wissen ja nicht, was du für eine Nummer bist.»

Und das ist ein Riesenkompliment. Er findet sie emanzipiert, selbstbewusst, wirklich eine Frau, wie er sie liebt.

Wenn er eine Ahnung hätte, welchen Eindruck ihr sein Wurstzipfelchen tatsächlich macht, würde er garantiert glauben, dass sie ein Problem hätte. Denn es ist ja klar, wenn von ihnen beiden einer ein Problem haben könnte, dann sie.

Frauen sind nie so krankhaft geil, wie Männer es sein können, die es andauernd, mit allem und jedem und in jeder Position treiben wollen. Die Frauen haben ein Loch, das funktioniert immer, und sie haben ihre Bäuche, die dick werden und ein Kind erschaffen können. Sie stehen nicht die ganze Zeit ängstlich mit ihrem Schwengel in der Hand da und fragen sich, ob er auch wirklich nochmal steif werden kann, und sind dann überglücklich, wenn sie ihn so weit haben.

Als er spürt, dass es ihm kommt, kriegt er die Panik, rutscht aus ihr raus, bittet sie, sich umzudrehen, während er wichst, um ihr dann auf die Brust zu sabbern.

Auch das: Dieser Zwang, sich zu überzeugen, dass etwas rauskommt aus ihnen. Ist ja nicht viel, ein bisschen weißer Rotz. Sie sind immer ganz erleichtert, wenn sie es dann irgendwo sehen können.

Hinterher ziehen sie sich an und reden noch ein bisschen. Er ist sehr respektvoll, wohlwollend, hört ihr aufmerksam zu, beruhigt sie.

Und fragt jedes Mal, bevor sie geht: «Bist du auch sicher, dass du nichts brauchst?»

Sébastien hat die Nase voll, hier zu sein, das wiederholt er jeden Tag. Sie versucht, ihn hinzuhalten. Sie schlägt ihm vor, Urlaub zu machen, aber er schnaubt nur, wenn sie ihm das sagt: «Mit welcher Kohle stellst du dir denn vor, dass ich fahre?»

Er findet, dass die Straße stinkt. Ungesunde Atemluft. Er findet die Leute unfreundlich. Findet, dass alles so teuer ist, es macht ihn schon krank, einen Kaffee trinken zu gehn, er redet noch am nächsten Tag davon: «Fünfzehn Eier! Und das in einem ekligen Loch! Ich hab das Scheißhaus gesehn, was die haben, und bin lieber nach Hause gegangen zum Pissen.» Er findet das Viertel mies: «Scheiße, das stinkt hier nach Armut. Mir reicht schon meine eigne, ich muss nicht auch noch meine Nase in die der andern stecken.»

Jeden Tag, wenn sie nach Hause kommt, hockt er vor dem Fernseher. Zwischen ihnen läuft immer noch dieselbe Story, nur eine Kleinigkeit hat sich verändert: Jetzt bleibt er zu Hause sitzen und wartet, dass sie ihre Geschäftchen macht.

Sie sucht nach etwas, das ihn aufheitern könnte. Schon klar, dass das ohne Kohle nicht gerade einfach ist. «Hast du nicht Lust, ins Museum zu gehen? Angeblich gibt's Tage, wo man kostenlos reinkommt.»

«Sonst noch was? Und hinterher nehm ich dann noch Strickunterricht, um richtig abzulachen.»

Jeden Tag, wenn sie heimkommt, begräbt er sie unter seinen Sorgen mit dem Wohngeld. Desgleichen mit den Leuten von der Stütze, die nicht glauben wollen, dass sie nicht als Paar leben. Als wär das ihr Fehler. «Sie haben gesagt, sie würden einen Kontrollbesuch machen.» – «Wir können doch sagen, dass du auf dem Sofa schläfst, ist doch möglich.» – «Ist doch möglich, genau, sag mal, du hältst die wohl für Vollidioten?»

Und sie sagt: «Dir ist das vielleicht noch nicht klar, aber die Sache wird laufen, die Platte wird rauskommen und laufen, und dann gehen wir fort. Willst du, dass ich dir zeige, wo wir hingehen?»

Die ganzen Broschüren, die sie aufgehoben hat, nur um sie ihm zu zeigen, er will nichts hören davon. «Du bist genauso sehr eine Sängerin wie ich Klempner, ich versteh nicht, dass du mir mit diesem Quatsch auf die Nerven gehst.»

Er blättert einige Zeitschriften durch, hält sie dann alle zusammen hoch, deutet auf das Foto eines langbeinigen Mädchens und hält es ihr vor die Nase: «Ist es das, was du willst? Ja? Allen Leuten deinen Arsch zeigen? Ist es das, worauf du abfährst?»

Wenn er in diesem Zustand ist, fängt sie an zu lachen und holt ein Pornoheft, Claudine hatte viele bei sich rumfliegen. Und dann zeigt sie ihm eins der Fotos, Ejakulation ins Gesicht oder Fellation und sagt: «Mein Ehrgeiz, siehst du, liegt darin, eines Tages so etwas hinzubekommen», wobei sie eine gespielte Schlampenstimme annimmt. Zuerst hat er keine Lust, mitzulachen, aber sie macht so lange weiter wie nötig. Bis er dann endlich mitspielt, sich beruhigt und seine Laune sich bessert.

Sie spricht beinahe nie von der Platte. Nur das Nötigste, um ihn auf dem Laufenden zu halten. Sie spürt, dass das Thema ihn fürchterlich ärgert. «Aber du bist zu alt, um Sängerin zu werden.» – «Aber Schatz, ich bin gerade 25 … das ist doch nicht alt.»

Er, der noch nicht mal zwei Jahre älter ist, sieht sich bereits beim Ausschuss. Dieses Jahr im Loch hat ihn doch verändert. Es sind Kleinigkeiten, die ihr nicht gleich aufgefallen sind, aber die jetzt plötzlich ungeheuer viel Raum einnehmen. Als hätten sich die Wände um ihn zusammengeschoben und würden ihn ersticken. Er hat sich in eine verzweifelte Wut hineingesteigert, die ihn voll und ganz ausfüllt.

Sie leidet mit ihm mit. Dabei ist sie überzeugt, dass er Unrecht hat, dass die Sonne auch für sie beide scheinen kann, und sogar sehr bald aufgehen wird. Wenn sie erst mal unterwegs sein werden, weit fort von hier, wird er langsam wieder zu sich selbst finden und so werden wie vorher. Öfter zum Lachen aufgelegt und vor Plänen übersprudelnd.

Bis auf sie und Big Boss glaubt niemand an diese Platte. Und dass sie wie eine Bombe einschlagen wird. Sie spricht es niemals aus, aber insgeheim weiß sie es. Das wird alles verändern, und das Leben, wie sie's jetzt führen, wird vorbei sein. Und er wird schon sehen, er, der glaubt, dass alles bereits vorüber ist und dass sie ein Leben lang in der Scheiße stecken bleiben werden.

Wer zuletzt lacht … Und wie sie lachen wird.

Und mit diesem Wissen versucht sie ihm tagtäglich weiterzuhelfen, damit er es bis ans rettende Ufer aushält.

Zum Glück gibt's die Glotze, vor die kann man sich setzen und muss nicht mehr reden.

Sie ist einkaufen gegangen. Er macht die zweite Flasche auf, sie hat einen sitzen und geht schließlich aus sich raus:

«Die gehn mir ja so auf den Zeiger mit jedem Scheiß, weißt du, die Texte, und meine Klamotten und der Sound …»

Obwohl sie ihn doch sonst nie mit der Platte nervt: Sie könnten das Ganze beide mit ein bisschen Abstand sehen, als Erfahrung. Und lässt sie heute Abend die Zügel schießen: «Ich hab Angst vor denen, totale Angst. Gar nicht so sehr, dass sie bösartig wären, es ist eine Frage der Umgebung, glaub ich, der Anpassung. Die sind da reingefallen, als sie klein warn, sie können sich gar nichts anderes vorstellen …»

Und da er nichts sagt und da sie beschwipst ist, fließen die Worte leichter heraus. Sie hat immer noch diese Phantasievorstellung, fast etwas kitschig: Er, der ihr hilft, der sie versteht. Sie spricht weiter, richtig verbittert jetzt: «Es kommt ziemlich merkwürdig, wenn man für eine Vollidiotin gehalten wird. Weil für die hab ich zu dicke Brüste, zu dicke Lippen, zu große Augen, zu blondes Haar. Du machst dir keinen Begriff, wie die auf mich herabsehen.»

Es ist das erste Mal, dass sie ihm davon erzählt. Er dreht sich nicht einmal zu ihr um, blickt sie aus den Augenwinkeln erbarmungslos an: «Ich weiß nicht, worüber du dich beklagst. Du hast doch, was du wolltest, oder?»

Das ist traurig. Dass es so weit kommt, dass er so reden kann. Statt seinen Kopf auf ihren Bauch zu legen und ihr zu sagen, dass es alles Arschlöcher sind, dass sie ihr scheißegal sein sollten, dass sie toll ist und sein Ein und Alles.

Place d'Italie. Nicolas wartet auf sie. Er hat sein Bier schon seit einer ganzen Weile ausgetrunken. Er hat kein Geld zum Bezahlen, er spekuliert auf ihr Auftauchen, zögert, ein zweites zu bestellen.

Seit ihr Riesenross von Boyfriend bei ihr wohnt, verabredet Pauline sich nur noch außerhalb. So ein großer Kräftiger, die Art Typ, die die Brillenträger auf dem Schulhof massakriert hat und auf die die Mädchen häufig fliegen. Wenn er da ist, ist sie ganz bescheiden, lässt ihm den Vortritt, bleibt irgendwie im Hintergrund. Wenn sie sich so bedeckt hält, ist sie weniger witzig.

Erst als er sie mit ihm zusammen gesehen hat, ist Nicolas auf den Gedanken gekommen, sie ficken zu müssen.

Seither kriegt er einen Steifen, sobald sie auftaucht. So sehr, dass er Acht geben muss, was er für Hosen anzieht, und regelmäßig aufs Scheißhaus verschwinden, bis die Spannung nachlässt.

Er sieht nicht mehr Claudine in ihr, die Furcht, sie zu verletzen, und der stumme Pakt sind wie ausgelöscht.

Weißes Kostüm, hochgestecktes Blondhaar. Gar keine Absicht, aber die perfekte Luxusnutte. Sicherer Gang, so sicher wie zu Turnschuhzeiten. Seit ihr Boyfriend da ist, ist sie sehr distanziert. Aber das gibt sich nach zwei, drei Gläsern.

Sie spricht sehr viel über die Platte. Reagiert extrem negativ auf alles, explodiert bei jeder Kleinigkeit, ist überempfindlich. Er hat ihre Wut gerne, egal, wodurch sie hervorgerufen wird. Da kriegt er jedes Mal ein Riesenrohr. Wenn sie wütend ist und rumflucht, was sie sehr gut kann, sieht er sie jedes Mal unter sich, wie sie sich streckt, hechelt, an seinem Rücken festkrallt.

Er hört ihr zu und hat zugleich ein Rohr. Heute Abend ist sie grausamer denn je. Eine Seele, schwarz wie Kohle, mit einem rot glühenden Kern darin. Die zu Fäusten geballten Hände unterm Kinn, es sieht fast aus, als würde sie beten, umso mehr, als sie auch die Augen niederschlägt, während sie ihren Sermon abspult:

«Ich versteh nicht, warum es für uns Frauen kein Wort wie Weiberfeind oder Phallokrat gibt. Scheiße, mich kotzen die Männer an, ich kann dir gar nicht sagen, wie sehr.»

Es prickelt zwischen ihnen, deswegen haut sie so auf die Pauke. Sie hat genauso viel Lust drauf wie er, es würde schon reichen, dass er sich ihr nähert, damit sie es merkt. Er wird sie vögeln wie ein Wahnsinniger. Alles spielt sich zwischen ihren Schenkeln ab, sie muss ihn da hinlassen, mitspielen, das wird ihnen beiden saumäßig gut tun. Sie wird ihr Becken gegen seines pressen und die Beine, die sie um seine Taille geschlungen hat, kräftig zusammendrücken.

Er mustert sie, ihre Oberschenkel, die sie übereinander geschlagen hat. Und ihre Art, rot vor Wut zu werden, wenn ein

Typ vorbeigeht und spannt. Sie stellt sich immer gegen ihren eigenen Willen zur Schau. Das macht Lust, sie festzubinden und zwei, drei dreckige Sachen mit ihr anzustellen, Gedanke, der bislang, auf irgendein anderes Mädchen bezogen, lächerlich gewesen wäre. Er muss ihr kaum antworten, sie kommt von ganz alleine auf 180:

«Mit sieben, acht Jahren hat man ja noch geglaubt, dass sie das irgendwann hinter sich haben, diese Manie, mit ihren Autochen und Schießgewehren rumzumachen, aber von wegen, fünfzig Jahre danach sind die Macker immer noch genauso dämlich wie als Kleinkinder.»

Das ist zur fixen Idee geworden, diese Tirade, die alle Männer unterschiedslos verdammt und zur Hölle wünscht. Wenn sie ihm davon erzählt, wird es noch schlimmer, weil ihn das Verlangen überkommt, in ihre intimen Verstecke zu kriechen und zu sehen, ob man sie nicht doch zum Stöhnen und Zappeln kriegen kann. Er würde ihr gern tausend Schweinereien ins Ohr flüstern. Gerade ihr, denn er ist überzeugt, dass sie sich nie erlaubt hat, auf so was abzufahren.

Sie kann gar nicht fassen, wie weit der Schaden geht: «Echt, es ist doch ein Untergeschlecht, das Männliche. Und haben nichts anderes im Kopf. Und es sind nicht mal die Mädels, die sie so kirre machen, es ist der Gedanke an ihre eigenen Schwänze. Sie werden nicht fertig damit, Scheiße, wir werden doch nicht noch fünfzehntausend Jahre bei dem Thema bleiben. Ihr Problem, sollen sie doch alleine damit zu Rande kommen …»

Sie ist erleichtert, sie hat sich jetzt eine gute Stunde aufgeregt, trinkt ihr Glas aus, und entschuldigt sich lächelnd: «Ich hab dich nicht viel zu Wort kommen lassen. Wie geht's dir denn?»

«Ich hab eine abartige Lust, dich zu vögeln.»

Das musste raus.

Sie schnappt nach Luft. Versucht, es wie einen Witz zu nehmen.

«Ich sehe, dass du mir aufmerksam zugehört hast.»

«Das ändert gar nichts. Wir müssen ficken.»

Sie wirft ihm einen bösen Blick zu und wechselt das Thema. Er gibt ihr eine Gnadenfrist, bis sie mit essen fertig sind und tut ebenfalls so, als sei nichts passiert.

Während sie zahlt, fängt er wieder an: «Wenn du hier mit mir sitzen geblieben bist, dann weil du ganz genau weißt, dass wir's tun werden.»

Sie wird ernst, schaut auf ihre Hände: «Ich würd's lieber nicht wissen.»

Er hat sie in eine kleine Grünanlage geführt.

Sie haben auf der Erde gefickt, im Gefühl, sich am Strand im Sand zu wälzen. Jedermann hätte sie überraschen können, aber sie sind nicht gestört worden. Haben sich alle Zeit gelassen, vorher und hinterher und zwischen jedem Mal.

Sie hat ihn zunächst weggestoßen, als er sie lecken wollte, als handelte es sich um eine schmutzige Geste. Dann hat sie ihn machen lassen. Sie spürte seinen Mund, der ihre Muschi besser kannte als sie selbst, der es verstand, sie zu liebkosen und in jedem Winkel zu erregen, seine präzise und zärtliche Zunge.

Er ist in ihre Ritze eingedrungen, nur mit seinen Beckenbewegungen, ohne Hilfe der Hände, er hat zugestoßen, bis er den Anschlag gespürt hat.

Er hat ihr eine Blume in den Bauch gepflanzt, mit einem heftig pulsierenden Herzen und Blütenblättern, die nach allen Seiten züngeln. Lang, zart und flüssig. Er hat ein Meer in sie gefüllt, und mit seinem Hin und Her die Wellen geschaffen.

Er hat von ihrem schönen Arsch geredet, sagte, wie warm sie innen ist, sagte, dass er ihre Muschi ganz ausfüllt und merkt, wie gut ihr das gefällt.

Sie war ganz erstaunt, als der Orgasmus kam, die ganze Zeit des langsamen Anstiegs und dann das weiße Rauschen der Explosion. Erstaunt, aber noch mehr verwundert, nicht schon eher danach verlangt zu haben, erst an diesem Abend ans Ziel zu kommen.

Dann standen sie wieder auf dem Trottoir. Ein wenig voneinander entfernt auf einmal. Unsicher, wie sie sich jetzt zueinander verhalten sollten. Sie schaute auf einem Parkautomaten nach, wie spät es war. Hart, wieder in die Realität zurückgerissen zu werden, zu Sébastien nach Hause zu müssen, den sie schon wieder betrogen hatte.

Als Nicolas' Körper bei der Taxihaltestelle den ihren suchte, um sich zu verabschieden, schien ihr das bereits wieder fehl am Platz.

Sie ist lautlos in die Wohnung geschlüpft. Sébastien schlief. Duschen. Und dann legte sie sich neben ihn. Intensives Gefühl der Reue.

Von diesem Moment an ist Nicolas aus ihren Gedanken gestrichen. Er ruft ein paar Tage später an, seine Stimme ist bedrohlich geworden. Sie wartet darauf, dass er sie vergisst.

Eines Abends kommt sie von der Plattenfirma zurück, ein bisschen später, Big Boss wollte reden. Sein neuester Einfall ist der Arschfick. Er hatte schon eine Tube Gel gekauft. Sie hat sich geweigert, aber gespürt, dass das Nein nicht lange aufrecht zu halten sein wird.

Sébastien hockt vor dem Fernseher. Sie schaut kurz ins Wohnzimmer rein, macht vorsichtig einen auf gut drauf. Dann reckt sie sich: «Ich werd duschen gehen, das wird mir gut tun.»

«Falls du das tun willst, damit ich nichts merke, mach dir keine Umstände ... du stinkst drei Meter gegen den Wind nach Fick, wie jedes Mal, wenn du von da wiederkommst.»

Er ist nicht aufgeregter, als würde er ihr sagen: Du hast schon wieder vergessen, Brot zu kaufen.

Dieser Geruch nach Körpergewühl. Nicht ganz ihrer, nicht ganz der des andern, dieser eigentümliche Duft, wenn man es viel getrieben hat.

Sie sucht panisch nach Worten, um sich zu verteidigen, um noch etwas zu retten. Und kommt sich ungeheuer bescheuert vor: Seit Monaten bescheißt sie ihn, und er sieht ihr dabei zu.

Er zappt weiter, sein Gesicht ist versiegelt, das dauert mehrere Minuten. Eine schlimmere Form der Feindseligkeit, als wütend zu werden oder Rechenschaft von ihr zu verlangen. Es ist bereits zu spät, er ist gar nicht mehr beteiligt. Nur noch leicht genervt, ein wenig verärgert.

Sie bleibt stehen wie angewurzelt, wie blöde. Sie schämt sich zu Tode. Wie lange weiß er es schon und schweigt und lässt sie lügen? Sie würde sich gerne neben ihn setzen, gestehen, ihm alles beichten, sich von diesem Gewicht befreien, ihn anflehen, sie zu verstehen.

Aber da ist ihr Geruch, und sie kann sich ihm nicht nähern.

Schließlich fügt er noch hinzu, ohne sich auch nur umzudrehen:

«Wenn ich's recht überlege, dann geh dich trotzdem waschen. Sonst muss ich doch noch kotzen.»

Sein makelloses Profil, du bist alles, was ich liebe, du bist alles, was zählt, schau mich doch wenigstens an, schenk mir doch wenigstens deine Wut, oder irgendetwas, es gibt doch noch etwas zwischen uns, es bleibt doch etwas, zeig mir wenigstens das.

Dusche. Der ganze Körper eingeseift, sie reibt, wie immer. Auch die Haare waschen und die Nägel bürsten, blöde und übertriebene Gesten, den Dreck abrubbeln. Sie weint unter dem Duschstrahl, sie bleibt lange eingeschlossen, sie hat Angst rauszugehen.

Ich möchte, dass du verstehst, und dass du mich noch liebst, dass du mich vor alldem beschützt, dass du mich vor mir selbst beschützt, dass du mich daran hinderst, das zu tun, dass du weißt, wie traurig das ist, wenn man fähig ist, solche Dinge zu tun, sich, wie ich es getan habe, einem andern zu öffnen, manchmal hat er mich zum Orgasmus gebracht, ich will lieber nicht wissen, was ich wirklich für eine bin.

Das Frotteehandtuch ist schön trocken, ziemlich weich und riecht gut. Sie trocknet sich sorgsam ab, sie weint weniger. Sie wird ihm alles erklären, so gut sie kann. Sie wird jetzt aus diesem Badezimmer hinausgehen und die richtigen Worte finden, eins nach dem andern, damit er dem zuhört, was sie zu sagen hat.

Jetzt ist sie beinahe erleichtert. Jetzt wird sie es nicht mehr tun können. Sie wird Big Boss aufsuchen und ihm erklären: Schluss mit den Spielchen, ich habe um ein Haar alles zerstört.

Offenbar ist sie sehr lange im Bad geblieben. Als sie heraustritt, ist das Erste, was sie sieht, dass überall seine Sachen fehlen. Dabei hatte er nicht eben viel, hier lag immer ein Notizheft, da ein Stoß T-Shirts, und dann gab es noch ein altes Buch, das mal hier, mal da rumlag. Nur ein paar Dinge, nichts Wertvolles, aber die Leere, die sie hinterlassen, springt ihr in die Augen, kaum dass sie das Wohnzimmer betritt. Sie geht ins Schlafzimmer, er hat Zeit gehabt, seine Tasche zu packen. Sieht sie immer noch nicht an. Schiebt sie behutsam zur Seite, um ins Bad zu gehen, seinen Rasierschaum, seinen Rasierer, das Eau de Cologne und seinen Kamm zu holen.

«Was machst du da?»

Als wäre es nicht klar genug, als bestünde die Möglichkeit, dass er antwortet: Ich räume mal richtig auf, oder Ich räume meine Sommersachen in den Schrank, oder Komm, pack schnell, wir machen Urlaub.

Er staucht seine Sachen zusammen, damit er die Tasche zukriegt. Er erklärt ihr: «Wenn ich mit Claudine hätte zusammen sein wollen, dann wäre ich zu ihr gegangen.»

«Aber du bist zu ihr gegangen.»

«Wenn du willst, dass ich ab und an vorbeikomme, es dir besorge, einen Kaffee trinke und wieder gehe, kein Problem, das lässt sich arrangieren …»

Die Tränen fließen wieder, immer noch lautlos, sie fühlt sie warm auf ihren Wangen, wie sie übers Kinn runterlaufen. Er wird noch deutlicher: «Du musst mir das nur sagen. Jetzt wo du jemand geworden bist, den ich nicht kenne, musst du mir sagen, was du willst, ich kann's nicht erraten.»

«Warum sagst du, dass ich mich so verändert habe?»

«Willst du mich auch noch verarschen?»

Einen ganz kurzen Augenblick lang wird er zornig, das ist weniger grausam als der Rest, aber es dauert nicht an. Er setzt nur noch hinzu: «Als ich vor einem Jahr hochgegangen bin, da hatte ich ein Wahnsinnsmädchen als Freundin, eine totale Lady. Du hättest mich nie betrogen, das weiß ich, du hast dich immer selbst geachtet, du bist nie unter dein Niveau gegangen. Ich war stolz auf dich, wenn ich irgendwann eine Schnepfe auf der Straße gesehen habe, dachte ich an dich und war saustolz. Aber jetzt sieh dich an, sieh dich an, wie du dich anziehst, wie du dich bewegst ... Und von wem lässt du dich dort alles umlegen? Steigen sie zu mehreren über dich drüber? Findest du's geil, wenn sie dich ficken? Geiler als wenn's ich bin? Nehmen sie dich wenigstens so, wie du's gern hast? Ich respektiere dich zu sehr, aber du respektierst dich überhaupt nicht mehr. So eine Geschichte kann nicht funktionieren.»

Sie hat keine Zeit zu protestieren, er hat schon seine Jacke übergezogen und ist an der Tür. Er dreht sich zu ihr um, streicht ihr über die Wange: «Du, ich habe dich so sehr geliebt. Aber jetzt kotzt du mich an.»

Sie hört sich kreischen, fällt auf die Knie, verfällt in Zuckungen. Sie sieht zum allerletzten Mal seine Augen, die sich auf sie richten, liest nur Verachtung in ihnen, immerhin mit einer Prise

Mitleid. Er schlägt die Tür hinter sich zu, sie liegt auf dem Rücken, sie stampft mit den Füßen und windet sich und flucht und brüllt wie eine Wahnsinnige. Sie fragt sich selbst, was sie da eigentlich für eine Show abzieht.

Sie schreckt ohne Grund aus tiefstem Schlaf hoch, vor Tagesanbruch, das Kissen neben ihr leer, sie braucht mehrere Sekunden, bis ihr der Vorabend wieder einfällt.

Keinen Schimmer, woher sie diese unglaubliche Fähigkeit hat, Schmerz zu empfinden, es zerreißt sie überall. Wahrscheinlich hat sie auch nicht mehr als jeder andere davon, aber diese Schmerzen finden nun mal in ihr statt.

Grimassen, Fratzen schnellen aus den Tiefen der Seele hoch, Lügen, ätzende Gifte. Sie sieht sich in dem großen Büro ihre Spielchen spielen und diese Sachen tun, unmöglich, dass er sie wegen so was verlässt. Genauso undenkbar, dass er glauben kann, sie hätte sich verändert, nur wegen ein bisschen Lippenstift und ein paar zu tief ausgeschnittenen Kleidern. Alles Missverständnisse, er kommt wieder. Sie kann ihn gar nicht verlieren, das macht keinen Sinn, und kein anderes Mädchen, nirgendwo, kann mit ihm zusammen sein so wie sie, die dafür gemacht ist und für nichts anderes, alles Missverständnisse, er kommt wieder.

Sie weiß sehr gut, dass er nicht wiederkommt. Sie will es nicht wissen. Unten auf der Straße schreien Betrunkene sich an, andere versuchen sie zu beruhigen.

Dieser Blick, den er drauf hatte, vorhin, als er fort ist. Und sie lag auf dem Boden und hat rumgezappelt und sich benommen wie eine Bescheuerte. Dabei weiß sie ganz genau, wie widerlich er so was findet.

Sie hat so etwas vorher nie getan.

Das sind Claudines Spielchen, diese hysterischen Ausbrüche, wenn ihr irgendeine Kleinigkeit quer kommt, und Pauline sah ihr dabei angeekelt und ärgerlich zu.

Hat sie denn ähnliche Schmerzen empfunden wie sie vorhin, als …? Hat sie sich genauso machtlos gefühlt, hat sie auch so miterlebt, wie sie in tausend Scherben zersprang und nicht mehr gewusst, was sie machen sollte und derart Angst gehabt, dass sie sich rumwälzen musste wie eine Blöde?

Ihre einzige Schwester. Ob es sie genauso erschreckte und faszinierte, in den Armen der Männer zu liegen und zu sehen, wie sie ausflippten, nur weil sie sich auszog, ob es sie genauso erschreckte und faszinierte, sich von ihrer mächtigen und erniedrigenden Lust mit fortreißen zu lassen?

Ihre einzige Schwester. Erwachte auch sie so, in diesem Bett, vor Tagesanbruch? Der ganze Schrank ist voll Schlafmittel, sie stehen neben den Parfumflacons.

Pauline steht auf und wirft zwei Pillen ein. Dann wartet sie, liegt da, ohnmächtig, erschlagen, Übelkeit im Hals. Da ist der Blick des geliebten Mannes, dem man wehtut, indem man sich so gehen lässt, so tief sinkt. Und dieses Auge folgt ihr überallhin und sieht voller Trauer, was es sieht. Das tut weh bis auf die Knochen, wenn man nicht diejenige ist, die du brauchst.

W i n t e r Die Visagistin ist wortkarg. Sie ist sauer auf Kollegen, die nichts auf die Reihe kriegen und irgendwo wegtauchen, anstatt zu arbeiten. Heb den Kopf so an, dreh den Kopf so rum, schau nach oben, jetzt mach die Augen zu. Sie hat geseufzt, als Pauline sich hinsetzte: «O je, das wird dauern, Ihnen einen Teint zu verpassen.»

Sie sind zu fünft, alle zur gleichen Zeit, alle vor einem Spiegel aufgereiht. Das Mädchen vom Wetterbericht spinnt ab und zu rum. Groß in Form.

Die Friseuse. «Was soll ich Ihnen machen?» Nur das Haar glätten. Sie empfiehlt ihr Mandelöl auf die Spitzen, das tut gut.

Pauline hört Martin Arschloch vom anderen Ende des Korridors her, dann erscheint er und kreischt: «Darling! Du bist ja wunderschön!»

Die erste Single hat sich 200 000-mal verkauft. In weniger als zwei Monaten. Er kann es nicht fassen. Aber es hat ihn sehr liebenswürdig werden lassen und sogar recht respektvoll. Wenn man sie angreift, verteidigt er sie: «Gewiss, sie hat sich den Vertrag ervögelt. Aber wenn du glaubst, dass ein Blasemund genügt, um so einen Blockbuster hinzulegen wie sie ...» Alles in diesem schwuchteligen Ton.

Er knetet ihre Schulter, fragt sie, ob alles o. k. ist. Jetzt lächelt sie immer. Es wird richtiggehend zum Reflex. Sobald sie irgendeinen Laut hört: Lächeln.

Loge. Blumen, Spirituosen, Pralinen. Martin hat die Pressefrau mitgebracht. Dieselbe, die gesagt hatte: «Soll ich sie an die Kindergärten schicken, die Single vom muffigen Fräulein? Weil, um die Scheiße von der an den Mann zu bringen, muss man sie von klein auf trainieren.»

200 000 in deine blöde Fresse, du Fotze. Das ist immerhin eine Sprache, die sie alle verstehen.

Sie ist zur Aufnahme der zweiten Single gekommen. Der Typ von der Redaktion ist in Ordnung, nettes Gesicht. Er sagt, sie sei ein «good girl». Er kommt nur zum Nachsehen: «Alles in Ordnung, brauchst du noch irgendwas?»

Sie sagt: «Ich erinnere mich nicht mehr, wo die Toilette ist.»

Er bringt sie hin. Eine Linie auf der Klobrille. Sie versucht, möglichst nicht zu laut zu schnupfen.

Die Bühne wird hell, sie zieht ihre Show ab. Sie versteht sich nicht gut mit dem Toningenieur, dem Typ, der Nicolas vertritt. Er zieht ein Gesicht, mit ihr arbeiten zu müssen, weil seine Kumpel sich über ihn lustig machen: «Machst du jetzt die Schlagerparade für Säuglinge?» Aber gegen die Kohle hat er nichts. Allerdings vertauscht er ab und zu die Bänder, ohne es ihr zu sagen, um zu sehen, wie sie damit zurechtkommt. Pech gehabt, Locke, du kannst das ganze Stück vertauschen, ich winde mich doch jedes Mal raus. Problemlos präsentiert sie ab der zweiten Strophe Zornestränen und stößt einen markerschütternden Schrei aus. Für den braucht sie sich nicht zu überwinden.

In der Loge beglückwünscht sie jeder. Sie sammelt die Blumen ein und lehnt Martins Einladung ab: «Gehn wir alle zusammen noch einen trinken?» Aber klar, um alle Leute durchzuhecheln und zu erzählen, wer fett geworden ist, wer wie viel verkauft, wer fürchterlich alt aussieht und wer wo unterschrieben hat.

Limousine, die sie nach Hause bringt. Der Chauffeur ist ein alter Herr mit spanischem Akzent. Er erzählt, wie er vor fünfzehn Jahren seine Frau verlassen hat, Kurzschlusshandlung, für eine Jüngere. Und wie sehr er es bedauert hat. «Nach sechs Monaten schon. Da hab ich kapiert, was ich für eine Dummheit gemacht habe.» Aber da hatte sie bereits einen andern. Und seitdem wartet er auf sie. «Meine Kinder sagen mir, ich bin verrückt. Aber ich weiß, sie und keine andere.»

Das große Problem mit dem Koks sind die Schmerzen, wenn die Wirkung nachlässt. Sie könnte heulen. Sie fragt: «Und glauben Sie, dass sie zurückkommt?» Er ist sich ganz sicher. «Ich warte auf sie. Ich hab ein bisschen was auf die Seite gelegt, wir könnten in Ruhe zusammen alt werden.»

Später, bei ihr, die Litanei der Nachrichten, die sich auf dem Anrufbeantworter stauen. Pressejournalisten, Fernsehjournalisten, und alle möglichen andern, die alles Mögliche wissen wollen. Sie hört alle ab und fragt sich, ob Sébastien sich melden wird. Er ist nach Hause zurückgegangen und lebt da jetzt mit einem Mädchen, das sie gut kennt, das sie gut leiden kann. Wie schnell das gegangen ist. Nur eine Frage des Handlings.

Big Boss hat Gratulationen hinterlassen, von «mein kleines Herz» über «und ich weiß, dass das erst der Anfang ist für dich» bis zu «ich bin ungeheuer gerührt».

Am Tag nach Sébastiens Aufbruch hatte sie Big Boss angerufen. «Können wir uns sehen?» – «Jaja, natürlich, du kommst, wann immer du willst.»

Sie betrat das Büro und sagte: «Ich bin nur gekommen, um Ihnen mitzuteilen, dass ich diese Platte nicht machen kann.»

Er dachte zuerst, sie hätte Lampenfieber, es waren drei Tage, bevor sie ins Studio sollte. Er nahm die Sache leicht und tätschelte ihr die Schulter: «Angst vor dem großen Sprung, hm? Jetzt, wo du da oben stehst, würdest du gerne wieder runtersteigen ... Alles halb so wild. Ich glaube an dich. Wenn es losgeht, wirst du da sein, und du wirst großartig sein. Du bist dafür geboren, ich täusch mich da nie.»

Sie schüttelte den Kopf, unfähig, ein Wort rauszubringen, und ziemlich durch den Wind. Dann fing sie an zu weinen, er ist zu ihr gekommen, sie hat ihn mit beiden Händen weggestoßen. «Du Drecksau fasst mich nicht mehr an! Hast du gehört? Ich hab keine Lust mehr auf deine Scheißplatte und deine dreckigen Spielchen!»

Da veränderte sich sein Benehmen. Er wartete, bis sie sich beruhigte, sagte seine Termine ab und rief seine Frau an, er käme später nach Hause. Sie blieben in seinem Büro, bis alle anderen gegangen waren. Die ersten Stunden konnte sie nicht reden, sie wollte fort, aber erst, wenn sie nicht mehr weinen würde, um nicht in Tränen aufgelöst an den andern vorbeizugehen und zu hören, wie sie sich über sie lustig machten. Die andern, das war eine Obsession, innerlich wiederholte sie die ganze Zeit: «Die werden zufrieden sein, wenn sie erfahren, dass ich auf die Schnauze gefallen bin.»

Big Boss ließ sie all ihr verworrenes Zeug kreuz und quer

durcheinander erzählen. Sie sagte: «Er ist wegen dieser Platte weggegangen. Deshalb will ich sie nicht mehr machen. Ich will keine schlechte Frau sein, können Sie das verstehen?»

Und während sie ihr Herz ausschüttete, bedauerte sie bereits, es in seiner Gegenwart zu tun, obwohl sie ihn ja deswegen aufgesucht hatte. Da wurde sie noch wütender auf sich selbst: «Sie hat mir ihre ganze Verdorbenheit vererbt. Ich bin sicher, dass ich vorher nicht so war. Sie hat mich mit ihrem ganzen Chaos beladen, aber ich bin nicht sie, ich will das nicht.»

Er hat schließlich alles von alleine verstanden. Er sagte: «Ich wusste nicht, dass du einen festen Freund hast», sie erwiderte: «Das geht Sie nichts an.»

Schließlich setzte er sich neben sie und hob, bevor er näher rückte, die Hand: «Keine Angst, ich will dich nicht anfassen, ich wusste ja nicht, dass du schon vergeben warst.» Und plötzlich hörte er sich eher so an, als redete er mit seiner Tochter. Er entschuldigte sich, diesmal ziemlich kleinlaut. «Ich glaube, ich hab mich in dir getäuscht, Claudine. Weißt du, es ist schwierig, sich ein Bild von jemand zu machen, der nichts von dem rausrückt, was in ihm vorgeht. Ich bin froh, dass du heute Abend zu mir gekommen bist.»

Danach hat er den Whisky rausgeholt und mit ihr angestoßen. «Auf die Platte, die genial werden wird. Und dein Freund wird schon wiederkommen, man lässt eine Frau wie dich nicht sitzen. Auf alles, was noch kommt und großartig sein wird.»

Er hat sie nie wieder in sein Büro kommen lassen oder irgendetwas Zweideutiges gesagt oder getan. Er hat die Aufnahme und die Vermarktung persönlich überwacht und sich besonders für sie eingesetzt, um ihr zu zeigen, aus welchem Holz er geschnitzt ist. Und dass man sich auf ihn verlassen kann.

Sie ist zu Hause. Nicht müde. Sie versucht, ihren Dealer zu erreichen, aber seine Mailbox ist immer voll. Es ist eigentlich eher, um ihn zu treffen, er ist der Einzige, den sie derzeit leiden kann. Er ist immer gut drauf, er erzählt von seinen verrückten Trips und Deals. Wenn er nicht gerade mit Monatskarten handelt, dann mit geschmuggelten Zigaretten oder Hermès-Schals aus den unmöglichsten Ländern. «Ich bin durch die Mautstelle durch, da seh ich die Zollfahnder und krieg einen Herzkasper. Da hab ich mir gesagt: Jetzt bist du geliefert.» Aber er ist jedes Mal irgendwie durchgekommen.

Sie schaltet den Fernseher nicht mehr an, denn da sieht sie sich selbst zu oft. Unmöglich, sich an seine eigene blöde Fresse zu gewöhnen. Man verkauft diesen ganzen Mist nicht ungestraft. Sie ist von sich selbst umzingelt. Sie hat noch nie so wenig existiert, sie hat überhaupt kein Leben mehr, gar nichts. Aber überall Bilder von ihr. Es fallen harte Worte gegen sie, sie ist die Zicke, die jedermann gerne hasst.

Sie dreht sich einen dicken Joint, um sich abzustumpfen, wie jeden Abend jetzt. Fühlt sich nicht wohl genug, um zu ertragen, dass sie einfach nur rumsitzt und nichts tut.

«Claudine, antworte, es ist wichtig.»

Mitten in der Nacht. In ihrem Traum kam das Wasser durch

die Decke, der Putz in ihrer Wohnung ging plackenweise ab, und die Decke bekam Risse. Sie braucht eine Weile, um einen klaren Kopf zu bekommen und dann zu verstehen. Es ist Big Boss, der auf den Anrufbeantworter spricht. Sie rührt sich nicht. Wird sie denn nie in Ruhe schlafen können. Er ist hartnäckig.

«Komm ans Telefon, bitte.»

Sie fühlt sich bleischwer beim Aufstehen, alles in ihr will schlafen, sich ausstrecken und nichts hören. Der Anrufbeantworter hat sich abgeschaltet, er hat zu lange draufgesprochen. Sie schaut auf den Wecker, es ist halb sieben. Er steht jeden Morgen um diese Zeit auf, um genügend Zeit für seine Gymnastik zu haben. So ein alter Körper will gepflegt werden. Es klingelt schon wieder, sie hebt ab. Er ist extrem verärgert: «Das hättest du mir sagen müssen, dass du dich auf so was eingelassen hast. Wir hätten noch was unternehmen können ...»

«Langsam, langsam bitte. Dass ich mich auf was eingelassen habe?»

«Kannst du's dir nicht denken? Um Kassetten geht es ... Die haben einen Riesenartikel daraus gemacht. Morgen wird ganz Paris von nichts anderem reden.»

«Ich weiß immer noch nicht ...»

Sie könnte im Stehen einschlafen. Das ist nicht der Moment für Ratespielchen.

«Dein Pornofilm, mein Häschen ... Das musste früher oder später ja hochkommen, das hättest du doch wissen können. Warum hast du mir nichts davon erzählt? Ein großes Unternehmen hat ihn aufgekauft und wird eine Wahnsinns-Promotion dafür abziehen, das wird uns sehr, sehr, sehr wehtun ...»

«Mein Pornofilm.»

«Jetzt sagst du mir gleich, dass du dich nicht erinnern kannst.»

«Doch, doch, doch. Natürlich. So was vergisst man ja nicht.»

«Hast du ein Exemplar zu Hause?»

«Äh ... nein. So was heb ich nicht auf.»

«Ich werd ihn mir kommen lassen. Wir treffen uns dann nachher, um eins, o. k.? Wir müssen mal sehen, was wir daran drehen können. Ich sag dem Anwalt Bescheid, er wird dann auch da sein ... Und dann werde ich ...»

«Kannst du mir auch ein Exemplar per Boten schicken lassen? Damit ich mir die Erinnerung ein bisschen auffrische.»

Als sie aufgelegt hat, muss sie lachen. Ein leicht nervöses Gekicher, etwas fehl am Platze. Andererseits ist es wirklich zu komisch.

Sie legt sich wieder hin. Und träumt sogar ihren Traum weiter, den mit dem Wassereinbruch. Der Boden ist abgesackt, die Wohnung ist kurz vor dem Einsturz, und der Hausverwalter weigert sich, Reparaturen durchzuführen.

Der Titel ist *Meine heiße Muschi*. Und die ist auch auf dem Cover zu sehen. In Großaufnahme, in großer Großaufnahme. Claudines Kopf ist weiter im Hintergrund, sie lutscht einen Typen.

Als die Kassette eintrifft, ist Pauline schon wacher. Sie zögert, sie abzuspielen.

Es geht los mit Claudine zu Hause. In ihrer eigenen Wohnung, da wo Pauline sich jetzt befindet.

Sie sitzt, nacktärschig, nur mit einem T-Shirt bekleidet, sehr ernst vor ihrem Minitel und schreibt eine Telefonnummer auf, schaltet das Gerät dann aus. Dann ruft sie jemanden an. «Na du geile Sau, wirst du mir's anständig besorgen?» Sie rückt ihre Adresse und ihren Türcode heraus, sagt dann, sie erwarte ihn und sie würden viel Spaß miteinander haben.

Danach sieht man, wie sie sich vorbereitet. Sie duscht, dann zieht sie Strapse an. Alles ist in ihrer Wohnung gefilmt. Man sieht sie vor dem Spiegel, wie sie Reizwäsche anprobiert. Dann, wie sie sich schminkt und parfümiert. Kaum ist sie fertig, klingelt es. Sie öffnet dem Typen, der sofort beginnt, sie anzugrabbeln: «Ich bin ja auf eine heiße Nummer gestoßen.»

Er hat eine Flasche Whisky mitgebracht, er will, dass sie ihm auf allen vieren serviert, währenddessen streichelt er ihr zufrieden den Arsch: «Du hast kein Höschen an, genau wie ich gesagt habe, das ist gut so, deine Muschi ist ganz weich, du bist ja schon nass, du Schlampe.» Dann will er, dass sie ihm einen bläst, aber ohne die Hände. Sehr wichtig: ohne die Hände. Während sie zugange ist, klingelt sein Handy, er antwortet. Er erklärt: «Ich bin gerade dabei, mir einen blasen zu lassen. Warte, einen Augenblick eben.» Und zu Claudine gewandt: «Jetzt leck mir ein bisschen die Eier.» Dann wieder zu seinem Kumpel: «Willst du nicht auf einen Sprung rüberkommen. Die kleine Nutte hier macht's auch gern mit zweien.»

Pauline sitzt vor dem Fernseher. Sie hat keine große Meinung dazu parat. Selbst wenn sie versucht, in Panik zu geraten, und denkt: «Jedermann wird das sehen und glauben, ich bin's», sagt sie sich: «Und wenn schon, wo ist denn das Verbrechen?» Umso mehr, als die Schwester mit Schwung zur Sache geht.

Sie lässt die Bilder vorbeirauschen. Anders als man erwarten könnte, erinnert das Ganze sie an Kinderspiele, blödsinnige Erinnerungen, die ihr zuvor nie in den Sinn gekommen und trotzdem ganz deutlich geblieben sind.

Claudine war im Turnen wahnsinnig gut. Auf dem Schwebebalken und dem Stufenbarren kriegte sie wahre Kunststückchen hin. Als sie noch klein waren. Im Turnunterricht trugen sie die kanariengelben Schul-T-Shirts. Und ihre Schwester war wie eine Fee, sie machte sehr komplizierte Übungen, und die anderen Mädchen sahen ihr zu. Sie trug immer Haarspangen. Die Mutter wollte nicht, dass sie ihr Haar lang trugen, das kostete zu viel Mühe. Ihre Schwester heulte jedes Mal, wenn sie einmal im Monat zum Friseur gebracht wurden. Und trug die Haarspangen aus reiner Sturheit. Wenn sie auf den Schwebebalken stieg, hielt sie sich instinktiv gerade wie eine große Sportlerin, dabei hatte sie damals noch einen Kinderkörper, eine flache Brust und kurze Beinchen. Aber sie zog eine Show ab wie eine Große. Und sie konnte sich's leisten, plötzlich sprang sie ab, drehte sich durch die Luft, Salto rückwärts, und kam in perfekter Haltung auf den Füßen auf, so leicht, als hätte sie bloß eine kleine Melodie gepfiffen.

Der Kumpel von dem Telefongespräch ist jetzt da, alle drei im Schlafzimmer. Wie es so schön heißt, ficken sie sie in alle Löcher. Sie ist umwerfend, wenn sie einen Orgasmus hat. Auch wenn die Worte der Typen widerlich sind, auch wenn sie sie ungeschickt vögeln und hässliche Fressen haben. Wenn sie einen Orgasmus hat, und es ist schwer zu glauben, dass sie nur simuliert, dann ist sie superschön. Ihr Gesicht leuchtet, wirkt entspannt, ihr Blick geht ins Leere, ihr Mund ist zu einer Art Lächeln verzogen, es sei denn, sie ist kurz vorm Weinen. Augenblicksweise ist die Einstellung auf sie sogar gut, und sie wirkt, als hätte sie ein Stück vom Glück erhascht.

Als sie klein waren, besaßen sie einen Hund. Sobald sie allein waren, schloss Claudine ihn in einem Zimmer ein. Dann wartete sie hinter der Tür, dass er jaulte, damit man ihm öffnete. Da geriet sie in Wut und schlug auf ihn ein, verprügelte ihn so, dass er vor Schmerz heulte. Schloss dann wieder die Tür und drohte ihm, falls er einen Laut von sich geben würde. Der völlig verängstigte Welpe muckste nicht mehr. Da ging sie ihn trösten, nahm ihn in den Arm, er zitterte am ganzen Leib, küsste ihn ab und nannte ihn «Mein armer Liebling».

Sie bestrafte auch alle ihre Puppen. Waren sie böse gewesen, riss sie ihnen einen Arm aus und beschimpfte sie: «Da siehst du, was man mit einem Mädchen wie dir macht. Du willst wohl immer noch nicht gehorchen, hm?» Dann riss sie ihnen ein Bein aus: «Wirst du jetzt wohl hören, oder muss ich noch deutlicher werden?»

Danach fährt sie mit den beiden Typen im Auto davon. Pauline hat nicht mitgekriegt, ob sie gesagt haben, wohin sie wollen. Sie sieht klasse aus in dem schwarzen Kostüm, auch wenn sie nichts drunter hat. Sie kommen in einem Club an. Ein Haufen Mädchen unter zwanzig tanzen, nackt unter reichlich kurzen Kleidern. Claudine begibt sich auf die Piste und schwenkt tapfer den Hintern. Das kann sie nicht gut. Sie hat nicht das geringste Rhythmusgefühl.

Sobald sie ins Feten-Alter kamen, tanzte ihre Schwester nur noch eng. Sie hatte ziemlich schnell mit allem aufgehört, was nicht direkt darum ging, die Jungs rumzukriegen. Lesen, Freundinnen haben, Sport treiben, nichts mehr. Nur noch Gefallen. Und das gelang ihr so gut, dass es Zeitverschwendung gewesen wäre, sich für anderes zu interessieren.

Ein paar von den Jungs kamen nicht darüber hinweg. Schrieben ihr unglaubliche Briefe, zum Teil Jahre nachdem sie sich hatte umwerben lassen. Sie schaute auf die Umschläge, erkannte die Schrift wieder und warf sie direkt weg. Angenervt. «Was hat der Typ denn bloß, mir so auf der Pelle zu hängen?»

In ihrer Kleinstadt war sie die Hauptattraktion.

Immer noch auf der Tanzfläche. Jetzt fängt sie an, mit einem Mädchen rumzumachen, zappelt sehr dicht vor ihr rum, reibt sich mit ihren Brüsten an denen der andern. Es ist die feurige Rothaarige. Pauline erkennt sie sofort wieder und versucht, sich an ihren Namen zu erinnern: Claire. Die immer ihre Hand auf ihre legte und ihre Meinung zu allem und jedem wissen wollte.

Sie legen los, mitten unter all den andern Leuten, die einen Kreis um sie bilden, und alle grabbeln sie sich an. Vor allem sind es Männer, ein Haufen Männer.

Claudine hatte nie eine Freundin. Sie misstraute den anderen Mädchen, umgekehrt war es noch schlimmer. Sie sagte, sie könne sie nicht leiden: «Alles fiese Ziegen.» Sie vertrug nicht, wenn eine andere ebenso hübsch war wie sie. Mit Ausnahme berühmter Schauspielerinnen, im besten Fall toter. Man hätte glauben können, die anderen löschten Claudine aus, sie wollte glauben, sie wäre die einzige Frau auf Erden. Die einzige, die fähig wär, in Männern diese Leidenschaft hervorzurufen.

Ein paar Minuten lang hat das Ganze nichts Pornographisches, sie küssen und berühren einander, streicheln sich und sagen sich Sachen, die man nicht hören kann und über die sie lachen. Sie beißen sich ein bisschen und schauen sich dabei mit glänzenden Augen an. Dann ziehen sie sich aus und stecken sich gegenseitig die Finger rein, beide fahren ungeheuer auf die Brüste der andern ab.

Das Mädchen muss sie neulich ziemlich kühl gefunden haben, angesichts ihrer gemeinsamen Erfahrungen. Sie ist noch schöner als in Wirklichkeit, ihr Körper kommt auf dem Bildschirm toll rüber. Weiß und hoch gewachsen. Eine Hexe. Auch sie ist schön beim Orgasmus, es hat sogar was Bewegendes zu sehen, wie sie einander anschauen und sich mit den Fingern befriedigen und sich berühren und einander dabei nie aus den Augen verlieren.

Was sie sich wohl gedacht hat, während sie das machte. Währenddessen und kurz vorher und kurz danach auch. Ob sie sich hinterher angesehen hat? War sie stolz darauf? Ob jemand ihr gesagt hat, dass sie schön sei, schön wie nie, wenn sie sich so gehen ließ?

Ob sie sich wohl erinnerte, wie sehr die Sache sie faszinierte, als sie ein kleines Mädchen war? «Man darf nie mit einem Jungen schlafen, der nicht um deine Hand angehalten hat. Sonst hat er keinen Respekt mehr vor dir. Selbst wenn du ganz doll Lust hast. Er muss warten, bis er dich geheiratet hat. Sonst will dich keiner mehr haben.» Aber das war, bevor sie selbst damit anfing. Ihre Ansichten entwickelten sich rasch. «Wenn du einen Typen halten willst, musst du ihm sagen, dass er einen dicken Schwanz hat und dir bessere Orgasmen macht als alle andern. Man muss ihm in die Ohren schreien, ohne sich zu genieren. Selbst wenn du dich zu Tode langweilst. Man muss schreien und nochmal schreien, dann ist er hinterher zahm wie ein Hündchen.»

Im Film ist sie inzwischen auf allen vieren, die Sache wird ernst. Sie hat sich mit ihrer rothaarigen Freundin vorgenommen, allen Männern, einem nach dem andern, einen zu blasen. Sie stehen Schlange und warten geduldig, bis sie dran sind. Pauline versucht sie zu zählen, aber sie füllen den ganzen Bildschirm aus und dahinter warten noch mehr. Und die beiden lutschen und lutschen, alles mit weit gespreizten Beinen, damit der Kamera nichts entgeht.

Sie verliebte sich nie. Sie trieb eher Handel: Was gibst du mir für mich, und nie schaffte es einer, sie festzuhalten. Außer vielleicht Sébastien. Was konnte sie dabei gewinnen, dass er vorbeikam und es mit ihr trieb, wenn sie hinterher nicht mal versuchte, ihre Zwillingsschwester damit zu verletzen. Pauline hat beim Durchsuchen des Schranks kurze Notizen gefunden, einen Haufen kurzer Texte. Über jemanden, auf den sie jeden Tag wartet, aber der nur selten kommt, und sie lehnt sich aus dem Fenster und hält nach ihm Ausschau. Und wenn er kommt, schämt er sich, und sie kann ihm nie sagen: «Bleib bei mir, ich brauche dich.» Auf einem Zettel erzählt sie, wie er sie fragt, ob sie sich trauen würde, ganz bei ihm zu bleiben, und sie antwortet «keine Ahnung», und er sagt: «Aber ich schon. Und ich könnte nicht mit dir zusammen sein. Du würdest mich mit irgendwelchen Nuttentricks reinreißen, das weiß ich.» Und sie schreibt, dass er wahrscheinlich Recht hat.

So hatten sie einander gegenübergestanden, jede schaute auf das, was die andere hatte und was ihr selbst so fürchterlich abging.

Mittlerweile entwickelt sich das Ganze zu einem echten Marathon. Erbarmungswürdiger Zustand. Sie trieft vor Schweiß und Sperma, aber wie lange ist sie jetzt auch schon dabei, zu blasen und zu reiben und zu blasen und zu reiben? Auch die Rothaarige macht immer noch weiter. Sie wirken total erschlagen, alle beide, aber sie halten sich wacker und versuchen, immer noch munter zur Sache zu gehen. Aber sie sind völlig ausgepumpt, es ist schon beinahe komisch. Und die Macker stehen immer noch Schlange, stecken die Schwänze in ihren Mund, die meisten sind halb schlaff, aber das hindert sie nicht daran, sie trotzdem reinzustecken.

Das hört gar nicht mehr auf. Pauline spult bis zum Schluss vor. Am Ende liegen beide auf dem Tresen, und die Jungs übergießen sie mit Champagner. Dann Dusche, beide eng umarmt, sie grüßen ein bisschen mit der Hand, wie Königinnen bei der Parade.

Pauline steht auf, sieht auf die Uhr, sie ist knapp dran für ihre Verabredung. Sie überlegt, was sie alles tun muss, um ausgehen zu können. Hoffentlich hat sie saubere Strümpfe, und hoffentlich hat sie Schuhe, deren Absätze nicht abgebrochen sind, und was soll sie heute anziehen, und außerdem hätte sie längst ein Peeling machen müssen, bloß hat sie keine Zeit, dann muss sie die Haare waschen, die sind stumpf, und sich ordentlich schminken, denn sie hat solche Ringe unter den Augen. Sie fängt an rumzurödeln wie eine Wahnsinnige, um sich ausgehfertig zu machen, ohne gleich so gestresst zu wirken.

Bei alledem ist ihr Nicolas in den Sinn gekommen. Das hat sie dieser Tage öfter, dass sie Lust hätte, ihn hier zu haben. Vor dem Videofilm so eine vage Erregung: Sie hätte ihn gerne dagehabt und es mit ihm zusammen nachgespielt.

Sie setzt sich hin. Wohin hat sie eigentlich die Hose verlegt, die sie bei ihrer Ankunft trug, und den unförmigen Pullover, der dazugehört?

Big Boss zieht eine Riesenshow ab, man könnte meinen, sie hätte ihn betrogen. Er fragt: «Aber was sollen wir jetzt machen?»

«Schwer, so was zu dementieren.»

«Und was schlägst du vor?»

«Dazu stehen.»

Auch Martin trägt beinahe Trauer. Man hat ihm sein Spielzeug kaputtgemacht. Die Pressefrau ist konsterniert: «Ganz übel fürs Image ist das, ganz, ganz übel.»

«Ihr seid nicht auf der Höhe, Leute. Heutzutage macht doch jeder so was, man muss das mal von der Seite sehen.»

«Du findest das alles auch noch witzig?»

Gewissermaßen. Jedenfalls können sie sich ihr Image von der

unverdorbenen, dynamischen Sängerin jetzt in den Arsch schieben.

Martin erklärt verzweifelt: «Wir müssen den Gig im Élysée canceln.»

«Du hast sie wohl nicht mehr alle!»

Sie nimmt ihre Sachen und steht auf: «Wo ist das Problem? Das ist doch eine Bomben-Werbung!»

Big Boss ist wirklich sauer. Sie könnte wetten, was ihn am meisten stört, ist, dass er sie so nie erleben durfte, so wie Claudine auf dem Video. Trotz allem, was er versucht hat, hat er ihr nie einen derartigen Orgasmus verschafft.

Die Tante vom Zeitungskiosk bei Nicolas um die Ecke weiß, dass er Claudine gut kannte, also winkt sie ihn heran, wenn ein Artikel über sie erschienen ist. Die ersten Male hat's ihm die Eingeweide umgedreht, sie in der Presse zu sehen. Eine Negativexplosion von Sehnsucht. Zu wissen und sehen zu können, dass sie irgendwo noch immer existiert, aber außerhalb seiner Reich- und Sichtweite.

Mit der Zeit hat er sich dran gewöhnt und liest die Artikel aufmerksam. Er macht sich ein Spiel draus, die Fotos einzuordnen: Pauline oder doch Claudine? Sie hat offenbar welche gefunden, die der Toten gehörten und sie den Fotografen weitergegeben. Er weiß immer, welche von beiden es ist.

Er war nicht gerade erstaunt, sie auf den Titelseiten wieder zu sehen. Jedenfalls hat es ihn wesentlich weniger beeindruckt als die Zeitungsfrau, für die er binnen weniger Wochen zum Helden geworden ist, weil er «die Sängerin kennt».

Heute gibt sie ihm derart wilde Zeichen, dass irgendwas passiert sein muss. Sie ist ganz verzweifelt, «wegen Ihrer Freundin», und hält ihm einen Stapel Zeitungen hin. Er blättert und versteht. Claudines Video. Ab einem gewissen Moment war das zu einer fixen Idee geworden: Pornos drehen. «Ist der direkteste Weg in das ganze Business.» Aber nach dem ersten Film hatte sie alle folgenden Termine geschwänzt und nie wieder darüber gesprochen.

Er hat die Kassette bei einem Kumpel angeschaut: Nicht mal die Spur einer beginnenden Erektion. So keusch war das zwischen ihnen beiden gewesen. Es ist sogar genau das, woran er auf den Fotos Claudine von Pauline unterscheiden kann: Ob er einen Ständer bekommt oder nicht.

Die Zeitungsfrau fühlt von ganzem Herzen mit ihm:

«Also, wenn das keine Schweinerei ist, den alten Kram hinter dem Ofen hervorholen, um ihr am Zeug zu flicken ... Jeder weiß doch, wie sehr ihr das Wasser bis zum Hals stehen musste, damit sie so was machen konnte ...»

Aber es ist ihr anzusehen, wie enttäuscht sie trotzdem ist.

«Gehst du hinterher auf die Party?»

«Ja, ich glaub schon, dass ich mal kurz vorbeischaue.»

Er hat eine Einladung für das Konzert bekommen. Es ist ihr erstes Lebenszeichen seit dem Abend auf der Place d'Italie. Der Saal ist rappelvoll, hauptsächlich junge Mädchen mit Piercings am ganzen Körper.

Seit der Geschichte mit dem Video ist Pauline auf dem besten Weg, ein Skandal-Idol zu werden. Sie steuert ihr Schiff ziemlich geschickt durch diese Wellen.

Als er verstanden hatte, dass sie sich weigerte, ihn weiterhin zu sehen, platzte eine Wolke, auf der er lange getrieben war, und er fiel runter wie der letzte Trottel. Es wurde schnell unerträglich, sobald er irgendwo ein Mädchen sah, verglich er es mit Pauline-Claudine und ermaß die ganze Absurdität eines Lebens ohne sie.

Er fühlte Sachen, von denen er immer geglaubt hatte, sie wären nur was für die andern. Dieser Hunger nach jemandem, der für nichts anderes Raum lässt.

Und die wahnhafte Lust aufs Ficken. Die steigerte sich noch, nachdem sie es getan hatten. Für ihn roch sie ganz unmissverständlich nach Sex.

Licht geht aus, das übliche Geschrei in den vordersten Reihen, die Intro. Auf der großen, hinter der Bühne gespannten Leinwand fängt ein Film an zu laufen. Er erkennt auf der Stelle Claudine, die auf einem Minitel herumtippt.

Pauline wartet mit ihrem Auftritt bis zur Fellationsszene.

Sie hat die gleichen Klamotten an wie am Tag ihrer Ankunft. Aber auf der Bühne wirkt sie weniger schüchtern.

Applaudierendes Gepfeife aus dem Publikum, die Mädels scheinen's zu mögen.

Und dann geht es los. Er ist gerührt, als er ihre Stimme hört, und erträgt es nicht, immer noch so weit fort von ihr zu sein.

«Sie zieht schon 'ne ziemliche Show ab, hä?»

«Angeblich hält sie sich ja für eine Künstlerin. Sie macht ihnen ziemlich zu schaffen.»

«Wenn sie wenigstens singen könnte.»

«Hauptsache, sie inspiriert nicht auch noch 'ne Mode … Hast du gesehen, was die auf dem Leib hatte?»

Die meisten Anwesenden reden von was anderem als von dem Konzert. Aber Nicolas' Nachbarn sind voll in ihrer Diskussion drin. Er steht am Tresen, aber er hat schlecht kalkuliert, da wo er ist, kommt nie ein Kellner vorbei.

Als sie eintrifft, schlägt es hoch wie eine Woge. «Da ist sie», «Da ist sie», Köpfe drehen sich um, einer sagt es dem andern weiter. Eigentlich ist es allen ganz egal, aber es ist nun mal ihre Party, und sie ist häufig im Fernsehen zu sehen, also will man auch mitbekommen, wie sie in echt wirkt.

Sie hält die Rothaarige aus dem Film um die Taille gefasst, beide leuchten sie. Offensichtlich haben sie alle zwei was eingeworfen, ihre Arroganz ist ein bisschen zu fiebrig.

Leute umschwirren sie, Komplimente prasseln, sie lächelt alle an, nickt, schüttelt Hände.

Big Boss hüpft um sie herum und sagt jedem, den er zu fassen kriegt: «Sie ist wunderbar! Wunderbar!»

Endlich kriegt Nicolas ein Glas zu fassen. Er stellt sich in eine ruhige Ecke, um es ungestört auszutrinken. Sein innerer Aufruhr amüsiert ihn selbst. Er muss sich zusammenreißen, um nicht mitten reinzuspringen, alle beiseite zu drängen und zu brüllen: «Diese Frau gehört mir, ich will alleine mit ihr sein, verpisst euch!»

Dann verschwindet sie aus seinem Gesichtsfeld, von einem Schwarm Grufties davongetragen.

Er stellt sein Glas auf den Tresen zurück und geht zum Ausgang. Als er hört, wer da nach ihm ruft, ist er doch recht erleichtert. Sie nimmt seinen Arm und folgt ihm auf die Straße. Leute kommen hinterher. «Was machst du denn?» Sie bedeutet ihnen, dass sie gleich zurückkommt.

Jetzt, wo sie einander gegenüberstehen, haben sie sich nicht viel zu sagen.

«Ich fand das Konzert sehr gut. Vom Stil her eher Hardcore als Grunge. Aber sehr gut.»

«Du hast Unrecht. Es war total Grunge. Und, was treibst du so?»

«Immer noch nicht viel. Und du, wie geht's dir in deinem neuen Leben?»

«Ich bin ein wandelndes Chaos, echt hart. Hast du das ganze Rudel um mich rum gesehen? Ich wusste nicht, dass ich so was ertragen kann, aber Scheiße, ich find es affengeil.»

«Sieht man, doch.»

Martin Arschloch kommt sie holen, nimmt sich nicht mal Zeit, Nicolas zu sehen. «Rate bloß mal, wer unten wartet!»

Völlig übererregt. Garantiert jemand Wichtiges. Bevor sie geht, fragt Pauline: «Kann ich dich anrufen, damit wir uns mal treffen?»

«Wenn du nichts Besseres zu tun hast, kein Problem.»

«Hallo, Tag, Claudine hier. Du bist nicht zufällig zu Hause?»

«Jetzt meldest du dich nicht mal mehr mit deinem richtigen Namen, wenn du mich anrufst? So in Panik?»

«Nein, bloß eine Frage der Gewohnheit. Stör ich dich irgendwie?»

«Geht so, ich hab eine Videokonsole geliehen bekommen und war gerade dabei, die Russen abzuschlachten.»

«So was hab ich noch nie gespielt.»

«Ich mach eigentlich den ganzen Tag nichts anderes.»

«Kann ich vorbeikommen, mir mal ansehn?»

«Heute?»

«Ja, oder irgendwann, wenn's dir passt.»

«Tja, ich bin nicht derjenige, der ausgebucht ist. Mir passt's jetzt und morgen ebenfalls.»

«Ich bin überhaupt nie bei dir gewesen. Sagst du mir, wo das ist?»

«Rück doch mal 'n Stück. Du nimmst den ganzen Platz weg.»

«Hör auf, Schwachsinn zu verzapfen, nur weil du jedes Mal verlierst.»

«Ich verlier überhaupt nicht jedes Mal. Was erzählst du denn da? Ich hab einen ganzen Haufen Rennen gewonnen.»

«Du hast ein einziges gewonnen, ganz am Anfang, weil du Schwein hattest, und seitdem machst du nichts anderes, als ins Gras zu rutschen oder voll in die Leitplanken zu knallen.»

«Du lügst ja total. Machen wir noch eins?»

Er drückt auf *Reset* und setzt sich wieder. Sie erklärt im Brustton der Überzeugung: «Jetzt mach ich dich fertig.»

Ende der Runde von vier Rennen. Sie ist jedes Mal Achte geworden. Sie sagt: «Ich hab die Nase voll von dem Spiel. Das ist doch was für Kleinkinder. Gibt's noch was anderes, was man zu zweit spielen kann?»

«James Bonds Verfolgungsjagden und Schießereien.»

«Zeig mal.»

Sie schaut aus dem Fenster, es ist Nacht. Sie schlägt vor:

«Lassen wir uns Pizzen kommen?»

«Hast du denn noch Hunger, mit allem was du dir die Nase hochziehst?»

«Und ob. Ich schnupf mir jeden Tag was rein und esse trotzdem ab und zu was.»

«Du bist saumäßig abgemagert.»

«Ich ess ein bisschen weniger als vorher. Das heißt, ich hab schon oft Hunger, aber ich komm nicht zum Essen. Also bestellen wir uns jetzt 'ne Pizza?»

Als sie am frühen Nachmittag ankam, war es zunächst nicht ganz einfach gewesen. Nicolas zerbrach sich den Kopf, um irgendeine Frage zu finden, die er stellen könnte, oder sonst ein Thema. Die Wohnung wirkte winzig, und die Stimmung war wirklich bedrückend.

Als letzten Ausweg schlug Nicolas aus purer Höflichkeit vor: «Willst du das Videospiel versuchen?» Auf die Art und Weise konnte sie frühestens nach einer halben Stunde verschwinden. Sie hat ja gesagt.

Sie haben mit dem Autorennen angefangen und dabei vergessen, sich unwohl zu fühlen.

Sie hat irgendwas Manisch-Zugeballertes, eine Art von Traurigkeit, die sie vorher nicht hatte.

Er denkt nur daran, sich auf sie zu legen. Er will die Wärme ihrer Kammer spüren, er will, dass sie ihm all ihre Türen öffnet.

Aber er spürt, dass die Initiative von ihr ausgehen muss. Andernfalls überließe sie sich ihm, um sich gleich hinterher wieder zu verschließen wie eine Auster, und der ganze Spaß mit dem «Ich will dich nicht mehr sehen» ginge von vorn los.

Genau deswegen ist sie ja auch hier, aber sie hat Angst vor der eigenen Courage. Er muss ihr Zeit genug lassen, zur Ruhe zu kommen.

Er sieht ihr beim Spielen zu, sie klammert sich an den Joystick. Sie benimmt sich wie alle Mädchen: Sie wirft sich ohne Unterbrechung Sachen vor: «Scheiße, Pauline, du stellst dich wirklich zu blöd an», anstatt die Maschine zu beschimpfen. Er bemerkt:

«Du stellst dich dämlich an, die Zombies haben dir längst dein Leben abgezockt ...»

«Ich werd schon wieder irgendwo ein Leben finden, ist mir doch scheißegal. Ich finde, du respektierst meine strategischen Entscheidungen nicht genug, da machst du einen Fehler.»

«Du musst den Riesen umbringen, dahinter lagert die ganze Munition.»

«Nein, ich bring keine Riesen um.»

Bei Tagesanbruch gehen sie aus dem Haus, einen Kaffee trinken. Sie sehen übernächtigt aus und kichern bei jeder Gelegenheit nervös und grundlos. Sie ist enthusiastisch: «Die sind wirklich geil, diese Spiele, zu geil ... Blöd, dass wir's nicht haben beenden können.»

«Ich kann's wegspeichern, wenn du willst, und dann spielen wir's das nächste Mal zu Ende.»

«Ich muss zwanzigtausend Sachen erledigen, ich werd vor

Weihnachten nicht wieder vorbeikommen, und zwar nicht dieses Weihnachten, sondern das im nächsten Jahr. Also solltest du besser nicht auf mich warten.»

Diese Worte bringen ihn mit einem Schlag in die Realität zurück. Seit gestern hat er vergessen gehabt, dass sie einander gar nicht mehr alle zwei Tage sehen. Er lässt sich nichts anmerken, aber innerlich ist er tieftraurig. Er könnte ihr jetzt vorschlagen: «Dann bleib eben ganz bei mir.» Stattdessen fragt er:

«Hast du tatsächlich so viel zu tun?»

«Total ausgebucht, wie die letzte Yuppie-Schlampe. Gestern hatte ich die Nase voll und hab Bescheid gesagt, ich sei krank.»

«Und, wirst du jetzt ein zweites Album aufnehmen?»

«Müssen noch ein bisschen warten. Sie wollen noch zwei Singles auskoppeln.»

Sie grinst: «Aber ich bin trotzdem schon in Verhandlungen fürs nächste. Diskutiere gerade über Vorschüsse.»

«Wenn du willst, kann ich mich ja darum kümmern ...»

«Und du, immer noch nichts am Laufen?»

«Ich errege laufend Mitleid, aber das passt mir ganz gut.»

Sie schaut auf die Uhr und bekommt einen panischen Gesichtsausdruck. «Ich bin gerade dabei, einen zweiten Tag zu schwänzen ... Ich muss jetzt wirklich los.»

Sie steckt die Kassenbons ein, zahlt und gibt ein gewaltiges Trinkgeld. Seit dem Blick auf die Uhr ist eine leichte Veränderung in ihr vorgegangen, in Richtung selbstsichere Geschäftsfrau.

Und jetzt rennt sie zu einem Taxi.

Nicolas geht nach Hause. Gestank nach kalter Asche. Er räumt den Beistelltisch ab, leere Bierdosen, Kaffeetassen, Zuckerdose.

Er wird sich jetzt hinlegen und schlafen. Und morgen alleine spielen. Alleine spielen ist nicht dasselbe. Auch nicht schlecht, aber gleich viel weniger witzig. Und manche Kniffe findet man zu zweit schneller raus.

Bevor sie nach Hause geht, macht Pauline einen Abstecher über die Bank, um ein neues Scheckheft zu holen.

Vor ihr steht eine Frau. Dürfte in ihrem Alter sein, hat aber drei Kinder bei sich. Ein kleines Mädchen mit Rastalocken, das Blumen auf einen Prospekt malt. Dann hält es ihn einem Herrn hin, der ebenfalls wartet. Der kleine Bruder ist verängstigt, klammert sich ans Bein seiner Mutter. Das letzte hält sie an die Brust, ein winziges Baby. Eine sehr schöne Frau, genauso angezogen wie in ihrem afrikanischen Dorf, rotes Kleid mit Goldfäden. Sie wartet, der Angestellte prüft etwas nach, dann schüttelt er den Kopf:

«Ist noch nicht auf Ihr Konto eingegangen. Tut mir Leid.»

Die Frau bewegt sich nicht. Sagt nichts. Der Schaltertyp wiederholt:

«Kommen Sie morgen wieder. Vielleicht ist bis dahin was gekommen. Mehr kann ich nicht für Sie tun.»

Sie kann sich nicht entschließen zu gehen. Sie bleibt da stehen, sie wirkt, als fehlte ihr die Kraft, ohne einen Pfennig nach Hause zu gehen, als könne sie es nicht fassen.

Dann ruft sie ihre kleine Tochter heran, nimmt ihren kleinen Sohn bei der Hand und geht sehr langsam hinaus. Sie blickt starr geradeaus, ihre Augen sind wie bodenlose Schluchten.

Der Schaltertyp erkennt Pauline, lächelt ihr breit zu, sie sagt guten Tag, erklärt, was sie will. Er fragt: «Möchten Sie ein Scheckheft oder gleich zwei?»

Kaum ist sie zu Hause, hört sie den Anrufbeantworter ab, es ist schon ein Reflex.

Nachricht von Sébastien, der hinterlässt mittlerweile ab und zu eine. Seine Stimme klingt durchsichtig und trist. «Ich weiß eine Menge Neuigkeiten über dich, es reicht ja, dass ich den Fernseher einschalte … aber ich würde gerne mal ein paar echte haben.»

Es ist dieselbe Stimme, die ihr Innerstes zerriss, die alles umstürzte, die ihr das Blut in den Kopf peitschte, und wenn sie sie jetzt hört, ist sie genau wie die anderen, kaum zu glauben, dass es immer noch die gleiche ist. Nur eine Nachricht unter vielen. Das Einzige, was bleibt, sind ein paar Erinnerungsfetzen, halb vergessene Gefühle, noch ein Restchen Bedauern, ab und zu. Sie ist alleine und auf sich gestellt und niemandem böse darüber.

Sie ruft ihn nie zurück. Es ist ein klein bisschen Verbitterung dabei, sie hätte ihn so sehr gebraucht während all dieser Verwandlungen, während sie das Gefühl hatte, auf dem Kopf zu gehen, und das wäre anders gelaufen, wenn er die ganze Zeit bei ihr gewesen wäre. Aber vor allem hat sie Angst vor ihm bekommen. Vor seinem Urteil. Oder gar nicht mal so sehr vor seinem, sondern vor ihrem eigenen, wenn sie je wieder mit ihm zusammenkäme. Solange sie alleine ist, kann sie ihr eigener Vater sein, egoistisch, ehrgeizig, aggressiv, und genau das tun, was sie will.

Wenn sie wieder seine Freundin wäre, würde sie sich in eine Ehefrau zurückverwandeln, eine, die helfen, verzeihen und sich selbst vergessen muss.

Und sie mag sich lieber leiden, so wie sie jetzt geworden ist.

Schluss mit dem moralischen Lendenschurz, der ihre niederen Instinkte verbergen musste. Sie mag das schnelle Geld, das aus den Mauern kommt, wenn man sein Plastikkärtchen reinschiebt. Diese Kreditkarte mit den weißlichen Ziffern, weil sie ihr Pulver damit zerdrückt. Sie mag es, irgendwo reinzukommen und wie ein Magnet zu wirken, jemand, der von einer Aura von Licht umgeben ist. Und es geht ihr so was von am Arsch vorbei, dass die Leute sie nicht wegen ihrer wirklichen Persönlichkeit schätzen, solange sie nur brav so tun als ob.

Sie mag sogar die Abneigung, die sie bei reichlich vielen Leute provoziert. Scheiße breitet sich schnell aus, und sie bekommt all die Schweinereien zugetragen, die über sie erzählt werden, wobei die Mittelsleute im Vorbeigehen nochmal kräftig drauflegen.

Sie spürt einen Hass in sich, so groß, dass sie es sogar scharf findet, wenn man sie beleidigt. Was ist denn dein heimliches Problem, du da, dass ich dich so wahnsinnig aufbringe? Welche dreckigen unbeglichenen Rechnungen hast du bei dir selber offen, die dich so kaputtmachen, dass du bei den andern suchen musst, um dich nicht selbst anzusehen?

Sie lernt Leute kennen, die sehr freundlich tun, und kaum sind sie zu Hause, Claudines Kassette einschieben, um zu betrachten, wie sie durchgevögelt wird.

Sie können darüber erzählen, was sie wollen, wenn sie hinterher wieder unter sich sind, aber sie hat Macht über sie, eine

Macht, gegen die sich die anderen gar nicht wehren können. Sie hat getan, was man nicht tut, und dadurch kann sie sich alles erlauben.

Sie setzt sich hin, legt einen alten Song auf, *Do the right thing,* und würde gern faul zu Hause bleiben und den ganzen Tag nicht mehr ausgehen. Sie hat eine Verabredung zum Mittagessen, wegen einer Werbekampagne.

Big Boss meint, das bringt dicke Kohle. Er findet es geil, dass sie scharf auf Geld ist, genauso geil, wie dass sie scharf auf Sex war. Sie verachtet ihn immer noch in mancher Hinsicht, und er geht ihr regelmäßig auf den Keks. Aber sie ruft ihn oft an, selbst wenn sie nichts zu sagen hat. Ihm erzählt sie alles. Auch er vertraut sich ihr an und redet oft über Geld.

Ein Fass ohne Boden, sein Bedarf an Geld. Wie ein Fettsüchtiger krankt er daran, zu viel davon zu haben, aber es ist die einzige Möglichkeit, die er kennt, zu beweisen, dass er etwas taugt: Immer noch mehr und noch mehr zu verdienen.

Auch über sein Alter redet er die ganze Zeit. Sie weiß nicht, was sie ihm antworten soll, wenn er erzählt, was es bedeutet, nachzulassen, und wie fürchterlich das ist. Er sagt: «Das Alter erkennt man im Blick der anderen, auch wenn man selbst gar nicht daran denkt. Die Haut, die schlaff wird, der Geruch, der sich ändert. Es ist ein fremder Körper, den man plötzlich hat, anders als der, den man immer behalten müsste und den man immer gekannt hat. Es ist wie eine lächerliche Verwechslung, aber man kann sich bei niemandem beschweren. Und wie man dann fühlt, dass man unweigerlich ins Lager der Alten rutscht, das bisher eine ferne Welt gewesen ist, die einen nichts angeht.

Denn im Innern dieses Körpers ändert sich ja nichts, man ist ja der Gleiche wie vor zwanzig Jahren, bloß eben in dieser Maschine eingeschlossen, die langsam verrottet. Und dann die seelischen Schmerzen, die Enttäuschungen, man hat ja geglaubt, dass man sich irgendwann dran gewöhnt haben wird, bei all der dicken Haut, die man sich zugelegt hat. Aber das Gegenteil ist der Fall, es tut schlimmer weh als jemals zuvor. Und dann höhlt der stete Tropfen irgendwann den Stein, und wenn der Schmerz dann sozusagen bis zur Wurzel reicht, wird er entsetzlich.»

Es sind genau solche Augenblicke, in denen sie Lust verspürt, ihn in die Arme zu nehmen und ihm zu sagen: Ich liebe deinen Körper, selbst wenn es gelogen wäre, denn es stimmt ja, sie erinnert sich, er hat wirklich den Körper eines alten Mannes. Aber Lügen würde den Schmerz wenigstens lindern. Wie jedes Mal, wenn etwas ungerecht ist und der andere es nicht allein tragen kann.

Anrufbeantworter. Wenn man vom Teufel spricht: Big Boss, und er klingt beunruhigt:

«Ich hab gestern den ganzen Tag versucht, dich zu erreichen. Warst du krank? Ich wär beinahe vorbeigekommen. Alles in Ordnung?»

«Nein, ich war nicht krank, ich hatte ehrlich gesagt nur das Bedürfnis, mal ein bisschen durchzuatmen.»

«Du hättest mir Bescheid sagen können.»

«Nein, ich kenn dich, du hättest mich überredet, zu den Terminen zu gehen, die ich hatte ...»

Ab da hört sie nur noch mit halbem Ohr zu. Er braucht für das geringste bisschen, was er zu sagen hat, dreißig Sätze. Er behängt alles mit so viel Schwachsinn, dass alles, was er berührt, bleischwer wird. Er sagt, er kommt sie zum Mittagessen abholen, sie sagt o. k. und macht sich fertig.

Als sie so weit ist, fällt ihr etwas ein. Sie ruft Nicolas an und weckt ihn.

«Entschuldige, aber ich dachte, um die Uhrzeit wärst du auf.»

«Ich hab keinen Grund, nicht zu schlafen, das nütz ich aus.»

«Sag mal, du hast mir doch was von einem Laden erzählt, wo man Videokonsolen kaufen kann, sollen wir uns nachher treffen und zusammen eine kaufen gehn? Du berätst mich ein bisschen, hilfst mir beim Installieren, und dann können wir heut Abend spielen.

«Hattest du heute nicht einen Haufen zu tun?»

«Werd ich absagen. Ich hab einen Termin zum Mittagessen, den schwänz ich nicht, aber den ganzen Rest sag ich ab.»

«Richtig so, man muss frei bleiben.

Als sie aufgelegt hat, könnte sie einen Luftsprung machen. Es gibt nichts Besseres, als sich für einen wichtigen Tag voller Termine vorzubereiten und dann einfach abzuhauen.

Big Boss wird sie nichts davon sagen, der macht sonst gleich wieder einen Riesenzirkus.

Nicolas hat den Fernseher umgedreht, um hinten an den Kabeln rumzumachen. «Ich versteh nur Bahnhof, wie du da dein Video angeschlossen hast.»

«Ich hab gar nichts angefasst.»

«Wenn das Claudine war, erstaunt's mich schon weniger.»

«Weißt du, dass du der einzige Mensch bist, der mit mir über Claudine redet, ohne zu glauben, ich wär sie?»

«Hast du nie Angst, dass es mal rauskommt?»

«Doch. Aber es ist immer die gleiche Story: Wär wieder eine geniale Werbung.»

«Du machst jetzt wohl alles zu Werbung?»

«Und warum auch nicht …»

«Und nie irgendeinen kitzligen Moment gehabt, irgendwelche Leute, die deine Schwester kannten und die du nicht wieder erkannt hast?»

«Doch. Aber wo ich jetzt so ‹in› bin, geht das einfach aufs Konto von ‹eingebildet und arrogant›. Und irgendwie halte ich mich auch ein bisschen für sie. Ich denk gar nicht die ganze Zeit daran, dass es Hochstapelei ist.»

«So, endlich läuft's, jetzt können wir spielen. Wo hast du die Spiele hin?»

Sie deutet auf den Tisch, zieht an ihrem Joint, und ein Stück Glut fällt auf ihre Bluse. Sie zuckt zusammen und wischt sich über die Brust. Es hat ein kleines Loch durchgebrannt. Sie fragt:

«Willst du nicht eben noch ein paar Biere holen gehn, bevor wir anfangen?»

«Wenigstens was das betrifft, hast du dich nicht verändert. Du kriegst immer noch nicht den Arsch hoch.»

«Nein, jetzt hat das andere Gründe. Du hast selbst gesehen, die Leute erkennen mich wieder. Ich kann nicht mehr einfach so auf die Straße gehen.»

«Schöne Ausreden hältst du parat.»

Das Spiel ist ein Kampf verschiedener Welten. Viel Wasser. Türen, die sich nur mit Hilfe von Passworten öffnen lassen. Man muss schwimmen, rennen, von Dach zu Dach hüpfen, Wachen umbringen, Hunde, Ratten, Riesenspinnen. Wenn das Mädchen was Interessantes findet, bückt es sich und macht «ha ha». Dann gibt es beängstigende Laute, gleich geht eine Keilerei los.

Sie spielen lange. Zum Schluss sitzen sie an einer Aufzugtür fest. Sie müssen drei Typen töten, haben fast keine Leben mehr und sterben bei jedem Versuch. Pauline verliert den Mut:

«Wir hätten niemals an diesem Punkt saven dürfen. Jetzt müssen wir den ganzen Weg nochmal machen.»

«In diesem Spiel sitzt man nie fest.»

«Du hast mir schon seltsame Überzeugungen. Du siehst doch selbst, dass es unmöglich ist, sie zu töten!»

«Heut Abend vielleicht, weil wir todmüde sind und besoffen. Aber morgen kommen wir da problemlos durch.»

«Willst du hier schlafen? Wir können das Sofa ausziehn.»

«Musst du morgen nicht zu früh los?»

«Keine Angst, ich weck dich nicht. Du kannst dann einfach die Tür hinter dir zuschlagen, wenn du gehst. Und vorher kannst du ja noch versuchen, da durchzukommen.»

«O. k.»

Sie deutet auf das Sofa: «Weißt du, wie's aufgeht?» Er spielt noch immer und nickt: «Ich kenn's.»

Sie geht aus dem Zimmer, will, dass er sie zurückhält, ist erleichtert, dass er es nicht tut.

Sie macht die Schlafzimmertür zu, zieht sich aus, legt sich hin. Sie will, dass er reinkommt, ohne zu klopfen, und zwischen ihre Schenkel gleitet. Sie ist erleichtert, dass er es nicht tut.

Am Morgen wecken ihn mehrere Schüsse und Pauline, die schreit:

«Beim ersten Versuch! Du glaubst es nicht!»

«Glückwunsch. Aber du bist auch ein Glückspilz, muss man dazu sagen, das hilft.»

«Fingerspitzengefühl, Schnelligkeit, Strategie, Beherrschung des Spiels, außergewöhnliches Durchhaltevermögen ...»

«Aber bist du denn nicht zu spät dran?»

«Keine Lust, da hinzugehen.»

«Ich fang an zu bedauern, dass ich dir dieses Spiel mitgebracht habe.»

«Ich spiel's fertig, und danach fang ich wieder ein normales Leben an.»

«Du kannst eine gute Woche einplanen, um das fertig zu spielen.»

«Macht mir nichts aus.»

«Ham sie nicht gemeckert, dass du schon wieder abgesagt hast?»

«Ich hab ihnen nichts gesagt. Irgendwann werden sie schon von alleine draufkommen.»

«Werden sie sich keine Sorgen machen?»

«Doch. Und das wird ihnen ganz gut tun.»

Der Boss hat die Nase voll gehabt, vergeblich anzurufen. Er ist bis zu ihr nach Hause gekommen.

Kaum hört sie die Klingel, weiß sie, dass er es ist. Sie dreht den Fernseher leise, Nicolas flüstert ihr zu: «Erwartest du jemand, den du nicht sehen willst?»

«Das ist Big Boss. Was für eine Klette!»

«Geh ihm aufmachen.»

«Keine Lust. Ich hab auch ein Recht, mal fünf Minuten meine Ruhe zu haben, oder?»

«Ja, ganz genau. Aber sag ihm das.»

Er klingelt hartnäckig weiter. Auch Nicolas bleibt hartnäckig: «Nun geh schon. Stell dir mal vor, er ruft die Feuerwehr an.»

Sie hat eine völlig irrationale Angst aufzumachen. Nicolas' Argument überzeugt sie, und sie steht auf, denn er hat Recht, Big Boss würde genau das tun, und dann würden sie beide schön dastehen, die Tür eingeschlagen und sie, die versuchen, diesen steilen Abhang runterzukommen, mit den Ventilatoren im Blick, die Lara in Stücke schneiden, wann immer sie vorbeizukommen versucht.

Sie tut gut daran zu öffnen: Big Boss hat sich in einen kaum glaublichen Zustand reingesteigert, und zuerst glaubt sie, dass irgendwas Schlimmes passiert ist. Er ist ganz weiß und zittert und stürzt sich auf sie, sobald er sie sieht, nimmt sie in die Arme, wirkt, als würde er gleich in Tränen ausbrechen.

«Meine kleine Claudine! Ich hab ja so Angst gehabt ... Ich hab mir Sachen vorgestellt ... Sachen ... Ich hab ja so Angst gehabt!»

Sie tätschelt ihm den Rücken. Sie würde jetzt gerne weiterspielen, aber sie spürt, dass das nicht ganz leicht werden wird.

«Entschuldige, ich dachte nicht, dass du dich so aufregen

würdest. Ich hab mich bloß entschlossen, ein paar Tage Ferien zu machen.»

Jetzt ist er entrüstet: «Aber alle Welt sucht nach dir! Ist dir das eigentlich klar? So was ist kein professionelles Verhalten, Claudine.»

Das ist der härteste Vorwurf, den er kennt. Für ihn ist es das Schlimmste, wenn jemand nicht professionell ist. Man darf unglücklich sein, unehrlich, ein Profitjäger, ein Hochstapler, so ungefähr alles, was man will, aber man muss professionell bleiben.

Dann entdeckt er im Wohnzimmer Nicolas, der die gute Idee hatte, den Fernseher auszuschalten. Big Boss hat den Eindruck, jetzt alles zu verstehen, und ruft, ohne guten Tag oder irgendwas anderes zu sagen, aus:

«Das hätte ich mir ja denken können!»

Dreht sich dann zu Pauline um:

«Claudine, mach dich fertig, wir haben heute Abend ein Diner.»

Dann zu Nicolas gewandt:

«Sorry, junger Mann, ich werde sie Ihnen eine Weile entführen müssen.»

«Kein Problem, Chef. Ich geh dann mal los.»

Sie lässt ihn gehen, sie hat den Eindruck, das ist das Vernünftigste, was jetzt getan werden kann. Sie bringt ihn zur Tür. Nicolas unterdrückt ein prustendes Lachen und flüstert ihr zu:

«Ich fürchte, gleich setzt es eine Predigt.»

«Was du nicht sagst … Ich werd versuchen, ihn zu einem Spiel zu überreden, vielleicht gefällt es ihm ja. Soll ich dich morgen anrufen?»

Dann schließt sie die Tür hinter ihm. Big Boss tigert durchs Wohnzimmer, immer noch ganz verzweifelt, und breitet die Arme aus: «Es stört mich ja nicht, wenn du irgendwelche Herzensangelegenheiten hast, aber so was darf nicht mit deinen Verpflichtungen kollidieren. Und das weißt du auch. Was hat dich bloß gebissen?»

«Jetzt mach doch nicht so einen Aufstand, ich hab mir zwei Tage frei genommen. Ich hab das gebraucht. Ich wette, die Erde dreht sich immer noch. Du kennst mich doch, ich bin eine ernsthafte, gierige und ehrgeizige Natur, das war nur mal so ein Durchhänger, ich musste einfach ausspannen.»

«Das erzähl mal den beiden Zeitungen, die du hast hängen lassen, und den Fernsehfritzen, die du im Stich gelassen hast, und was ist mit dem Termin bei der Produktionsfirma, um den ich drei Monate lang gekämpft habe, du hast nicht einmal abgesagt, der Typ war verrückt vor Wut, ich hab Lügenmärchen auftischen müssen, um dich zu entschuldigen.»

«Das hat aber bestimmt wehgetan, das Lügen.»

Sie versucht ihn zu beruhigen. Er hält sich wahrhaftig für ihren Vater, einen, der weiß, was gut für sie ist. Er will jetzt wissen:

«Wer war das, dieser Typ von eben?»

«Ein Kumpel.»

Sie könnte ihm erklären, dass sie nichts miteinander haben. Denn er spricht es zwar nicht aus, aber das nagt an ihm, dass sie sich mit einem andern als ihm irgendwo einschließt. Umso mehr, wenn es ein Junge in ihrem Alter ist.

Und so wird sie Big Boss beschwichtigen. Immerhin ist er derjenige, der ihr am nächsten steht. Sie ist ihm dankbar dafür, persönlich gekommen zu sein, um sie zu holen und wieder aufs richtige Gleis zu bringen. Genug jetzt mit den Spielen, sie hat anderes, Besseres zu tun.

Sie macht den Mund auf, um zu sagen: «Er ist lediglich ein guter Bekannter». Big Boss spricht zuerst:

«Ist nicht zufällig so ein kleiner Profiteur?»

«Warum glaubst du das?»

«Wenn man in deiner Situation ist, und das weißt du doch auch sehr gut, dann kriechen die Parasiten aus allen Löchern.»

«Nein, nein. Er ist schwer in Ordnung.»

«Du wirst gestatten, dass ich das bezweifle. Für mich ist jemand in Ordnung, wenn er fähig ist, dich zu unterstützen. Nicht so ein kleiner Wichser, der zusieht, wie du alle deine Termine platzen lässt.»

«Du wirst gestatten, dass du mich am Arsch lecken kannst und dass ich darauf scheiße, was du von ihm hältst.»

Big Boss verzieht ärgerlich das Gesicht, gibt aber nicht nach.

«Hast du vor, ihn wieder zu sehen?»

«Ja.»

«Was macht so jemand den ganzen Tag?»

«Absolut nichts.»

«Aber ein Parasit ist er natürlich nicht ... Na ja gut.»

«Und deine Frau, ist die ein Parasit?»

Big Boss versucht jetzt, die Wogen zu glätten. Er zeigt auf seine Uhr: «Wir müssen pünktlich sein. Machst du dich jetzt bitte fertig?»

Er sieht sie an, sie trägt ein völlig verknittertes Kleid, das erste, das ihr beim Aufstehen zwischen die Finger geraten ist, und sie ist weder frisiert noch geschminkt. Er schließt an:

«Man kann nicht gerade behaupten, dass es dir wichtig ist, dich für ihn hübsch zu machen.»

«Er mag wenigstens das Natürliche.»

«Und ich mag es, wenn du hübsch bist.»

Das war ein Satz des Vaters gewesen. Aus der Zeit, wo ihr nicht bewusst war, dass sie aussehen konnte wie ihre Schwester und dass ein Verkleidungskit ausreichte, damit ein Mann sie begehrenswert fand. Sie hatte gedacht, dass die Weiblichkeit einfach existiert und dass man sie nicht neu erfinden kann.

Sie geht duschen und zieht sich an und hört, wie er nebenan telefoniert.

Das Abendessen ist mit Leuten, die sie zum Gähnen interessant findet. Sie wollte die Einladung ablehnen, aber Big Boss hatte was dagegen: «Sie wollen dich absolut kennen lernen. Sie wären sehr verletzt, wenn du dich weigern würdest.»

Das ist mittlerweile ihr Job, sich von wichtigen Leuten ankucken lassen. Irgendeiner in dem Haufen wird ihr garantiert zu verstehen geben, dass sie dämlich ist, kein Talent hat und einen so großen Erfolg nicht verdient. Mindestens einen gibt es von denen immer. Und einen anderen, der sie darauf hinweisen wird, dass das Ganze nicht dauern kann, dass sie die Gelegenheit nützen müsse, denn das Publikum wird aller Neuheiten ja so schnell müde. Und noch einen, der in aller Freundschaft erklären wird, dass die Frauen ja auch so rasch altern.

Und wieder ein anderer wird ihr seine Geheimnisse anvertrauen. Seit der Pornofilm auf dem Markt ist, kommt immer irgendeiner und will ihr mit Verschwörermiene von seinen Vorlieben erzählen und sagt dann einfach: «Tja, ich habe es mit einem Mann gemacht, oder gefesselt, oder ich würde mir gern einen Dildo in den Arsch schieben lassen, aber meine Frau findet das nicht so toll, oder ich trage heimlich gerne Stöckelschuhe.»

Und dann werden garantiert ein paar dabei sein, die sie ganz bewusst ignorieren werden, um deutlich zu machen, dass sie sich nicht vom Geschmack des Pöbels beeinflussen lassen.

Und alle zusammen werden sie Fall für Fall durchhecheln: «Der und der macht nur minderwertigen Schund», und dieser andere «ist der einzige echte Filmemacher seiner Generation, was für eine Schande, dass kaum einer ihn kennt». Die einzig Wahren sind immer die, die keiner kennt. Das Publikum: alles Schafe, der prinzipiell schlechte Geschmack, der nur die Nullen erfolgreich sein lässt.

Sie wird mit der Elite zu Abend essen. Sie wird kein einziges Mal richtig Lust haben zu lachen. Sie wird kein Wort von dem verstehen, was sie sich erzählen. «Was, du hast diesen Film nicht gesehen?» Du Ärmste, wie rührend, wie ungebildet, Gott sei Dank hat sie diesen dicken Negerarsch, der alles ausgleicht. «Das ist ein kleines Juwel.» Und all nicken bestätigend. «Die erste Stunde passiert gar nichts, aber genau aus diesem Nichts steigen die Momente des Zaubers.» Eine ganze Menge Leute stehen darauf, dass sie so sexy und so dumm ist, das ist genau die Vorstellung, die sie sich von jemandem machen, der gut zu ficken sein muss.

Sie kriegt es nicht hin, sich anständig zu schminken. Sie versaut ein Auge, schminkt sich ab, versaut das zweite, fängt wieder von vorne an.

Big Boss hat sich beruhigt, er fragt von hinter der Tür: «Bald fertig?»

«Brauch noch zehn Minuten.»

«Ah, die Frauen!»

Sehr originelle Bemerkung. Sie weiß nicht, welche Jacke sie anziehen soll. Sie sagt halblaut zu sich selbst: «Ich hab schon faszinierende Probleme.»

Danach zieht sie sich eine Linie rein und hält sich selbst eine Strafpredigt: «Du wirst dich ja wohl nicht über dein Schicksal beklagen, du wirst dich ja wohl nicht über das Leben beklagen, das du führst. Heute hat der Boss dich vielleicht genervt, aber die meiste Zeit bist du ganz zufrieden mit deiner Situation. Und du stehst auf diesen ganzen Beschiss, du hast nur eins im Kopf, das ist eine zweite Platte aufzunehmen, um all diesen Arschlöchern zu beweisen, was du draufhast und wie gut du singst. Heute wolltest du lieber einen mit Nicolas ablachen, aber ich kenn dich doch: Morgen wirst du nicht mehr mal dran denken, ihn anzurufen. Wirst den Eindruck haben, er sei weit weg, denn es stimmt ja, dass er ein Loser ist und sich für nichts interessiert, und mit solchen Leuten zusammenzukommen, geht einem früher oder später immer auf den Geist.»

Was nichts daran ändert, dass sie ihn jämmerlich und langweilig findet, diesen alten Knacker, der sich wie eine höhere Tochter aufführt und es Savoir-vivre nennt.

Sie ist jetzt ausgehfertig. Wirft noch einen letzten Blick auf sich. Lächelt ihr Spiegelbild an, sie ist hübsch, so wie sie ist.

Vorhin ist ihr ein Gedanke gekommen, während Big Boss ihr

seine Moralpredigt hielt. Ein ganz alter und völlig schwachsinniger Gedanke. Morgen wird sie ihn vergessen haben.

Metro-Bahnsteig. Abends fahren sie in größeren Abständen. Eine Bananenschale auf dem Boden. Nicolas überfliegt ein Gedicht auf einem Plakat der U-Bahn-Gesellschaft. Das Schweigen von Fremden, die meisten haben ein Buch vor der Nase. Gegenüber eine alte Dame, die Selbstgespräche führt. Sie ärgert sich über jemand, den es gar nicht gibt.

Der Zug fährt krachend ein, jedes Mal wieder ein Katastrophengeräusch.

Pauline hatte ihn am nächsten Tag nicht angerufen, was ihn nicht überraschte. Aber zwei Tage später: «Ich hab einen Haufen Zeugs zu erledigen, wir können uns jetzt nicht treffen, ich wollte nur anrufen, um zu hören, was es Neues gibt.»

Sie haben einander ein paar Banalitäten erzählt, dann war sie wieder auf dieses Spiel gekommen: «Diese Woche werd ich nicht können, aber danach ruf ich dich gleich an, damit wir's endlich zu Ende spielen.»

Danach hatte er einen Monat lang nichts mehr von ihr gehört. Nicht dass ihn das sonderlich erstaunt oder enttäuscht hätte, er hat einfach seinen Stiefel weitergelebt.

Gestern hat sie dann doch noch angerufen. Offenbar war der Stoff in Ordnung, denn sie hörte sich extrem bizarr an, allzu betonte Euphorie. Er sagte: «Ich komm morgen Abend vorbei, wenn du möchtest.»

«Super.»

«Dir scheint ja echt was dran zu liegen, dieses Spiel fertig zu spielen.»

«Manche Einfälle kommen dir heute und sind morgen schon wieder weg. Andere dagegen werden zu fixen Ideen, die lassen dich nicht mehr los. Die Auswahl geschieht ganz ohne dein Zutun, manchmal überrascht es einen selber.»

«Klar wie Kloßbrühe, was du da erzählst.»

«Ich werd dir morgen genauer erklären, was ich meine, wenn du da bist.»

«Ganz wie du meinst ... Falls du irgendwann mal die Nase voll hast von der Singerei, könntest du jedenfalls problemlos Quizfragen fürs Fernsehen ausknobeln.»

Er hofft, dass sie an das Gleiche denkt wie er. Er hofft, dass sie ihm die Tür öffnen und sagen wird «Leck mir die Muschi» und dass sie dann eine Nummer schieben, bis beide wund sind.

Ein Typ hat den Waggon bestiegen und boxt mit voller Kraft gegen die Sitzbänke. Ein Riese, und er sieht aus, als wäre er ziemlich schlecht gelaunt. Die Metro hält, und Nicolas steigt sofort aus. Er ist zwei Haltestellen zu früh dran und entschließt sich, den Rest zu Fuß zu gehen. Er geht die Hochbahntrasse entlang, es ist kalt, so hat er es gern.

In der Rue Poulet rast ihm ein Junge entgegen, dem die Polizei auf den Fersen ist. Kommt ja selten vor, dass die Polypen sich nach Sonnenuntergang noch hier ins Viertel trauen. Tagsüber warten sie, das hat er hundertmal von Claudines Fenster aus beobachten können, bis sie vier Autos und zwei Bullies zusammenhaben, bevor sie einen Einzelnen verhaften. Um sie herum bildet sich sofort eine lautstarke Menschentraube, und jedes Mal würde ein einziger Funken genügen, und es käme zum

Aufstand, hier laufen genügend Leute rum, um einen wahren Saustall zu provozieren. Es hat ihn immer fasziniert, dass dieser kleine Funke nie überspringt. Ein einziger, um einen Stein zu werfen, und man hätte einen Aufstand, der die ganze Woche dauern würde. Vier Polizeiwagen, zwei Bullies, das ist nicht viel bei all den Leuten hier … Und so läuft es oft, das Einzige, was fehlt, ist der erste Stein.

Alles glänzt, als er reinkommt. In so einem Zustand hat er die Wohnung noch nie gesehen. Claudine mochte nicht, wenn's zu sauber war, sie meinte, nur gefährliche Geisteskranke halten ein bisschen gesunde Unordnung nicht aus. Und Pauline hatte sich nie wirklich getraut, irgendetwas anzufassen. Sie hatte sich damit begnügt, alles instand zu halten. Er stößt einen Pfiff aus: «Verfrühten Frühjahrsputz gemacht?»

«Ich verlasse die Wohnung hier, und mir ist es lieber, dass alles sauber ist, wenn ich gehe. Ich hab die Schränke ausgeräumt und alles verstaut.»

«Schön hast du das gemacht.»

«Hat mich zwei Tage Arbeit gekostet.»

Beim Reden legt sie einen Finger unter ihr rechtes Nasenloch und sieht ihn an. Nicolas fragt: «Angst vor Nasenbluten oder was?»

«Ja und nein, es ist eher ein Tic …»

Sie seufzt und lächelt dann.

«Ich hab allerdings die letzten zwei Wochen auch leicht übertrieben.»

«Gib ein bisschen Acht. Ich mein, es geht mich zwar nichts an, aber …»

«Morgen ist Schluss damit.»

«Das heißt also, du ziehst um?»

«Ich hau ab. Ich verreise.»

«Spitze! Und wohin?»

«Dakar.»

«Na, wenn das kein Tapetenwechsel ist ...»

Er kichert, aber seine Gedanken gehen drunter und drüber: Was hat es mit dieser Abreise auf sich, woher diese Idee, so weit fortzugehen und ohne ihn? Er versucht, sich unter Kontrolle zu halten und einen Rest Würde zu bewahren: «Und wann soll's losgehen?»

«Morgen Abend, aber ich kann die Tickets umtauschen, wenn ich will.»

Sie starrt auf den ausgeschalteten Fernseher, scheint an etwas anderes zu denken. Es ist wie Seitenstechen, sie kann sich doch nicht einfach so verpissen. Er bemerkt nüchtern: «Du hast mich also angeschissen, denn bis morgen Abend können wir wohl kaum unser Spiel zu Ende spielen.»

«Kommt drauf an. Wenn du mit mir da runter fliegst, werden wir genug Zeit haben, es fertig zu spielen.»

Jackpot. Er tut so, als hätte er nicht recht verstanden, damit sie ein bisschen deutlicher wird.

«Du willst also, dass ich mit dir nach Dakar komme, um da unten Tombraider fertig zu spielen?»

«Das und noch eine Menge anderes Zeug.»

Glücksexplosion, er wusste, dass das kommen musste, und erlaubt sich, den Klugscheißer zu machen: «Ich bin nicht so scharf aufs Ausland.»

«Wo warst du denn schon, um so was sagen zu können?»

«Nirgends.»

«Das ist aber unpraktisch, denn ich kann nicht in Frankreich bleiben.»

Er füllt ihre Gläser nach und macht sich ein bisschen über sie lustig:

«Zu viel Erfolg? Schnauze voll vom Ruhm? Willst du in Ruhe spazieren gehen, ohne dass man dir auf Schritt und Tritt auflauert ...»

«Nein, daran hab ich mich ganz gut gewöhnt. Ich glaub sogar, es wird mir zunächst mal auf die Nerven gehn, wieder anonym zu sein.»

Sie denkt einen Augenblick nach. Sie funktioniert genauso wie andere Junkies, die Nicolas kennt, sie unterbricht sich mitten in einer Erklärung, die Augen driften weg, sie schaltet ab. Schließlich fügt sie hinzu: «Ich werd dir erklären, was ich gemacht habe, und danach erklär ich dir, was ich vorhabe. Vor einem Monat, du weißt schon, als wir uns gesehen haben, an dem Tag, kurz nachdem du abgehauen warst, hab ich mir gesagt, dass ich mich zu Tode langweile und auf einer abschüssigen Bahn befinde.»

«Ich dachte, du findest das alles so geil?»

«Es war auch alles super. Bloß, dass es kein Ende nehmen will. Nicolas, die sind ja so was von dekadent. Und da hab ich mal Bilanz gezogen und festgestellt: Ich hab überhaupt nie was zu lachen. Ab und zu mal gibt es was zu kichern, wenn irgendwer was besonders Bösartiges rauslässt. Aber ansonsten lache ich überhaupt nicht mehr. Und weißt du, wie man dabei wird?»

«Salonfähig.»

«Super-krank, und wenn du erst mal alt bist, bezahlst du das cash und sehr teuer, so ein Schweineleben geführt zu haben. Verstehst du?»

«Mittel. Aber ich hör zu.»

«Also bin ich seit einem Monat dabei, wie eine Wahnsinnige rumzurödeln und alles abzugrasen, was es gibt. Ich hab Tausende von Vorschüssen gekriegt.»

«Vorschüsse worauf?»

«Auf alles. Neuer Plattenvertrag, bingo. Eine Werbekampagne mit TV-Spots, nochmal bingo. Meine Memoiren einer Pornoschauspielerin, bingo. Und noch einen ganzen Haufen völlig wahnsinniger Sachen ... Es hat nur noch bingo gemacht. Und ich hab die ganze Kohle auf tausend verschiedenen Konten deponiert, mit einem Wort: Ich hab vorgesorgt. Und jetzt kann ich verschwinden.»

«Hättest du nicht eher mal Urlaub machen und ein bisschen nachdenken sollen? Musst du denn jedes Mal, wenn du eine Idee hast, eine schwachsinnige Idee haben?»

«Jetzt hör mal gut zu. Mein Ding ist der Vorschuss. Sobald ich das Wort zum ersten Mal gehört hatte, wusste ich, das ist genau das, was mich anmacht: Vorschüsse.»

«Und, ist es viel?»

«Wenn man noch dazurechnet, was ich von der Platte übrig habe ... Zu zweit kann man zehn Jahre davon leben, wenn man so viel Scheiße baut, wie man Lust hat, fünfzehn, wenn man sich ein bisschen am Riemen reißt. Und zwanzig, wenn wir völlig ruhig werden ...»

«Zu zweit?»

«Ich will, dass du mitkommst. Ich wusste nicht recht, wie ich es dir sagen sollte. Aber allein werd ich nicht gehen.»

«Das ist ja alles schön und gut, aber ich bin doch kein Koffer.»

«Ich hätte ja auch schon früher mit dir drüber reden können. Aber ich hatte Angst, es mir anders zu überlegen. Im letzten Moment. Und lieber hier zu bleiben. Ich hatte eine Scheißangst, dass du nein sagen könntest.»

Er ist der glücklichste aller Männer, das ist tausendmal mehr, als es gebraucht hätte. Er zeigt nichts davon, bleibt ziemlich kühl. Denn da gibt es noch eine letzte Kleinigkeit, die er gerne von ihr hören würde.

Er pfeift durch die Zähne. «Du fällst ja ein bisschen mit der Tür ins Haus. Ich kann nicht einfach so weg ...»

«Versteh nicht. Fühlst du dich nicht wohl mit mir?»

«Doch doch, sicher. Aber es ist ein kleiner Unterschied zwischen sich-nicht-unwohl-fühlen mit jemand und alles hinschmeißen, um mit ihm auf und davon zu gehen ... Und dann steh ich da mit der langen Nase in Dakar, wenn dir plötzlich einfällt, dass du was Besseres zu tun hast, als mit mir zusammen rumzuhängen, und mich einfach stehn lässt, wie du's schon mal getan hast ... In Paris ist das ja nicht tragisch, und ich hab's auch nicht tragisch genommen. Aber mitten im Urwald fänd ich's entschieden weniger komisch.»

«Damals war ich jung und hab nichts vom Leben gewusst. Du bist der einzige Mensch, mit dem ich mich gut verstehe.»

Das sind Wort für Wort die Worte, die er sich erträumt hat. Das will er bis zur Neige auskosten.

«Tut mir Leid, ehrlich, aber ich hab keine Lust. Aber vielleicht komm ich dich ja irgendwann mal besuchen ...»

«Hast du zufällig Lust, Liebe zu machen? Womöglich verlieben wir uns ja dabei, und du entschließt dich dann, mit mir zu kommen.»

«Offen gestanden fängst du an, mich zu langweilen.»

Er steht auf, spürt kaum seine Beine. Das ist die gerechte Rache dafür, wie sie ihn behandelt hat. Und vor allem muss er sie festnageln. Sie dazu bringen, bis morgen zu warten.

Er dreht den Kopf zu ihr, sie beißt sich die Lippe blutig, das viele Koks lässt sie wie eine Durchgeknallte aussehen. Er erklärt:

«Das tut mir weh. Dass du mich einfach so wie ein Gepäckstück mitnehmen willst. Dass du mich in dein Bett ziehst, um mich dazu zu bringen, zu tun, was du gerne möchtest. Das tut mir weh, ich hab den Eindruck, ich wär dein Spielzeug.»

«Ich muss wohl sehr ungeschickt sein.»

«Du hast vor allem zu viel eingeschmissen. Dir ist einfach der Sinn für alles Mögliche abhanden gekommen … Und außerdem, so wie du mit mir redest, das heißt ja: Du bist ein solches Versagerschwein, du hast hier ja so wenig aufzugeben, warum kommst du nicht mit und unterhältst mich ein bisschen? Kannst du verstehen, dass das verletzend ist?»

«Aber erinnerst du dich denn nicht mal daran, wie gut es war?»

«Nein, nicht mehr so recht.»

Terrasse einer großen Villa direkt am Strand.

«Schweinegeiles Wetter …»

«Tun einem ja die Augen weh von.»